URS AUGSTBURGER

ALS DER REGEN KAM

Roman

Klett-Cotta

Die im Roman nacherzählte Kurzgeschichte *Unter der Treppe* von Paul Haller wurde 2007 im Band »So dunkelschwarzi Auge – Neuausgabe der Werke von Paul Haller« im Baden-Verlag neu aufgelegt.

Klett-Cotta
www.klett-cotta.de

Printed in Germany
Schutzumschlag: Rothfos & Gabler, Hamburg
Unter Verwendung eines Fotos von © Gettyimages / Ecell
Gesetzt aus der Adobe Garamond in den Tropen Studios, Leipzig
Gedruckt und gebunden von CPI – Clausen & Bosse, Leck
ISBN 978-3-608-93974-3

Für sie, mit den weißen Haaren

Die sich verpassen,
vergessen nicht.

Erika Burkart, Der lange Weg

I remember firelight
And a softness in the words
I remember laughter
I remember feeling sure
I remember long walks
When all would be revealed
Telling all our deepest secrets
Nothing was concealed
Walking through the sunshine
Through the morning dew
I remember me and you
And days when the rain would come

Bob Seger, Days when the rain would come

1

Der Reigen beginnt
und krönt alle Tänze
Die Zeit gerinnt
inmitten tanngrüner Kränze

Sie bekränzten gerade die Straßen, als Mauro Nesta ins Städtchen zurückkehrte. Der Nachtzug aus Genua war ausnahmsweise nicht verspätet. Mauro blinzelte beim Aussteigen übernächtigt in die Morgensonne, geblendet stolperte er über die letzte Stufe, das Gewicht der Reisetasche zwang ihn zu einer Pirouette, mit einem langen Schritt fing er sich auf, mit zwei kurzen fand er ins Gleichgewicht.

Einen Augenblick schien es, als wolle er in den Zug zurücksteigen. Dann schulterte Mauro die Tasche neu und machte einige Schritte, etwas unsicher, welchen Weg er nehmen sollte. Sein Gesichtsausdruck verriet widersprüchliche Gefühle. Rührung angesichts der vertrauten Häuserzeilen, Angst vor dem, was ihm bevorstand. Bei seinem letzten Besuch vor über zwei Jahren hatte sich die Krankheit seiner Mutter noch nicht bemerkbar gemacht, jetzt würde alles anders sein. Verflogen die Leichtigkeit, mit der er einst erwartungsfroh in die Altstadt am Fluss hinunter spaziert war, wo ihn die Mutter bereits mit einer Tasse Filterkaffee erwartet hatte. Heute würde er erstmal den Weg zum Pflegeheim finden müssen. Mauro war noch nie dort gewesen. Er entschied sich für die hintere Treppe, doch schon in der Bahnhofsunterführung wurde er langsamer. Dieser Duft … täuschte er sich? Alarmiert stieg er die Treppe hinauf. Als er auf der Stadtseite ans Licht trat, wurde er blass.

Also doch! Hoch über ihm hingen die Tannenkränze. Wie immer prachtvoll verziert mit Schnittblumen und kunstvoll gefalteten Papierrosen. Mauro schaute konsterniert die Straße hinunter Richtung Altstadt. Im Abstand von siebzig Metern wiederholte sich der Schmuck, und in der Ferne sah er, wie Arbeiter auf der gesperrten Straße gerade einen weiteren Kranz aufhängten. Der Anblick war unmissverständlich.

Jugendfest.

Er hatte keine Sekunde bedacht, auf welchen Tag seine Rückkehr fiel.

Der vertraute, verstörende Duft der Nadeln beschwor die alten Bilder herauf: das goldene Eichenblatt auf dem Moosteppich, flinke Mädchenhände an tanngrünen Kränzen, ihr weißes Kleid …

Jugenderinnerungen.

Denen war er längst entwachsen. Mauro setzte seinen Weg fort. Sie hängen also die Kränze auf, dachte er bemüht nüchtern. Das hatte seine Richtigkeit, es war tatsächlich der letzte Mittwoch im Juni. Das hieß, die monatelangen Vorbereitungen hatten diese Woche ihren Höhepunkt gefunden. Wie jeden Sommer, seit mehr als vierhundert Jahren. Noch am selben Abend begann das große Fest mit dem sogenannten Zapfenstreich, es würde jeden hier bis morgen Nacht in seinen Bann ziehen.

Ihn nicht, beschloss er. Das Fest durfte nichts ändern. Er würde sich nur um seine Mutter kümmern und den ganzen Trubel einfach ignorieren.

Wohl ein hoffnungsloses Unterfangen. Mauro wusste, dass er sich etwas vormachte, und jeder hier im Ort hätte es ihm sofort bestätigt. Das Jugendfest war ein Fest der Erinnerungen, es spielte sich mehr in den Köpfen als auf den Straßen ab. Schon bald würde das Leben in den Altstadtgassen gerinnen, weil Hunderte, ja Tausende gleichzeitig die alten Reigenschritte übten und so die Zeit aus dem Takt brachten. Manchmal hielt sie dann tatsächlich an, unmerklich und nur für einen Wimpernschlag, aufgehalten durch die uralten Rituale: das Kränzen, das Tauschen, der Tanz.

Mauro übersah den Festschmuck, trotzig starrte er auf sein Handy und wischte sich im Gehen durch die Mailbox. Nun begriff er auch, weshalb der Arzt seiner Mutter erst in zwei Tagen zu sprechen war. Mauro fand die betreffende Mail und suchte nach dem Namen der Frau, die ihm weiterhelfen würde. Der Direktor des Pflegeheims hatte ihm geschrieben, er solle sich an eine Lindita Bardhecaj wenden, die Stationsleiterin kenne seine Mutter zweifellos am besten.

Helen Nesta saß zur selben Zeit im Schatten eines Baumes am unteren Ende des Parks. Eine Pflegerin hatte ihr ein Glas Wasser neben den Stuhl gestellt. Helen bemerkte es nicht. Ihr Blick war unstet, gelegentlich irrte er über die Altstadt, deren Häuser sich in der Nähe der Schlucht schutzsuchend aneinanderdrängten. Das einzig Lebendige an der zierlichen Frau waren die Finger ihrer rechten Hand, die unablässig über die Außenseite ihres linken Armes strichen, wieder stockten, leicht an der Haut schabten und kneteten, als müssten sie etwas wegklauben, nur um gleich darauf weiterzuwandern und dieselbe Bewegung zu wiederholen. Ein Anzeichen ihrer inneren Unruhe. Sonst sprach Helen Nesta kein Wort und achtete auch nicht auf die anderen Bewohner, die in der Nähe saßen und in ihrer ganz eigenen Logik miteinander und aneinander vorbeiredeten.

Stationsleiterin Lindita Bardhecaj war im Büro mit Einsatzplänen beschäftigt. Gelegentlich schaute sie in den Park hinaus. Heute behielt sie Helen Nesta, die ihr seit deren Ankunft ans Herz gewachsen war, besonders im Auge. Beim Frühstück hatte sie ihr erklärt, ihr Sohn Mauro werde bald ankommen und sie auf einen Spaziergang mitnehmen. Sie hatte keine Reaktion erwartet, die Verhaltensweise und das Befinden von Frau Nesta hatten sich in diesen letzten Wochen rasant verschlechtert. Sie war in eine Apathie gefallen, die für Demenzkranke gar nicht typisch war. An eine Rückkehr in die Wohnung war jedenfalls nicht länger zu denken, deshalb hatte Lindita Bardhecaj den Sohn verständigen lassen. Er lebte in Italien und musste nun das Appartement seiner Mutter räumen.

Im jetzigen Zustand würde Frau Nesta ihren Sohn nicht erkennen. Doch das konnte sich ändern. Mochte sein, dass die

Ankunft von Mauro Nesta, der sich so lange nicht hatte blicken lassen, etwas bewegte, immerhin war er der einzige lebende Verwandte. Zumindest hatte sie keinen anderen ausfindig machen können. Käme nicht ein alter Freund regelmäßig zu Besuch, wäre Helen Nesta stets allein. Eben war Pius wieder im Park aufgetaucht, wie oft um diese Zeit. Lindita Bardhecaj lächelte. Seinen Nachnamen kannte sie noch immer nicht, der Mann machte eigensinnig ein Geheimnis daraus. Pius genüge, Namen würden überschätzt, war er ihr augenzwinkernd ausgewichen. Dafür würde er immer in Helens Nähe sein, nur das zähle doch. Lindita wusste nicht, ob sie es eigentlich erlauben durfte, ließ ihn aber gewähren und stellte auch keine weiteren Nachforschungen an.

Pius Kobelt strich Helen zur Begrüßung liebevoll über die Schulter, dann setzte er sich neben sie. Sie erkannte ihn auch heute nicht. Wie sooft fragte er sich, ob es das war, was man Gerechtigkeit nannte.

»Weißt du noch, Helen?«, sagte er auch diesmal und mehr zu sich selbst.

Die Frage erreichte sie nicht, sie hatte sich schon längst in der Vergangenheit versponnen. Vom Waldstück, das die Altstadt über der Schlucht säumte, klangen Trommelwirbel herüber. Die Tambouren übten für den morgigen Rutenzug. Helens Gesichtsausdruck blieb starr, doch das Spiel ihrer Hände veränderte sich mit den ersten Klängen. Sie klaubte nicht mehr an ihrer Haut herum, die rechte Hand begann nun in die leicht geballte linke zu stupfen, in einem immer gleichen Rhythmus, den sie in regelmäßigen Abständen unterbrach, als sei ihr der ferne Marschklang der Trommler und Bläser eine geheime Anleitung. Pius Kobelt sah es mit einem Lächeln.

Eine knappe Viertelstunde nach seiner Ankunft betrat Mauro Nesta den Park des Heims. Seine guten Vorsätze waren verflogen, das schlechte Gewissen und die Furcht vor der ersten Begegnung lähmten ihn. Er blieb stehen und schaute sich um. Die Gartenanlage mündete fünfzig Meter von ihm entfernt in einer Terrasse über den Altstadthäusern. Dort, unter dem ausladenden Baum – war sie das wirklich? Ja. *Madre dio,* schon aus dieser Distanz sah er, wie sehr sie sich verändert hatte. Ihre Haltung war im Sitzen immer aufrecht gewesen und hatte sie größer erscheinen lassen, nun wirkte die Mutter nur noch klein, zerbrechlich und verloren. Mauro wurde schlagartig bewusst, wie wenig er auf diesen Moment vorbereitet war. Er versteckte sich hinter einem Baumstamm und beobachtete die Mutter.

Lächerlich. Er musste zu ihr hingehen.

Sein ganzer Körper war blockiert.

Dann machte er kehrt und strebte mit hochgezogenen Schultern zum Haupteingang. Die erste Pflegerin, der er begegnete, fragte er scheu nach Lindita Bardhecaj, zwei Minuten später drückte er deren Hand. Ihr ruhiges, freundliches Gesicht ließ ihn die Wahrheit sagen. Er hatte auch keine Wahl, denn sie wollte ihn sofort zur Mutter bringen.

»Ich glaube, ich brauche noch Zeit.«

Und ich glaubte, die hättest du dir bereits genommen, dachte Lindita Bardhecaj. Seine offensichtliche Überforderung stimmte sie etwas versöhnlicher.

»Zeit wofür?«, fragte sie dennoch knapp.

»Ich muss mich damit abfinden, dass sie eine andere ist.«

Mauro half es, jemandem seine Unsicherheit einzugestehen.

»Ich bin erschöpft von der Reise«, fuhr er fort. »Vor zwei Tagen war ich noch in den Staaten, der Jetlag macht mir zusätzlich zu schaffen. Vielleicht liegt es auch daran. Ich muss erst mal … ankommen.«

In der Realität, meinst du wohl! Laut sagte Lindita Bardhecaj nur: »Lassen Sie Ihre Mutter zum Mittagessen hier und holen Sie sie im Laufe des Nachmittages für einen Spaziergang ab. Sicherlich wird sie sich über die geschmückten Straßen und Brunnen freuen. Wollen Sie gleich in die Wohnung?«

»Ja.«

»Wir haben die Schlüssel hier, ich bringe sie Ihnen.«

Als sie damit zurückkam, stand Mauro Nesta am Fenster. Lindita Bardhecaj blieb stehen. Er wirkte weniger überheblich, als sie es von einem erwartet hätte, der sich nie um seine Mutter kümmerte. Helen Nestas Sohn erinnerte sie eher an einen verwirrten Jungen.

»Ist es immer so?«, fragte er.

»Was meinen Sie?«

»Dass meine Mutter mit niemandem spricht.«

»Sie spricht meist mit sich selber, das stimmt. Aber Pius besucht sie oft.«

»Pius?«

»Ein alter Freund von ihr. Er war eben noch da.«

Sie trat zu Mauro und reichte ihm den Schlüsselbund. »Fragen Sie mich bloß nicht, welcher wohin passt. Die Hauspflegerin ihrer Mutter hat ihn hier abgegeben.«

»Sieht es dort schlimm aus?«, fragte Mauro.

»Ich glaube nicht. Als Ihre Mutter hierhergekommen ist, war sie noch selbständiger. Aber wie Sie wissen, müssen Sie bei dieser Krankheit auf alles gefasst sein. Im Moment scheint sie mir beispielsweise viel abwesender, als sonst.«

Es war der Pflegerin anzusehen, dass ihr dieser Umstand zu denken gab.

»Und was schließen Sie daraus?«

»Ach … nichts. Wohl nur eine dieser Phasen. Sie können später gern den Arzt fragen.«

»Gut. Dann komme ich am Nachmittag wieder. Und … sie wird mich wirklich nicht erkennen?«

Mit gesenktem Kopf ging Mauro durch den Park zum Ausgang, von sich selbst enttäuscht und dennoch erleichtert über den Aufschub.

Helen Nesta saß allein im Schatten. Pius Kobelt hatte Mauro aus der Ferne erkannt und sich von ihr entfernt, im Schutz der Bäume ging er hin und her und tat, als vertrete er sich die Beine. Zu seinem Erstaunen sah er Mauro schon gehen. Sobald er sicher war, dass dieser den Park verlassen hatte, setzte sich Pius wieder zu Helen.

Fünf Minuten später bog Mauro beim Feuerwehrdepot in die Altstadt ein. Die wichtigen Schauplätze des beginnenden Festes lagen nur wenige Schritte auseinander. Der Rutenzug würde am kommenden Tag durch diese Gassen führen und einen Katzensprung entfernt auf dem Platz der Morgenfeier enden. Über die alte Stadtbrücke ganz in der Nähe gelangte man schnell auf die andere Flussseite und auf die Schützenmatte, ins Zentrum des Festes.

Mauro schwang die Reisetasche auf die andere Schulter, dabei fiel ihm das schneeweiße Haar auf, das sich um den Ärmel seines Shirts kringelte. Verwundert nahm er es zwischen die Finger. Er betrachtete es lange, bevor er es zu Boden schweben ließ. Wahrscheinlich aus dem Zug, dachte er.

Beim alten Lateinschulhaus stieg er die Treppe hinab, ohne einen Blick für die berühmte, reich bemalte Fassade. Das Haus, in dem Mauro aufgewachsen war und in dem Helen Nesta bis zur Pflegebedürftigkeit gewohnt hatte, ruhte seit dem 16. Jahrhundert im Schatten der Stadtkirche. Es gehörte der Gemeinde, in den unteren Stockwerken waren Büros eingerichtet. Mauro ging durch den Hinterhof ins Haus und die knarzenden Holztreppen zur Dachwohnung hinauf.

Vor der Tür zögerte er.

Zum letzten Mal war er vor zwei Jahren in der Wohnung gewesen. Nichtsahnend und gar etwas belustigt hatte er damals die Erinnerungszettel betrachtet, die Mutters Haushaltshilfe überall hingeklebt hatte: Gas abstellen!!!, Milch in den Kühlschrank / Socken nicht, diesen Schalter zweimal drehen, Kehricht freitags …

Sie werde so schusslig aufs Alter, hatte Helen Nesta ihrem Sohn erklärt.

Er öffnete die Tür. Vier Zimmer, miteinander verbunden durch einen langen Korridor. Eine große Wohnung und eigentlich viel zu teuer für sie beide. Erschwinglich geblieben war sie dank der Barmherzigkeit der christlichen Vermieterin, hatte Helen Nesta ihren Sohn stets glauben lassen. Die vielen Dachschrägen und Verwinkelungen weckten in Mauro ein Gefühl von Geborgenheit, aber die Anspannung in seinem Körper blieb. Er warf einen Blick ins Wohnzimmer. Die alten Ohrensessel aus den fünfziger Jahren standen sauber ausgerichtet vor dem Tisch mit der Mosaikeinlage. Alles war aufgeräumt und sah noch genauso aus wie einst.

Er ging durch den Korridor an der Küche vorbei und wollte die Tür zu seinem alten Zimmer öffnen. Sie gab nicht nach. Erstaunt drückte Mauro dagegen. Nichts. Er untersuchte das Schloss. Das alte Riegelsystem schnappte ein, wenn auf der Innenseite der Tür ein Schieber betätigt wurde. Das hatte Mauro Nesta bereits mit drei Jahren zustande gebracht, und der Kirchensigrist musste für die waghalsige Befreiungsaktion seine längste Leiter in den Hinterhof schleppen.

Von dieser Seite der Tür war das Schloss nur mit einem Schlüssel zu öffnen. Auch nach längerem Suchen fand Mauro ihn nicht. Wahrscheinlich hatte ihn die Mutter verlegt. Er würde sich später darum kümmern, beschloss er. Erschöpft zog er die Schuhe aus, legte sich im Wohnzimmer auf das zu kurze Sofa und schlief ein.

Am Nachmittag betrat Mauro das Pflegeheim ein zweites Mal, nur leidlich erholt, aber nun im Bewusstsein, dass es kein Ausweichen mehr gab. Nach einem kurzen Gespräch führte Lindita Bardhecaj ihn zur Mutter. Sie stand im Aufenthaltsraum am Fenster. Die Pflegerin blieb bei der Tür stehen und lud Mauro mit einer Handbewegung ein, sich zu trauen. Er ging zu ihr hin.

»Mutter?«

Keine Reaktion. Mauro legte seine Hand auf ihren Arm, sie reagierte weder auf die Berührung noch auf weitere Worte. Sie war es, zweifellos, und sie war es doch nicht. Als trüge sie eine hauchdünne, wächserne Maske über ihrem Gesicht, dachte Mauro. Kein Zeichen des Wiedererkennens in diesen Zügen, die früher jede Gefühlsregung nach außen getragen hatten, kein Leuchten in den Augen.

Sie erkannte ihn nicht.

Sie nahm ihn nicht einmal wahr.

So sehr Mauro Nesta sich während der Stunden in der stillen Wohnung für diesen Moment gewappnet hatte, so wenig war er ihm nun gewachsen. Mit neuer Hoffnung war er eben noch hierhergekommen, jetzt versuchte er vergeblich, ihren unsteten Blick zu halten. Es war doch gar nicht möglich, dass sie ihn nicht erkannte. Sie musste sich erinnern! Es hatte immer nur sie zwei gegeben.

Lindita Bardhecaj, die seine wachsende Verzweiflung spürte, kam zu Hilfe. Sie legte die knotige Hand der Mutter auf Mauros Ellbogen. »Jetzt ist ihr Sohn da, Frau Nesta, nehmen Sie doch seinen Arm.«

Zugleich forderte sie ihn auf loszumarschieren. »Beim Spazieren entspannt sie sich meist. Denken Sie einfach an das, was ich Ihnen vorher gesagt habe. Es wird schon gut gehen!« Sie schenkte ihm zum Abschied ein aufmunterndes Lächeln.

Ihr Satz hallte in Mauros Ohren nach. So wie die Empfehlung, er solle sich vorstellen, sie sei nicht krank, nur etwas älter geworden. Als wäre das so einfach. Überfordert und eingeschüchtert zugleich beobachtete Mauro seine Mutter aus den Augenwinkeln, während sie nun Richtung Altstadt gingen. Gelegentlich murmelte sie einige fast unverständliche Worte. Zu Beginn wollte er darauf reagieren, dann merkte er, dass keines davon ihm galt. Zögerlich machte Mauro sie auf besonders gelungene Kränze aufmerksam, doch sie blieb von allem unberührt.

Auf der Höhe des Erdbeerbrunnens blieb sie plötzlich stehen und starrte in den Himmel hinauf.

Mauro konnte nicht erraten, was sie sah. In seiner Hilflosigkeit zog er sein iPhone aus der Tasche und fotografierte ungefähr den Ausschnitt, von dem er glaubte, dass seine Mutter ihn fixiert hatte. Er schaute auf das Display. Der obere Rand der Brunnensäule mit der stilisierten Erdbeere, eine Hausfassade, darüber ein Stück vom Himmel. Was hatte sie daran interessiert? Reflexartig wünschte er sich, er hätte eine richtige Kamera dabei. Sein Perfektionismus ärgerte ihn. Es gab nichts zu dokumentieren, auf professionelle Weise schon gar nicht. Seine Schnappschüsse waren bloß hilflose Versuche zu erahnen, was die Mutter sah, wenn sie die Leere, wie ihm schien, mit Erinnerungen füllte. Etwas ging in ihr vor, das war offensichtlich.

Helen Nesta begann gerade wieder ihr Spiel mit den Händen. Die eine Hand stieß rhythmisch in die hohle andere, als drücke sie etwas hinein. Mauro zählte unwillkürlich mit. Er stellte eine verblüffende Regelmäßigkeit fest: Nach genau zwölf Stößen schloss sich die vermeintlich volle Hand enger um ihren Inhalt, die andere zupfte unten etwas heraus, worauf sie zum Abschluss noch einige Male fahrig über die obere Öffnung der Hand strich, um die Prozedur sogleich wieder von vorne zu beginnen. Mauro fielen die Blicke der Leute auf, die jetzt immer zahlreicher durch die Gassen strömten. Für einen

Moment war ihm die Situation peinlich, im nächsten schämte er sich für seine Gefühle. Während er das manische Fingerspiel seiner Mutter beobachtete, wurde ihm die Konsequenz seiner Rückkehr klar: So schnell würde er von hier nicht mehr wegkommen.

Pius Kobelt, Helen Nestas treuer Begleiter in den letzten Jahren, war den beiden unauffällig gefolgt. Seit Lindita Bardhecaj beiläufig Mauros bevorstehende Ankunft erwähnt hatte, passte er die Pläne für sein letztes Fest stetig an. Er konnte schwer abschätzen, wie es sich unter den neuen Begebenheiten abspielen würde. Mangels einer besseren Idee hatte er sich vorgenommen, seine geliebte Freundin und ihren Sohn ein bisschen im Auge zu behalten. Wie sollte er sonst herausfinden, was aus Mauro geworden war? Noch war es zu früh, mit Mauro zu sprechen, doch viel Zeit blieb nicht mehr. Sein Atem war schon wieder kürzer geworden, und er tastete nach dem Kortisonspray in seiner Tasche. Bevor er einige Meter hinter Helen und Mauro Nesta die Schlucht überquerte, inhalierte er zwei Stöße.

Auf einmal blieb Mauro stehen und schaute auf den Fluss hinab, der hier die sagenumwobene Kluft durchschäumte, bevor er zwei andere Flüsse aufnahm, sich für eine kurze Strecke breitmachte und wichtigtat, um gleich darauf selbst in einem größeren Strom aufzugehen. Er starrte in die Strudel hinunter, im selben Moment glaubte er eines der Wörter, die seine Mutter fast lautlos vor sich hin murmelte, verstanden zu haben.

»Welche Schildkröten, Mutter?«

Sie antwortete nicht.

Am anderen Flussufer erreichten Mutter und Sohn etwas später das Ziel ihres Spazierganges. Hier auf dem Festplatz war es noch still. Der Wind trug den Duft von Tannenkränzen und feuchtem Moos aus den Altstadtgassen herüber. »Großer Gott wir loben dich«, würden sie morgen nach dem Rutenzug wieder singen.

Mauro Nestas Lieblingslied als Kind. Seine Melodie berührte Mauro noch heute, der Text war ihm abhandengekommen.

Er half seiner Mutter behutsam die Stufen zum hölzernen Tanzboden hinauf und wollte sie zu der kleinen Tribüne hinüberführen. In dem Moment, als der Boden unter ihren Füßen zu hallen begann, und die Äste der Platanen sich über ihnen verschränkten, geschah das Unfassbare: Mauro spürte plötzlich einen leichten Zug am Arm, er glaubte, sich getäuscht zu haben, doch schon löste sich ihre Hand von ihm.

Dann begann Helen zu tanzen.

Mauro war fassungslos. Sie hatte kein verständliches Wort gesagt, hatte bisher mit keiner Geste auf ihn reagiert, aber jetzt, nach zwei, drei unsicheren Schritten schwebte sie über den verlassenen Tanzboden, als hätte sie ihm die ganze Zeit nur etwas vorgemacht. Sie tanzte allein und fast graziös! Oder doch nicht allein? Ihr Blick wirkte beseelt, ihre Hand ruhte auf einer erinnerten Schulter. Der gebrechliche Körper war gespannt, ihre grauen Haare flogen, das zögerliche Tocken der Absätze suchte den Rhythmus einer längst verklungenen Musik. Ein fiebriges Rot stieg in ihre Wangen. Mauro versuchte unwillkürlich, sich den Kavalier der Mutter vorzustellen. Einen Moment lang glaubte er gar, das Geräusch ihrer Schritte auf den Holzbrettern verdopple sich, im selben Atemzug fragte er sich, ob er seine Mutter nicht besser in die Realität zurückholen sollte. Nicht auszudenken, wenn sie stolperte und stürzte. Diese Schreckensvorstellung ließ Mauro auffahren, aber noch in der Bewegung erstarrte er. Sie lächelte!

Erst jetzt die erste Gemütsbewegung.

Mauro setzte sich auf die Holzbank zurück. Er verstand nun gar nichts mehr.

Pius beobachtete das Geschehen aus dem Hintergrund. Eigentlich war ihm jeder dieser seltenen lichten Momente seiner Freundin ein Geschenk. Dieser nicht. Zu genau wusste er, woran sich Helen erinnerte und welche Folgen jener Tanz bis heute hatte. Ganz im Gegensatz zu Mauro. Der hatte keine Ahnung davon, wer seine Mutter vor seinen Augen in eine junge Frau zurückverwandelte.

Grüne Blätter kreisen in grünen Blätterkreisen, weiß fliegen die Kleider vorbei, mitten im Schwindel mein Stolz. Er ist hier, ist mir so nahe, die Stadtmusik übereifrig und Leute überall. Jugendfest! Schnell und schneller im Rund, das Herz will zerspringen, Elfi tuschelt eifersüchtig auf den Balustraden, daneben der gestrenge Mühlemann, der gütig schaut, nur heute, festgütig. Jetzt hat er gesehen, was alle sehen: Wir zwei tanzen herrgottsverboten, der Herr Rektor entsetzt, sind alle vom Donner gerührt. Hört ihr ihn auch? Das Gewitter kommt, der Regen kommt, immer an diesem Tag, schau wie die Asche aus den Gesichtern rieselt, zum Glück trägst du dein altes Gesicht im neuen, mein einziges und Kind ohne Namen. Jetzt ist Schluss mit gütig, aber was kümmern mich die, der Neid sind immer die anderen. Sind die Verlorenen, die sitzengeblieben sind, schon bei Herrn Süß im Tanzkurs, weil.   Wort um Wort stehlen sie mir. Schauen nur zu draußen und tun, als hätten sie es so gewollt, als könnten sie selber bestimmen. Kann wer? Bhüet di Gott, Helen, du wirst übermütig! Bist doch erst achtzehn und er fährt jeden Abend nach Zürich! Sei's drum, Halbstarke sind nur halb stark und meiden und neiden gibt zusammen einen Vers, den haben wir uns immer gern drauf gemacht, Mutter, lieber als Flecken. Lampionrot zerfließen sie auf dem weißen Kleid, aber schaut doch einfach weg, Flecken gehört zu verstecken.

Woher kommen die, Helen?

Schon zu spät, Helen?

Ein einziger Jubel im Walzertakt, zu spät-spät, zu spät-spät, sein Eichenblatt in meiner Handtasche, meine Granatblüte an seinem Hut, zwei Zeichen, versprochen ist versprochen.

Helen hatte sich immer weiter in den Tanz hineingesteigert, und als schlügen ihre Gefühle Funken, flammten plötzlich die farbigen Lichter in den Platanen auf. Sie tauchten die grob gehobelten Bretter der Tanzfläche in ein warmes Gelb. Mauro hoffte darauf, dass ein Wunder geschehe. Das Gegenteil trat ein. Seine Mutter erstarrte mitten in der Bewegung und stand nun regungslos auf der Tanzfläche, den Arm noch immer angewinkelt in der Luft, die Hand ragte ins Leere, der erinnerten Berührung wieder beraubt. Das Lächeln war verschwunden, der Hauch von Rot auf ihren Wangen wirkte jetzt wie billige Schminke.

Mauro zögerte nicht länger. Vorsichtig trat er zu ihr hin und nahm ihre Hand.

»Komm Mutter, wir gehen.«

Sie murmelte etwas.

»Mit wem hast du getanzt?«, fragte er.

Die Mutter schaute zu ihm auf. Sie erkennt mich, dachte Mauro beglückt. Endlich! Die Freude und die Erleichterung trieben ihm Tränen in die Augen. Jetzt erkannte sie ihn doch.

»*Büscheli für schöns Mies?* Du hast es doch gar nicht ernst gemeint mit mir, Kadett!«

Der Schlag traf Mauro ins Gesicht. Dort, wo ihr Ring seinen Wangenknochen traf, platzte die Haut auf.

2

Inmitten tanngrüner Kränze
werden wir zu Kindern
Singt ihr dieses Lied
sie wird sich erinnern

Alina stürmte schluchzend in den Garten von Großvater Matter, der auf der schattigen Terrasse saß. An solch heißen Sommertagen pflegte Jakob Matter gerne seine Vogeleiersammlung. Das tat er auch jetzt, er pinselte eben den Staub vom zart gesprenkelten Ei einer japanischen Legewachtel. Ohne Eile legte er den Pinsel auf den Tisch. Wer Alina kannte, wusste um ihre theatralische Ader. Jakob nahm sie unbeeindruckt, aber tröstend in die Arme. Schnell hatte sich Alina beruhigt, und Jakob durfte fragen, was geschehen war.

»Hier, schau doch!«

Ihr schief sitzendes Haarband war nicht zu übersehen.

»Was ist damit?«, fragte er.

»Es ist nicht weiß!« Ein kurzes Schniefen kündigte den nächsten Ausbruch an, Jakob kam ihm zuvor.

»Ruhig, Prinzessin, ruhig. Rosa ist doch auch schön.«

Empört wischte Alina sich die Tränen weg.

»Es ist fürs Jugendfest, Großvater Matter!«, protestierte sie, als erkläre das alles.

»Aber längst nicht mehr alle Mädchen tragen Weiß.«

»Doch, doch!«

»Woher willst du das wissen, du warst doch noch nie dabei?«

»Aber meine Freundinnen schon! Die haben mir alles erzählt. Ganz genau! Also: Lackschuhe, weiße Söckchen, weißes Kleid und ein weißes Haarband mit blauen Kornblumen.«

»So, so. Und was sagt deine Mutter?«

»Meine Mutter hat das ja gekauft!«, sagte sie voller Verachtung. »Das da! Rosa. Also wirklich: Ich bin die Einzige in der Familie, die weiß, wie ein Jugendfest geht!«

Alina ahmte nicht nur Sätze von Erwachsenen nach, neustens imitierte sie auch ihre Gesten. Jakob Matter lächelte melancholisch. Manchmal war es besser, wenn man nicht genau wusste, wie so ein Jugendfest ging. Alina ließ sich mit verdrehten Augen auf den Stuhl plumpsen, die Schale mit Keksen auf dem Tisch war ihr bei aller Empörung nicht entgangen. Sie mochte die Schweizer Plätzchen weit lieber als die aus Deutschland. Das war schon mal ein Vorzug der neuen Heimat. Vor knapp einem Jahr war Alina mit ihren Eltern hierhergezogen. Alina hatte Jakob Matter vom Nachbarshaus flugs als Ersatz-Großvater adoptiert. Nach anfänglichem Sträuben hatte Jakob Matter es sich gefallen lassen. Und er hatte sogar die Aufgabe übernommen, die Kleine durch das Fest zu begleiten. Seit Monaten schon fieberte Alina, angestachelt von allem, was sie in der Schule darüber gehört hatte, dem Rutenzug entgegen. Ihre Eltern arbeiteten außerhalb der Stadt und waren an diesem Tag also beide unabkömmlich. Zu Beginn hatte Jakob Alinas Bitte ausgeschlagen. Er wollte nichts mehr mit dem Fest zu tun haben. Nie mehr. Doch Alina hatte ihren ganzen kindlichen Charme eingesetzt, sein Widerstand war zerbröckelt, und zum ersten Mal seit seiner Flucht aus der Stadt würde er nun wieder am Fest teilnehmen.

Auch wenn ihm das nicht weiterhelfen würde.

Verschüttetes Wasser kehrt nicht in die Schüssel zurück.

Eine plötzliche Eingebung ließ ihn aufstehen.

»Nimm dir vom Holundersirup, Alina, ich komme gleich wieder.«

Sie schaute zu ihm auf, bereits mehr als getröstet. Sie ahnte, dass sich Großvater Matter wie heimlich erhofft des Problems annehmen würde. Bevor dieser sich anders besann, wand er sich hinter dem Gartentisch hervor. Aus der Sommerhitze trat er in die kühle Halle des alten Bürgerhauses, das sich bis zur Hälfte in die steile Bergflanke grub. Fernöstlich anmutende Möbel verliehen den Räumen eine asketische Strenge, die auch im Schlafzimmer des oberen Stocks nicht aufgelockert war. Im Gegenteil: Großflächige, monochrome Gemälde verstärkten den Eindruck noch. Jakob Matter blieb einen Moment lang mitten im Raum stehen. Er wusste genau, wo er suchen musste, aber das unangenehme Gefühl, er überschätze seinen eigenen Mut, ließ ihn zögern. Die Vorstellung von Alinas verdutztem Gesichtchen gab schließlich den Ausschlag. Er baute den Turm aus kunstvoll verzierten japanischen Kartonschachteln auseinander, bis er die zweitunterste, eine weiß-schwarze, öffnen konnte. Ein Kästchen aus Kirschholz kam zum Vorschein. Er nahm es so behutsam heraus, als berge es seine seltensten Vogeleier.

Für einen Moment legte er seine Hand auf die unterste Schachtel. In dieser Haltung verharrte er sekundenlang mit geschlossen Augen. Dann stemmte er sich hoch und ging mit dem Kästchen in der Hand die Treppe hinab.

»Was ist das?«

Alina brachte ihn mit ihrer nervösen Tanzerei fast aus dem Gleichgewicht.

»Das? Das ist ein Geheimnis.«

»Wirklich? Wird es unser Geheimnis?«

»Ja, Prinzessin.«

Er öffnete das Kästchen ganz langsam, wohl wissend, was er damit anrichten konnte.

»Oh … prachtswundervollsam!« Die euphorischste von Alinas vielen Wortkreationen. »Wem gehört das?«

Mit ungewohnter Vorsicht nahm sie das weiße Haarband mit den farbigen, kunstvoll gestickten Blüten vom schwarzen Samt. Ihre kleinen Finger strichen sanft darüber.

»Einer Freundin.«

»Braucht sie es nicht?«

»Nein.«

»Warum nicht?«

»Darum.«

»Warum?«

»Sie ist gestorben.«

Erschrocken legte Alina das Band zurück auf das Samtkissen. »Nicht weinen, Großvater!«

»Ich weine doch nicht. Das ist schon elf Jahre her, lange bevor ich in die Schweiz zurückgekommen bin, da warst du noch nicht mal auf der Welt. Nimm es nur! Das Haarband hat sie vor einer halben Ewigkeit verloren. Sie braucht es ja nicht mehr. Probier es an, es ist dir sicher zu groß.«

Alinas Locken hielten das Band jedoch an seinem Platz.

»Wirklich schön!«, sagte Jakob Matter, um eine feste Stimme bemüht. »Deine Mutter darf es auch ruhig kürzen.«

Alina sprang auf Jakobs Schoß und klammerte sich an ihn.

»Danke, danke, danke!«

»Einmal danke genügt, Prinzessin.«

»Nein, du bist der Beste, Großvater Matter. Soll ich dir dafür den Reigentanz zeigen, den wir für morgen gelernt haben?«

»Du musst sogar!«

Jakob drehte über sein Handy die Lautstärke der Airplaylautsprecher tiefer, Monks *Criss Cross* hätte sich schlecht mit Alinas Darbietung vertragen. Das Mädchen war schon ganz bei der Sache, stapfte Achten und Kreise in Jakobs Rasen, präzise, so, wie die Lehrerin es ihr gezeigt hatte. Ihre Hand, die morgen ein anderes Kind führen würde, streckte sie einfach ins Leere.

Jakob belustigte ihre plötzliche Ernsthaftigkeit. Diese hermetische Konzentration, die er von sich selber in der Musik kannte, und die er nur noch selten aufbrachte.

Alina drehte ihre letzte Pirouette und Jakob zollte ihren Bemühungen gebührend Respekt. Dann setzten sich die beiden wieder an den Tisch. Alina leerte ihr Glas in einem Zug, das Haarband hatte sie zuvor sorgfältig auf den Tisch gelegt. Sie betrachtete es, ihr Gesicht kündigte die nächste Frage an.

»War sie denn deine Frau?«

»Nein. Ich bin nie verheiratet gewesen, das weißt du doch.«

»Schon. Aber weshalb hast du es dann behalten?«

»Für dich. Nein, Unsinn, weil es mir wichtig war.«

Sie untersuchte das Kirschholzkästchen genauer. Es ähnelte

ihrem Schrein der Weisen, den sie jede Woche an einem neuen Ort versteckte, so wie sie in ihrem Lieblingsbuch *Wir Kinder aus Bullerbü* gelernt hatte. »Ich habe auch eine geheime Schatztruhe«, sagte sie endlich.

»Und was ist bei dir drin?«

»Verrat ich dir nicht!« Alina wusste aus Erfahrung, dass ihre Geheimschätze wie etwa ausgefallene Zähne, glitzernde Bändchen, Tattoo-Bildchen, Wundersteine und Schneckenhäuser den Erwachsenen seltsam unwichtig waren.

»So?«

»Dann wäre es kein Geheimnis mehr!«

»Stimmt.«

»Also dir würde ich es vielleicht schon sagen.« Der Zwiespalt stand ihr ins Gesicht geschrieben.

»Alina, ich *zänzle* dich doch nur. Behalt dein Geheimnis für dich.«

»Zänzle?«

»*Zänzeln* heißt *zäukeln.*«

»Großvater, das machst du absichtlich, ich bin doch keine Schweizerin!«

»Du verstehst es schon. Jetzt habe ich es nämlich gerade wieder getan.«

»Ich weiß … *dänk!* Jemanden aufziehen oder so.« Sie schnitt ihm eine Grimasse, dann sagte sie listig: »Man kann aber auch zu zweit Geheimnisse haben!«

»Das stimmt.«

»Darum kannst du mir ja auch sagen, wer die Frau war, oder nicht?« Alina schaute ihn mit Unschuldsmiene an.

»Du Schlitzohr.«

»Jetzt sag schon!«

»Gut. Sie war …« Jakob brach ab und tat, als habe er sich wieder anders besonnen.

»Großvater Matter!!«

»Ja, ja.« Jakob beugte sich zu ihr und flüsterte ihr leise und jedes Wort betonend ins Ohr: »Sie-war-die-schönste-Frau-der-Welt!«

»Wirklich?« Alina sprang von seinem Schoß und schaute ihn aus großen Augen an. »Dann heißt sie Heidi«, stellte sie fest.

»Heidi? Die vom Geißenpeter?«

»Großvater! Die Blonde im Fernsehen.«

»Weißt du, diese Dinge im Fernsehen gab es damals noch nicht, deshalb war sie nur für mich die schönste Frau der Welt. Gut, für einige andere vielleicht auch.«

»Kein Fernsehen?!«

»Kaum. Und keine Handys und wenige Autos. Wenn man damals hier gesessen hat, hörte man das Rauschen des Verkehrs nicht, nur das Summen des Sommers.«

»Wie soll denn der Sommer summen?«

»Das Zirpen der Grillen, das Flüstern des Flusses und das Zwitschern der Vögel finden sich in Harmonie. Das war so. Und manchmal, über Mittag, wenn die Kirchenglocken verklungen waren, wurde es so still, dass man den Flügelschlag eines Schmetterlings hörte.«

Er hob den Zeigefinger und erzeugte zwischen den Zähnen ein kaum hörbares Schwirren.

»Das geht doch nicht, Großvater!«, sagte Alina, die sich schon wieder in ihre geliebte Bullerbü-Welt zurückversetzt fühlte.

»Früher schon, Prinzessin, glaub mir. Und wenn man in den Schatten eines Baumes trat, veränderten sich die Geräusche nochmals und jedes einzelne hallte ein wenig nach, weil die Hitze es nicht mehr erstickte.«

In jenen Tagen in den fünfziger Jahren war Jakob Matters Gehör legendär gewesen. Wer mit ihm zu tun gehabt hatte, hätte es mit einer eigenen verblüffenden Geschichte bestätigen können. Seine Musikerfreunde zuerst. Und wie jede Gabe war das überempfindliche Gehör für Jakob selbst Geschenk und Fluch zugleich gewesen.

Damals, als man ihn und seinesgleichen im Städtchen noch geduldet hatte.

Frühmorgens, erinnerte sich Jakob für Alina weiter, seien sie an Sommertagen wie diesen jeweils den Fluss hinauf marschiert, ein Kanu auf den Schultern, die Mädchen mit Proviantkörben. Das neu gebaute Freibad mit seinen ungewohnt blau gestrichenen Becken hätten sie meist links liegen lassen. Die Spiele im tiefgrünen Flusswasser weit oberhalb der Schlucht versprachen viel mehr Abwechslung, dort, wo die Strömung so träge war wie der Atem der Sommertage. Wo es einige sandige Plätze gab und in den Uferbäumen Taue baumelten, an denen sie sich weit in den Fluss hinauskatapultierten, wenn sie nicht gerade um die Gunst der Mädchen rangen. Das eine Mal, erzählte er Alina, sei er bei ihren Piratenspielen fast ertrunken. Zu zweit waren sie ein Tau hochgeklettert, er hatte mit Kobelts Pius verbissen um die bessere Position gerangelt, und just in dem Moment, als beide ins Wasser stürzten, waren sie mit den Köpfen gegeneinandergeknallt. Jakob hatte wohl für Sekundenbruchteile das Bewusstsein verloren, er war im Wasser tiefer und tiefer gesunken, und nur sein Freund Pius war der gläsernen Fee noch zuvorgekommen.

»Welche Fee?«, fragte Alina aufgeregt.

»Von der erzähl ich dir ein andermal. Nur so viel: In den Wäldern oben auf dem Berg und manchmal auch im Städtchen trieben Kobolde und Waldgeister ihr Unwesen, und unten am Wasser tummelten sich Nixen und Feen. Es gab vieles, was ich heute vermisse. Stell dir vor: Wenn du deiner Freundin etwas erzählen wolltest, musstest du warten, bis du sie das nächste Mal sahst. Kein Handy, keine SMS, keine Mail! In den Tagen, bis du sie wieder trafst, konntest du ihr die Geschichte dreimal neu erfinden, das war das Schöne. Oder aber sie hat in der Zwischenzeit entschieden, dass sie dich nicht mehr haben will, und du hast sie ein Leben lang nicht mehr gesehen.«

»Ein Leben lang?«, fragte Alina zerstreut. In solchen Kategorien dachte sie in ihrem Alter noch nicht. Sie versuchte sich noch immer vorzustellen, wie eine Fee aus Glas aussehen mochte. Und fragte sich, ob die Waldgeister, die Großvater Matter meinte, dieselben waren, die am ersten Morgen der Festwoche als Waldschrate verkleidet und mit Indianergebrüll die Altstadt hinauf gerannt waren. Ihre Freundinnen hatten es ihr erzählt, als sie am ersten *Büschelitag* zu Wochenbeginn die Papierrosen gebastelt hatten.

»Und wenn wir unten am Fluss Musik haben wollten, machten wir sie selber. Ein Radio zum Mitnehmen hatte keiner von uns.«

»Nicht mal so ein altes Kassettengerät wie das für meine Märchengeschichten?«, fragte Alina verwundert.

»Das gab es damals noch nicht.«

»Schlimm!«

»Manchmal auch schön. Die Märchen hat mir meine Mutter vorgelesen.«

»Erzähl weiter«, bettelte Alina, die ahnte, dass es längst Essenszeit war. »Was für Kleider habt ihr getragen?«

»Seltsame. So. Du musst nach Hause. Ich erzähl dir morgen mehr.«

Alina zog eine Schnute.

»Deine Mutter muss dir das Haarband noch anpassen.«

Dieses Argument überzeugte Alina. »Aber das Jugendfest hat es schon gegeben?«, fragte sie im Gehen.

Jakob Matter lächelte. »Das Jugendfest, Alina, hat es hier immer gegeben. Und es ist das Einzige, was heute noch so ist wie früher.«

»Genau so?«

»Ja.«

»Glaub ich nicht.«

»Wenn ich es dir sage. Unsere Mädchen haben dieselben Tänze geübt wie du.«

»Wirklich?«

»Ja. Und deshalb wirst du morgen auch das Haarband der schönsten Frau der Welt tragen und das hübscheste Mädchen im Rutenzug sein.«

»Ich kriege aber keine Haselrute!«, sagte Alina empört.

»Sei froh.«

»Warum?«

»Jetzt geh, Prinzessin!«

Alina rannte aus dem Garten und Jakob war froh, dass sie den Anflug der Panikattacke nicht bemerkt hatte. Allein der Gedanke daran hatte diesmal gereicht. Er trocknete den Schweiß auf seiner Stirn und wartete, bis sich sein Puls beruhigte. Lange und versonnen lauschte er danach ins Städtchen hinab. Er registrierte den erhöhten Geräuschpegel unten in den Gassen. So klingt Vorfreude, dachte er. Dieses kaum hörbare Raunen. Wie früher in den Konzerthallen, kurz vor dem Auftritt.

Der Anblick des vertrauten, grün glitzernden Flusses, der in höchster Not seine Träume in die Welt hinausgetragen hatte, wirkte zusätzlich beruhigend. Niemals, hatte er sich geschworen, würde er hierher zurückkehren. Nach seiner Flucht hatte er nie wieder etwas von ihr gehört. So hatte er sich einreden können, sie sei bloß eine jugendliche Schwärmerei gewesen. Im Lauf der Jahre und mit jeder weiteren seiner drei ernsthaften Langzeitbeziehungen war ihm jedoch klar geworden, dass er die Liebe seines Lebens einst gefunden und sofort wieder verloren hatte. Natürlich war es fatal gewesen, jede Beziehung mit jenem jugendlichen Gefühlssturm zu vergleichen, der ihn damals ins Verderben geführt hatte. Er musste einsehen, dass er alleine wohl glücklicher war. Bis Jakob Matter diese Erkenntnis wirklich akzeptiert und verinnerlicht hatte, brauchte er allerdings Jahrzehnte. In den Jazzstudios und Jazzclubs dieser Welt, von Paris bis Tokio, von New York bis New Orleans, fand er stete Ablenkung, die kreative Arbeit gaukelte ihm manchmal gar Erfüllung vor. Doch weder künstlerische Erfolge noch seine antrainierten fernöstlichen Weisheiten konnten letztendlich jene Leere füllen, die sie zurückgelassen hatte.

Nach dem Ende seiner Karriere war er doch noch zurückgekehrt, getrieben von einer vagen und schwachen Hoffnung, die sich sofort wieder zerschlagen hatte. Er hatte nur noch ein Grab vorgefunden. Trotzdem war er geblieben und verbrachte nun hier seinen Lebensabend. Glücklicherweise entdeckte Jakob nach und nach noch andere Gründe in diesem Ort zu leben. Das Städtchen hatte sich verändert. Es war nicht mehr viel zu spüren vom Moralismus, von der Engstirnigkeit, von der Atmosphäre der Angst und der Weltfremdheit, die ihn fast das Leben gekostet hatte. Heute fand er hier mehr kreative Energie als in vielen der Metropolen, die er erlebt hatte.

Jakob Matters Bild war mittlerweile etwas geschönt, die verklärte Perspektive eines Rückkehrers. Im Grunde hob nur das Jugendfest diesen Ort aus dem Durchschnitt. Für den Rest des Jahres war es eine typische europäische Kleinstadt: historischer Kern im schäbig neuen Mantel, die Altstadtwohnungen in der Hand gut verdienender Großstadtpendler, die gesichtslosen Außenbezirke unentschlossen, ob sie noch hierhergehören sollten oder der nächsten Gemeinde zuwachsen wollten.

Die Kleinstadt in uns allen.

So hatte sie Jakobs Freund Pius bei einem ihrer Gespräche kürzlich genannt.

Noch lange schaute er auf die Stadt hinab. Mehr der Form halber pinselte er schließlich über zwei unspektakuläre Pfaueneier, bis er sich mit einem Seufzer hochstemmte. Im Haus warf er das nass geschwitzte Hemd in den Wäscheschacht, zog sich sorgsam an und spazierte zum Friedhof hinunter, in der Hand wie an jedem Jugendfest seit seiner Rückkehr ein Eichenblatt für ihr Grab.

Helen Nesta hatte nicht mehr in ihren Tanz zurückgefunden. Gemeinsam meisterten Mutter und Sohn gerade die Treppe zur Hauptstraße hinunter. Die wenigen Passanten wichen ihnen höflich aus. Tags darauf würde das Gedränge so groß sein, dass Mauro für sie beide andere Wege finden musste. Sie spazierten in Helens Tempo zurück, für die zweihundert Meter bis zur Brücke brauchten sie eine gute Viertelstunde.

In der Altstadt begann Helen ihr seltsames Spiel mit den Händen von neuem und blieb immer wieder stehen. Mauro war dieses stockende Vorwärtskommen nicht gewohnt. Er war nie ein Flaneur gewesen, dafür fehlte ihm die innere Ruhe. Sein Beruf als Webdesigner hatte ihn zusätzlich geprägt, er war immer auf dem Sprung. Nun musste er seine Ungeduld zügeln. Vielleicht so, wie die Mutter vor vierzig Jahren bei ihm, dachte er plötzlich. Früher hatte sie auf denselben Gehsteigen seine Trotzanfälle erdulden müssen, er hatte sich dabei auch mal auf dem Boden gewälzt, brüllend, tobend, und manchmal gar seinen Kopf auf den Asphalt geschlagen; eine kleine Narbe auf seiner Stirn zeugte noch heute davon.

Mauro Nesta war kein einfaches Kind gewesen. Doch seine Mutter hatte alles ertragen und bedingungslos zu ihrem Jungen gehalten, selbst als ihn die Polizei zum Verhör aus der Schulklasse holte, weil sie eine Diebesbande ausgehoben hatten. Die Hälfte der Bande *Tschingge*, Italienerkinder, die faulen Äpfel, die den ganzen Korb verdarben! Die andere Hälfte, die Schweizer, kam glimpflich davon. So war das immer gewesen, so war es noch heute in diesem Land, seit neustem mit der Legitimation des Volkes. Es brauchte manchmal wenig, ein bisschen Verunsicherung, ein bisschen Furcht vor dem Fremden, und schon paktierten alle mit dem Teufel. Heute erfanden sie die Gründe für ihre Hetzjagden in jedem Wahljahr neu.

Mauros Erinnerungen an die Kinderzeit waren so lückenhaft wie seine Sprachfähigkeiten damals. War Vater zu der Zeit der Diebstähle schon seinem Heimweh erlegen, oder hatte er sich noch in seine Hustenanfälle geflüchtet? Er wusste es nicht mehr. Die Mutter jedenfalls hatte die Polizisten geduldig angehört und Mauro aus der Schusslinie genommen, so wie immer. Er hatte es ihr nie gedankt und mit zwanzig das Land verlassen. Das trug zu seinen heutigen Schuldgefühlen bei. Dabei war er einst ja nur vor seinen unverarbeiteten Kindheitserlebnissen geflüchtet. Seine Odyssee hatte ihn kreuz und quer durch das Land seines verschwundenen Vaters geführt, er war von einer Beziehung in die nächste geflüchtet, in der Liebe ebenso unstet wie in seinem Beruf als Webdesigner. Bis er Jahre später am Golf von Genua ein erträgliches Zuhause gefunden hatte, mit einem Hafen und Fluchtwegen in alle Himmelsrichtungen. Mittlerweile erhielt Mauro hauptsächlich internationale Aufträge. Selbst Genua, wo seine wenigen Freunde und die Teilhaber seines Geschäfts wohnten, war oft nur noch ein Zwischenstopp. Dort hatte ihn die Nachricht aus dem Heim erreicht. Der Zustand von Helen Nesta habe sich weiter verschlechtert. Und vor Wochen schon hatte die Hauspflegerin angekündigt, dass eine Betreuung in der eigenen Wohnung untragbar würde. Der Bescheid hatte Mauro nicht überrascht, sein schlechtes Gewissen hatte er auch unter Bergen von Aufträgen nie ganz ersticken können.

Mit einem Kraftakt hatte er schließlich alle laufenden Arbeiten seinen Geschäftspartnern aufgebürdet. Hals über Kopf war er danach in die Schweiz gereist, *precipitevolissimevolmente.* Mauro lächelte. Mit diesem Wort hatte er in den Italienischstunden stets den Spieß umgedreht und seine Klassenkollegen ins Stottern gebracht.

Als kleiner Junge hatte er immer das Umgekehrte erleben müssen.

Er nahm die Hand der Mutter etwas energischer, und sie schafften ohne weitere Zwischenfälle den restlichen Weg zum Heim. Lindita Bardhecaj beendete eben ihre Schicht. Als sie sah, dass die Nestas zurückkamen, blieb sie noch einen Augenblick länger. Sie verabredeten, wo Mauro die Mutter anderntags nach dem Rutenzug übernehmen konnte, dann schickte die Stationsleiterin sich zum Gehen an. »Gibt es eigentlich Dinge, von denen meine Mutter verständlicher spricht?«, fragte Mauro schnell.

»Ja, tatsächlich: Sie redet oft übers Schwimmen.«

»Schwimmen?« Mauro blickte sie verdutzt an.

»In einem Fluss, oder in einem See. Muss wohl lange her sein. Auf jeden Fall kommt dabei auch ein Boot vor.«

Mauros Schultern sanken hinunter. Es war hoffnungslos. Schwimmen! Seine Mutter hatte Angst vor Wasser, immer gehabt. So sehr, dass sie sich während seiner gesamten Schulzeit geweigert hatte, mit ihm ins Freibad oder auch nur in die Nähe des Wassers zu gehen.

»Das muss aber nicht direkt mit einer Erinnerung zu tun haben«, sagte Lindita. »Es kommt beispielsweise oft vor, dass unsere Bewohner etwas im Fernsehen sehen, was sie beeindruckt. Oder wovor sie dann Angst kriegen.«

Daher wohl die Schildkröten, dachte Mauro fast erleichtert. So musste es sein: Sie hatte eine dieser Tierdokumentationen geschaut, die sie schon früher immer geliebt hatte.

»Sie werden Ihren eigenen Weg finden müssen, die Worte ihrer Mutter zu deuten. Was ich Ihnen aus meiner Erfahrung mitgeben kann: Das, was in den Menschen hier vorgeht, ist unendlich vielfältiger, als es sich die Angehörigen vorstellen. Sie lassen sich vom äußeren Bild täuschen. Ihre Mutter lebt einfach in einer anderen Welt, doch auch ihre Welt ist eine ganze Welt.«

Mauro bedankte sich nochmals. Er drückte seine Mutter zum Abschied behutsam an sich. Helen Nesta ließ es teilnahmslos geschehen.

Das Schwierigste war, mit anderen über seine Mutter zu sprechen, während sie danebenstand, weil jeder davon ausging, sie verstehe ohnehin nicht, was gesagt wurde. Aber wer wusste schon, was sie aufnahm? Welche Arten des Wahrnehmens und des Erinnerns von dieser verfluchten Krankheit bereits gekerbt waren, und welche noch nicht? Die Krankheit des Vergessens. Der Erinnerung. Je nach Standpunkt, je nach Verlauf.

Die Betreuung seiner Mutter, das hatte Mauro Nesta heute erfahren, erforderte dieselbe Rücksichtnahme wie die eines Kindes, nur war das bei der Mutter, die einen aufgezogen hatte, schwer zu akzeptieren. Mauro hatte sich wiederholt an Stella erinnert gefühlt, seine Patentochter, die er eine Zeit lang regelmäßig betreut hatte. Sie war auch eine Träumerin gewesen. Stella war die Tochter von Elena und Mauros stillem Teilhaber Siro Cammeriere, der vor einem halben Jahr tödlich verunglückt war. Auch die kleine Stella hatte sich von einer Sekunde zur anderen in ihren Gedankenspielen verlieren können, mitten auf der Straße, der Blick so starr wie der seiner Mutter. Aber um Stellas Lippen hatte dabei stets ein Lächeln gespielt. Das war der Unterschied. Und dass ihre Träumerei in die Zukunft gerichtet war, während die der Mutter wohl eher die Vergangenheit heraufbeschwor.

Etwas ganz Ähnliches widerfuhr dieser Tage allen hier. Auch Mauro blieb in der Altstadt stehen und betrachtete mit zwiespältigen Gefühlen die Kränze über ihm. Gerührt erinnerte er sich für einen Moment an seine eigene Schulzeit, an diese magische Woche mit den drei wundersamen Tagen vor dem Fest, unten im Wäldchen. An die vielen Holzbänke, auf denen Seminaristinnen oder Lehrerinnen kränzten, während die Kinder ihnen das benötigte Material zureichten, den Kopf meist ganz woanders. Dann der Abend des Festes unter den Baumkronen. Wunderbare, sommerleichte, kindliche Verliebtheiten, und als heilsames Gegengewicht erste abgründige Erfahrungen. Besonders die eine, die ihn für lange Zeit geprägt und ihm früh aufgezeigt hatte, wo sein Platz in diesem Städtchen war.

Mauro Nesta hatte als Jugendlicher zu denjenigen gehört, die ihren Gefühlen stets zu sehr verfielen, ohne dass sie erwidert worden wären. Vielleicht lebte er deshalb noch immer allein, unbewusst auf der Suche nach der Frau seiner Träume von einst. Was er sich natürlich nie eingestanden hätte. So wenig wie die Ahnung, dass ihm dieses Fest zur Prüfung werde könnte. Nicht nur wegen seiner Mutter.

Mauro kam an der alten Druckerei vorbei. Hier hatte er früher den Stadtanzeiger zum Austragen abgeholt. Morgens um halb sechs, bei jedem Wetter, jeder Temperatur. *Tschinggebüez!* Und doch hatte keiner verstanden, weshalb der Erbe des alten Bellards eine solche Arbeit verrichten musste. Noch weniger hatten sie verstanden, dass der Erbe Bellards ein halber Italiener war.

Nicht immer war der Enkel des Königs ein Prinz.

Die Druckerei und die Buchhandlung gab es nicht mehr, eine Tanzschule hatte sich in den Räumlichkeiten eingemietet und legitimierte ihre Preise mit einer Reihe von Pokalen im Schaufenster. Mauro wollte das mächtige Schiff der Stadtkirche umrunden, als sein Blick an den Granatbäumen hängen blieb, die in großen Eternittöpfen den Kirchplatz schmückten. Die legendären Granatblüten! Jahrhundertelang hatte der Jugendfestbrauch des Tauschens jeden Sommer bestimmt, die ausgeklügelten Vorbereitungen, die Dramen und Glücksmomente, aber auch die Kollektivstreiche und all die Grausamkeiten, die damit verbunden waren. An einem Zapfenstreichabend wie diesem, am Tag vor dem Jugendfest also, fand der Handel endlich statt, der während Monaten eingefädelt worden war. Wer sich gegenseitig für das Fest versprach, tauschte die entsprechenden Zeichen. Der Junge schenkte dem Mädchen einen Eichenzweig, das Mädchen revanchierte sich mit einer Granatblüte. In Helen Nestas Jugend war der Tausch noch einem Verlobungsversprechen gleichgekommen. Bei ihrem Sohn hatte die Bedeutung des Brauchs schon abgenommen, aber wer niemals eine Granatblüte erhalten hatte, war davon geprägt, egal, wie gut er dies überspielte.

Mauros Finger strichen über eine der schon welken Granatblüten. Hier hatte er sich oft vor dem Fest bedient, wenn die Bäumchen noch nicht geplündert waren. Das Diebesgut hatte er im Tiefkühler versteckt und sich dann mit der aufgetauten Granatblüte am weißen Hemd in den Rutenzug eingereiht, als sei er von seiner Auserkorenen eben beschenkt worden.

Im Wissen um den eigenen Schwindel hatte Mauro Nesta die neidischen Blicke der Schulfreunde nur halb genießen können.

Endlich zurück in der Wohnung, kochte Mauro als Erstes Wasser auf und machte sich nach Art der Mutter einen Krug Filterkaffee. Aus reiner Nostalgie gab er wie sie sogar ein wenig Aroma hinzu. In der Besteckschublade suchte er nach einem kleineren Löffel, fand dort aber nur Kugelschreiber, Bleistiftspitzer, einen Schuhlöffel und einen Schraubenzieher. Mauro nahm ihn nachdenklich heraus. Er solle sich auf seine Intuition verlassen, war ihm geraten worden. Genau das tat er jetzt, denn das Werkzeug erinnerte ihn an die verschlossene Zimmertür nebenan. Der Schraubenzieher passte überhaupt nicht in die altmodischen Schrauben. Mauro benützte ihn kurzerhand als Stemmeisen und wuchtete das schwere Schloss damit auf. Der Sperrriegel lag nun frei, er schob ihn zur Seite, die Tür schwang auf und Mauro starrte entgeistert in sein altes Kinderzimmer.

3
Sie wird sich erinnern
wird lächeln vielleicht
Das Fest wird zum Traum
und alles ganz leicht

Irritiert und ehrfürchtig zugleich, fast so, als betrete er den Tempel einer fremden Religion, machte Mauro den ersten Schritt in das Zimmer. Unsicher balancierte er über das Mosaik, das auf dem Boden ausgelegt war. Sofort fragte er sich, wie seine Mutter all die Rindenstückchen hier heraufgeschleppt haben mochte. Sackweise, in einem einzigen Kraftakt? Oder in einem sich endlos wiederholenden Ritual? Stück für Stück, Tag für Tag, Woche für Woche.

Quer durch das Zimmer hatte Helen Nesta ein drei Meter langes Boot nachgebaut. In seiner Mitte, gleichsam als Ruderbank, stand der Fußschemel, den Mauro einmal mit seinem Vater gezimmert hatte.

Er setzte sich vorsichtig darauf. Die einzelnen Stücke hatten organische, klar definierte Formen, und sie schillerten in den verschiedensten Grün-, Grau- und Brauntönen.

Er hätte nicht mal sagen können, von welchem Baum sie diese eigentümliche Rinde abgeschält hatte, obwohl ihm der Anblick beunruhigend vertraut war. Das Schiff schillerte in den verschiedensten Grün-, Grau- und Brauntönen. Doch das Boot war noch nicht das Verblüffendste im Zimmer, der Anblick all der Schildkröten raubte ihm vollends den Atem.

Schildkröten!

Seine Theorie, Mutter hätte bloß eine Tierdokumentation über Schildkröten gesehen, war widerlegt. Hier ging es nicht um ein gemurmeltes Wort, hier standen sie wirklich, und zwar zu Dutzenden. Auf der Kommode, auf dem Nachttisch, auf dem Fenstersims. Alle waren blau bemalt, jede einzelne liebevoll aus jeweils acht verschieden großen, rund geschliffenen Flusssteinen zusammengeleimt. Vier längliche für die Beine, ein flacher für den Panzer, ein schmaler für den Kopf, der wie die Beine an die Unterseite des Panzers geklebt war, und zwei kleine aus dem Uferkies für die Augen.

Selbst auf der Platte von Mauros altem Schreibtisch: Eine

Schildkröte neben der anderen. Vorsichtig zog er die Schublade auf. Sie war randvoll mit Steinen, die darauf warteten, bemalt und geklebt zu werden.

Ma – perché?

Die Farbe des Teppichs unter dem Rindenmosaik hatte Helen Nesta ebenso sorgfältig ausgewählt wie jeden einzelnen dieser Steine unten am Flussufer. Auch wenn Mauro in diesem Moment nur unbewusst wahrnahm, dass die Fasern exakt in jenem unergründlichen Grün des Wassers an einem strahlenden Sommertag schillerten.

Weshalb Schildkröten?, fragte sich Mauro wieder.

Was war mit diesem Boot geschehen?

Am … am Tag, an dem der Regen kam!

Diesen Satz entdeckte Mauro erst jetzt, er stand in der Schrift seiner Mutter auf einem Stück Pappe, das mit Reißzwecken an die Wand gepinnt war.

Der Tag, an dem der Regen kam.

Alles im Zimmer bestätigte ihm, was Mauro auf der Tanzfläche erstmals geahnt hatte: Es gab tatsächlich ein Geheimnis im Leben der Mutter.

Er hatte nicht die leiseste Ahnung, was es war.

Fast wünschte er sich, seine Mutter hätte die Installation noch in klarem Zustand geplant, gleichsam als Anleitung für ihn. War das ihr Antrieb gewesen? Oder hatte die Erinnerung an den unsichtbaren Tänzer mittlerweile die Erinnerung an ihn, ihren Sohn ersetzt? Ach was, sie hatte einfach das freie Zimmer genutzt. Mauro stand auf. Womöglich war auch die Zahlenreihe, die sich wie ein Bandwurm über eine ganze Wand zog, ein Hinweis auf die Lösung des Rätsels. Seine Mutter hatte sie mit Kugelschreiber und zittriger Hand direkt auf den Verputz geschrieben. Es waren immer dieselben drei Zahlen. 201, 202, 203. In gleichbleibender Reihenfolge.

Und die Schuhschachteln? In einer Ecke des Zimmers waren

sie aufgestapelt, alle offen, der Deckel jeweils unter den Boden geschoben. Sie schienen leer und hatten kaum etwas mit dem Rest zu tun, sie waren wohl eher Ausdruck manischen Sammelns.

Mauro Nesta war komplett verunsichert. Die Beziehung zur Mutter, die Wohnung hier und sein Heimatort waren neben der Arbeit die wichtigsten Bezugspunkte in seinem Leben. Das war ihm nie bewusst gewesen, bis jetzt, da er alles in Frage gestellt sah. Er ging ins Bad und benetzte sein Gesicht mit kaltem Wasser. Die Müdigkeitsattacke verflog, das Befremden in seinen Zügen ließ sich jedoch so wenig wegwischen wie seine Ähnlichkeit mit der Mutter.

Der Tag, an dem der Regen kam.

201, 202, 203.

Und nun?

Mauro Nesta reiste stets mit einer kleinen Arbeitsausrüstung, diesmal hatte er sie sogar um einige Geräte erweitert, weil er nicht gewusst hatte, wie lange er in der Schweiz bleiben würde. Er trug die Gerätetasche in sein altes Zimmer. Die Fotos aus dem Blickwinkel seiner Mutter lud er in den Speicher des kleinen Thermoprinters. Zehn Minuten später hingen die Ausdrucke an der Wand. Die Spitze der Brunnensäule, Ausschnitte aus den Altstadtfassaden, die Kronen der Platanen beim Tanzboden, die Holzbalustraden rundherum.

Mauro setzte sich wieder auf den Schemel im Boot. Er würde diesen unsichtbaren Tänzer finden, beschloss Mauro mit einer Vehemenz, die ihn selbst überraschte. Vielleicht war der wahre Grund dafür auch seine Erkenntnis, dass er für seine Mutter noch etwas tun konnte. Er würde nicht abreisen, bevor er es geschafft hatte, nahm er sich vor. Der Tanz mit dem Unsichtbaren und das Zimmer hier waren zweifellos Bruchstücke derselben Geschichte. Helen Nesta war 1938 geboren und hatte ihr ganzes Leben im Städtchen verbracht. Das Jugendfest musste eine wichtige Rolle in dieser Beziehung gespielt haben. Zu ihrer Zeit hatte es kaum eine Jugendliebe gegeben, die nicht am Fest erklärt und besiegelt worden war, das Tauschen von Granatblüte und Eichenblatt war ein Versprechen fürs Leben gewesen. Für seine Suche gab es keinen geeigneteren Moment.

Wie jedes Jahr an diesem Abend bemächtigte sich festlicher Übermut der Stadt. Ein Paar reihte sich gerade in den Reigen ein, um nicht gänzlich aus dem Leben zu fallen – wie so viele hier, in diesen rätselhaften Tagen. Zwei Frauen waren es, die sich Arm in Arm über die kleine Tanzbühne auf dem Hauptplatz der Altstadt drehten, um das Fest so für sich zu eröffnen. Sie tanzten sich Mut an. Die eine, die Geschiedene, der alles im Leben zu früh geschehen war, hatte gerade ihre einzige Tochter zu einem Amerikaaufenthalt verabschiedet und begann nun ein einsames Jahr. Ihre Freundin, die Standesbeamtin im Ort, suchte bei jedem neuen Fest nach einem Zipfel von dem Glück, das sie seit Jahren allen anderen versprach. Legendär war ihr verzweifeltes Bonmot, für den Richtigen gäbe sie alles auf und ginge nur noch zum Gebären außer Haus.

Zwei aus Hunderten von Geschichten, die heute an jenem Ort aufeinanderprallten, der Jakob Matters Schicksal einst bestimmt hatte. Er betrat den Brunnenplatz der Hofstatt unter dem alten Salzhaus. Zum ersten Mal seit seiner Rückkehr ließ Jakob sich auf das Fest ein. Der eine oder andere winkte ihm zu, doch gerade diejenigen, die es taten, ahnten nicht, was es den alten Mann gekostet hatte, hierherzukommen. Der Platz füllte sich stetig. Alle Besucher strömten aus Gewohnheit zuerst zum Hofstatt-Brunnen. Der Tanz hier am Vorabend des Festes war Teil des kollektiven Stadtgedächtnisses.

Der Abendhimmel klebte über dem ausladenden Giebel des Salzhauses und kontrastierte die weiß-schwarzen Streifen der

Fensterläden. In den mächtigen Mauern, die den Platz begrenzten, waren im Mittelalter das Salz und andere Waren gelagert worden. Unten an der Mole hatten die Schiffer ihre Nauen vertäut, dankbar dafür, die enge Schlucht hinter sich zu wissen, denn ab hier wurde der Fluss ruhiger. Die Lage am Wasser und das Stadtrecht hatten dem Ort schon früh eine gewisse Bedeutung verliehen, eine entsprechende Größe erreichte er nie. Heute gehörte das Flussufer dem Militär, den Flaneuren und den Verliebten. Unten an der Mole, beim sogenannten »Fischerskopf«, waren schon in Jakobs Jugendzeiten erste Küsse getauscht worden.

Mit wackligen Schritten ging Jakob über das Kopfsteinpflaster. Ein Eiertanz, interpretierte er seinen tastenden Gang und lächelte nachsichtig. Er bereute seine Entscheidung, hierhergekommen zu sein. Die Narben auf seinem Rücken brannten wie Feuer.

Der Zweifel ist der Schatten eines Menschen im Dunkeln.

Beeindruckt vom unerwarteten Trubel um ihn herum, setzte er sich auf eine der Festbänke. Jakob hatte noch die übersichtlichen Dimensionen des Festes im Kopf, seither hatte sich die Einwohnerzahl allerdings verdreifacht. Jahr für Jahr trafen sie sich alle hier, deshalb war an diesem Fest auch alles möglich. Die Jahrgänge vermischten sich, die Altersunterschiede, die damals einem Generationensprung gleichgekommen waren, verschwanden, die Geschichten glichen sich einander an, so unterschiedlich die Menschen auch waren. Denn gemeinsam hatten sie diese Stadt, das Fest, die Prägung aus der Jugendzeit, die selbst Weggezogene für zwei Tage an die Orte der alten Dramen zurückführte; zu Gesprächen, über das, was gewesen und über das, was seither geschehen war, begleitet aber vom steten Gedanken, was hätte sein können. Es wurde erzählt, verglichen, selten etwas eingestanden, viel ausgewichen und geprahlt, wer wollte es ihnen verargen.

Keiner war wie Jakob zu lebenslanger Verschlossenheit verurteilt.

Umso feiner war sein Gehör für die Geschichten um ihn herum. Eine attraktive, etwa vierzig Jahre alte Frau am Nebentisch fiel ihm auf. Es war eine der beiden, die eben noch überschwänglich getanzt hatten. Nun wirkte sie ähnlich verloren wie Jakob. Vielleicht war ihm auch die Stille aufgefallen, die sie mitten im Trubel wie eine Kapsel umschlossen hielt und die nur Jakob wahrnahm. In regelmäßigen Abständen holte sie ihr Handy heraus. Heute war alles viel leichter als früher, dachte Jakob. Nichts und niemand war mehr unerreichbar, schon gar nicht die Geliebte.

Heimatland! Weshalb beschäftigte ihn diese Frau überhaupt?

Sie glich ihr doch gar nicht.

Er schüttelte unmerklich den Kopf. So schnell also verlor er sich! Noch während er sich dessen bewusst wurde, flogen seine Gedanken weiter in die Vergangenheit zurück, ohne dass er etwas dagegen tun konnte. Zu sehr glich sich die Szenerie. Damals, am selben Abend vor über fünfzig Jahren, war er durch diese Gassen geschwebt, der Kopf noch vernebelt vom wundersamsten Nachmittag seines Lebens. Der erste gemeinsame mit ihr unten am Fluss. Viel zu schnell war er vorbeigegangen, beide befanden sich danach in einem Zustand der Auflösung. Vergleichbar nur mit seltenen Momenten auf der Bühne, wenn Bandkollegen einen Musiker herunterzerren mussten, weil dieser selber gar nicht mehr imstande war, allein aus dem Klangrausch herauszufinden. So hatte Jakob Matter sich an jenem ersten Abend gefühlt. Der Zapfenstreichabend, wie heute. Aber keine Möglichkeit, die Angebetete vor dem Jugendfestumzug am folgenden Tag nochmals zu sehen. Anständige junge Mädchen waren in den fünfziger Jahren höchstens mit ihren Eltern unterwegs gewesen. In Gruppen war die bessere Gesellschaft durch die Alleen des Städtchens flaniert, aufgehoben in der eigenen Wohlgefälligkeit. Auch ihre Familie hatte gewusst, was sie ihrem Ruf schuldete. Gut sichtbar, aber nur ein Mal, war sie durch die Altstadt promeniert, über den Fluss zur Schützenmatte und zurück. Jakob hatte sich einen Spaß daraus gemacht, während der ganzen Zeit in ihrem Blickfeld zu bleiben.

Der erste Fehler?, hatte er sich später oft gefragt.

Es war tatsächlich ein Fehler gewesen. Ein weiterer, denn Jakob Matter hatte schon lange davor Verdacht erregt. Gerade er, der Gärtnersohn, hätte eigentlich ahnen müssen, wie unüberwindlich die Hindernisse sein würden.

Noch heute sah Jakob vor sich, wie ein geschniegelter Stenz nach dem anderen der Familie seiner Angebeteten die Aufwartung machte. Er wäre gar nicht dafür ausgestattet gewesen, sich unter sie zu mischen, er hatte keinen Gehrock, kein biegsames Rückgrat und schon gar keinen Kratzfuß. Sie hatte das überhaupt nicht gekümmert. Was seine Hoffnung wenigstens für eine schlaflose Nacht lang weiter genährt hatte. Sie hat doch nur Augen für mich!, hatte er sich beharrlich bestätigt. Im einen Moment hatte Jakob Matter daran geglaubt, im nächsten überwogen die Zweifel. Erst beim elften Böllerschuss im Morgengrauen war er ruhiger geworden. Und bereit gewesen für den großen Tag.

Nur nicht für seine Offenbarungen.

Die Tanzmusik in der Hofstatt gab ihr Bestes. Es war nicht sehr viel, aber das kümmerte niemanden und reichte, um die kleine Tanzfläche nach und nach zu füllen. Jakob hatte sich wieder gefangen und beobachtete eine Weile die Tanzenden. Die schöne Frau mit dem seltsam jungen Gesicht saß noch immer alleine in seiner Nähe, das Handy vor ihr auf dem Tisch. Jakob musste an sich halten, um nicht tröstend ihre Schulter zu tätscheln. Für ihn war es Zeit zu gehen, Alina würde morgen an der Tür klingeln. Sehr früh und sehr ungestüm.

Helen Nesta saß zur selben Zeit in ihrem Zimmer im Heim auf dem Bettrand, verschlossen wie immer in den letzten Monaten, gefangen in einer der manischen Beschäftigungen, die stetig typischer wurden. Lindita Bardhecaj behielt ein Auge auf sie, während sie einige Kleidungsstücke zusammenlegte und einräumte. Helen Nestas Hände waren unaufhörlich in Bewegung. Jetzt störte sie offensichtlich wieder etwas an ihrem Knie, sie klaubte daran herum, dann wanderte ihre Hand über die Waden hinab, unten über dem Knöchel blieb sie einen Moment lang hängen.

Wo ist bloß der Handschuh? Sind Schuhe für Hände, ein Schuh macht noch keinen Fuß, und Zweige sind für Nadeln, hergestreckt von Kinderhänden, ohne Schuhe. Bündeln, zurren, bündeln, zurren, der Kranz für die große Kreuzung: Tausende werden ihn sehen, nur keinen Bruch flechten, eine Bellard blamiert sich nicht! Das Schnürseil um das Tragseil, hoher Armschwung, rundherum, Handwechsel, festziehen. Emsige kleine Helfer bringen neue Zweige, zappelig und übermütig sind alle. Schau, zwei Ascheflocken auf dem Handschuh, die Sommerbrise wispert in den Baumwipfeln hinter den Hügeln. Wie beruhigend sie duften, die Tannenzweige! Und immer die Schüler im Auge. Sie spielen ihre Spiele und lachen ihr Lachen, warum verlernen sie das nur so schnell? Ich auch?

»War der Ausflug mit ihrem Sohn schön, Frau Nesta?«

Es waren bereits wieder zehn Minuten vergangen, seit Lindita Bardhecaj Helen Nesta aus dem Badezimmer zum Bett geführt hatte. Manchmal war der Umgang mit ihr einfacher, dann befolgte sie, was Lindita sagte. Kaum vorstellbar, dachte die Pflegerin, dass sie unten auf dem Tanzboden einen lichten Moment gehabt haben sollte. Die seien höchst selten, hatte sie Mauro Nestas Hoffnungen dämpfen müssen, als er ihr davon erzählt hatte, und kämen kaum mehr als einmal im Monat vor. Sie beobachtete Helen Nesta nachdenklich. Wie so oft fragte sie sich, wen sie selbst für Helen wohl darstellen mochte. Meist schwebte sie ja in ihrer Gedankenwelt, mochte hören, was um sie herum vorging, aber sah sie auch das passende Bild dazu? Wie sehr vermischten sich in ihrem Kopf die Zeiten? Oder fügte sie die heutigen Personen einfach in die Kulisse ihrer Erinnerungen ein?

Lindita Bardhecaj sah ein Lächeln in Helens Gesicht vergehen und ließ sie noch einen Moment länger auf der Bettkante sitzen. Erzwingen konnte man ohnehin nichts. Lindita hatte es schon in ihrer Kindheit erfahren. In der alten Heimat war ihre Großmutter ihre engste Vertraute gewesen, der Demenz zum Trotz. Das sei auch der Grund, weshalb sie Pflegerin geworden ist, erzählte Lindita den Leuten. Der wahre Grund war ein anderer: Mit einem kosovarischen Namen bekam ein Mädchen in der Schweiz gar keine andere Lehrstelle, ungeachtet aller guten Zeugnisse. Zu gerne wäre Lindita Kindergärtnerin geworden. Die Schulnoten und die Geduld der Eltern hatten jedoch nicht gereicht. Mittlerweile liebte sie ihren Beruf. Auch wenn sie an diesem Abend Helens Verhalten bei aller Pflegeroutine nicht deuten konnte. Sie kannte ja den Ursprung ihrer Handbewegungen nicht. Lindita war nicht im Städtchen aufgewachsen und hatte noch keine Kinder, ihr fehlte jede Vorstellung davon, wie es beim Kränzen vor dem Fest zuging, unten im Wäldchen über dem Fluss.

Ich verstecke mein Lächeln in der Rindenhaut. Was die auch immer denken über mein Lachen! Wieder fallen mir Flocken aus dem Kopf, sie machen graue Hügel, eines Tages wird es nur noch Hügel geben, weil.   Ein Junge flüstert dem Mädchen ins Ohr, ein Mädchen zappelt, ein Junge zupft an seinen Hosenträgern herum, am Nachmittag ist Tanzkurs. Wer tauscht mit wem, wer geht mit wem, wird er mich küssen? Nervös sind die Buben wegen der Mädchen, sagt die Mutter, die Mädchen haben die Macht. Gelogen! Gemacht hat immer nur Vater.

Mutter kommt nie auf Ideen, sie redet Vater das Wort und alles schön. Obacht, Helen! Der nächste Bund, die Zweige um das Tragseil, drehen, bündeln, ich bin soviel älter als die, bin achtzehn, vielleicht, und achtzig, das ist mir ein Einerlei.

Lindgrüne Seidenluft in den Zweigen, er ist es, er ist nicht richtig Lehrer, er hilft nur aus, drum. *Er bläst den Blechbläsern den Marsch vor, marschiert mit, vorbei, links-rechts-links-rechts! Endlich, der Rand eines Rindenstückes, so schön gezackt, es muss weg, die Haut darunter ist jung und schön und makellos. Viel zu wilde Haare hat der doch, schmierig und richtig verwahrlost ist der, ein Halbstarker, du wirst dich in Acht nehmen, Helen! Halb ist er stark und halb ist er was? Fährt sogar unter der Woche in die Stadt, schlägt sich die Nächte um die Ohren! Lass mich und lass dieses Nachthemd auf dem Bett, die weiße Uniform passt dir nicht, Mutter, du hast nie Mitleid gehabt. »Büscheli für schöns Mies!« Wie laut er ruft, wie frech er lacht, aber warum will er Moos? Kränze brauchen Zweige, kein Moos, nicht wie früher, ich werde immer jünger und soviel älter ist er gar nicht: Schön ist ein solcher Zufall! Marschierst vorbei, eins-zwei, eins-zwei, bist nicht bei der Sache, findest alleweil alle Zeit, schaust ungebührlich lange, dein Lächeln fröhlich, mir wird.* *Zweig um Zweig ums Seil, flusswassergrüne Augen zwinkern. Darfst du das? Selbst die Kinder sehen es, die Seminaristin und der Lehrer, um Himmelsherrgottswillen! Sie werden reden, erzählen, schau weg, bitte, schau her, aber dann wirklich weg! Bin noch so jung und am Fest wird der Vater den Zylinder tragen. Tief in der Stirnkerbe. Spüre deine Blicke an seltsamen Orten, weg muss die Rinde endlich, Stück für Stück und Stück, die Haut darunter geschmeidig, sonst wirst du nicht mehr gucken.*

»Zeit zu schlafen, Frau Nesta.« Lindita zog Helen die beständig kratzende Hand vom Schienbein weg.

Aber berühren nicht, anfassen darfst du mich nicht, mit deinem Aschengesicht, nicht schon wieder, Mutter!

Das waren die schwierigsten Momente für Lindita Bardhecaj, selbst jetzt noch. Doch es half nichts, sie musste sich auch noch um andere Bewohner kümmern. Ihre Schuldgefühle waren so unnötig wie unausweichlich. Daran würde sich wohl nie etwas ändern. Das dachte sie zumindest, während sie die ungewohnt widerspenstige Helen mit festem Griff ins Bett bugsierte.

Mauro hatte dem rätselhaften Zimmer endlich den Rücken gekehrt und stand vor dem großen Bücherregal im Wohnzimmer. Die Mutter hatte irgendwann die Fotoalben neu sortiert, stellte er fest. Er nahm das erste aus dem Regal und blätterte durch die vergilbten Kinderfotos der Bellard-Familie. Bellard war Helen Nestas Mädchenname gewesen. Ein ehrwürdiges Geschlecht, so adlig, wie man in einem Schweizer Städtchen nur sein konnte. Bürgeradel. Helens Heirat mit dem Italiener war weit unter Stand und ein Skandal gewesen, das dachten damals alle. Mauro stemmte alsbald weitere Alben vom Gestell. Von den spärlichen Bildern des Vaters ließ er sich nicht ablenken. Als er schon aufgeben wollte, wurde er endlich fündig. Die Mutter hatte es ihm auch hier leichtgemacht. Ein Foto im letzten Album stach heraus, weil die anderen Bilder auf der entsprechenden Doppelseite herausgerissen waren. Er fand sie weiter hinten im Einband. Offensichtlich hatte seine Mutter die alte Bildfolge nicht mehr ertragen. »Jugendfest 1956« stand neben dem für Mauro neuen Foto. Sie hatte es nachträglich mit Kugelschreiber hineingeschrieben, nicht mit Tinte wie die übrigen schriftlichen Vermerke im Album. Dieses Bild war auch weniger vergilbt. Es zeigte Helen im Gespräch mit einem uniformierten Jungen. Dieser hatte den Rücken der Kamera zugekehrt und beugte sich zu Helen hinab. Nur seine Mütze und sein Nacken waren zu sehen.

Ihr Blick verriet sie.

Mauros nächster Gedanke galt seinem Vater. 1956? Sein Vater, Oreste Nesta, war erst sieben Jahre später in die Schweiz gekommen.

Im Hintergrund des Bildes erkannte Mauro die hohe Mauer, die den Pfarrgarten neben dem Pausenplatz umgab. Das Bild musste frühmorgens, noch vor Beginn des Rutenzugs, entstanden sein, folgerte er. Mauro löste das Foto heraus, weil ihm das Papier dick vorkam. An der Rückseite klebte tatsächlich ein zweites Bild, das er nur mit Mühe abtrennen konnte. Es zeigte seine Mutter, die mit Freundinnen nach dem Umzug posierte, wahrscheinlich Schulkolleginnen aus dem Kindergärtnerinnen-Seminar. Alle in luftigen weißen Kleidern, in der Armbeuge einen langstieligen Strauß mit dunklen Blüten. An dieses Bild erinnerte sich Mauro, das andere hatte die Mutter offensichtlich lange nur für sich behalten. In der Ahnung, dass ihr italienischer Mann vielleicht eifersüchtiger war, als er sich vor der Hochzeit gab?

Es war hinter Mauros Rücken oft gemunkelt worden, Helen Nesta hätte ihren Oreste nur aus Trotz geheiratet. Dabei hatte es bloß das Vorstellungsvermögen der Leute überstiegen, wie sich eine der ihren in einen Fremden verlieben konnte. Acht Jahre später war Oreste Nesta verschwunden, das war der nächste Skandal gewesen. Er sei schließlich seinem Husten erlegen, unten in Italien. So hatte man Helen Nesta offiziell zur Witwe erklärt.

Mauro versuchte bis heute, alles zu glauben.

Er starrte unverwandt auf das Foto, doch je länger er es fixierte, umso weniger verriet es ihm.

»Warst du der unsichtbare Tänzer?«

Er betastete die kleine Platzwunde auf der Wange. Sie schmerzte nicht mehr.

Etwas später öffnete er den Kühlschrank, jede seiner fahrigen Bewegungen Ausdruck davon, wie nahe ihm der Zustand der Mutter und all die neuen Entdeckungen gingen. Erst als er die leeren Fächer sah, merkte er, dass er hungrig war. Als Letztes hatte er im Zug ein Sandwich gegessen. Er richtete sich auf und für einen Moment lang drehte sich die ganze Küche um ihn. Er musste wirklich etwas in den Magen kriegen. Wollte Mauro mehr über Mutters uniformierten Verehrer erfahren, musste er ohnehin unter Leute. Das Fest lief heute noch nach dem exakt selben Programm ab wie 1956. Das war seine Chance. Wenn er das Fest mitmachte, Schritt für Schritt, wie die Mutter einst, und morgen zusammen mit ihr, konnte er die Geschehnisse vielleicht rekonstruieren. Diese ebenso vage wie aussichtslose Hoffnung trieb Mauro endlich aus der Wohnung.

Die Nacht war sommerwarm, die Luft samten. Fast so, wie er es von Genua her gewohnt war. Das Rauschen des Flusses klang in alter Vertrautheit aus der Schlucht herauf, und Mauro machte sich vor, er sei auf einer Mission. Dabei hatte er sich nur einen Ruck gegeben, um hier im Städtchen nicht auf sich selbst zurückzufallen. Er war gern und oft allein, ob das der Grund oder die Folge seines Lebensstils war, wusste er nicht. Hier aber war alles anders. Eine seltsame Unruhe hatte ihn ergriffen. Vielleicht spürte er auch, wie jemand die Hand nach ihm ausstreckte, auf dass der Reigen nicht abbreche. So absurd das klang, kannte doch jeder hier dieses Gefühl, jeden trieb es durch die beiden Festtage, aber keiner hätte es in Worte fassen können.

Jakob Matter drängte es heimwärts. Erst jetzt und schon im Gehen begriffen entdeckte er seinen stillen Freund Pius am Rande des Festplatzes. Dieser sah ihn ebenfalls, ließ sich aber nichts anmerken, obwohl ihm fast das Herz stehengeblieben war, als er merkte, dass sich Mauros und Jakobs Wege fast gekreuzt hätten. Kaum war Jakob verschwunden, konzentrierte Pius sich wieder auf Mauro. Er war es, der für Pius zum Verhängnis oder zum Erlöser werden konnte. Und morgen musste er Mauro soweit haben, mehr Zeit gab sich Pius nicht mehr.

Mauro setzte sich an die freie Ecke eines Tisches, Pius ließ sich zwei Reihen weiter nieder. Die stämmige Serviererin kam mit einem Tablett voller Bierhumpen vorbei. Gedankenverloren nahm Mauro ihr einen ab und bestellte ein Steak vom Grill. Dann lehnte er sich in seine Einsamkeit zurück. Ob es irgendwo in der Wohnung Briefe mit weiteren Hinweisen gab? Wenn er den Namen des Mannes nicht herausfand, war seine Suche aussichtslos.

Er schaute sich um. Viele hier könnten der Gesuchte sein, dachte er. Zugleich sah er Dutzende von etwas jüngeren Gesichtern, die er kannte, nur waren ihm die dazugehörigen Namen entfallen. Auch deshalb erwiderte er keinen der Blicke, die länger auf ihm weilten und so das gegenseitige Wiedererkennen samt jovialer Begrüßung einleiten sollten. Er fragte sich, ob es seiner Mutter zu Beginn der Krankheit ähnlich gegangen war: Dieser stete Zweifel, ob man das Gegenüber kennen sollte und falls ja, woher. Und wie gut? In welchem Moment hatte sie ihren Zustand als Krankheit wahrgenommen? Hatte sie das überhaupt noch? Wahrscheinlich schon, dafür sprachen ja die Erinnerungszettel in der Wohnung. Und das Zimmer.

Madre dio! Mauro griff sich an den Kopf. Gleich nach dem Fest würden die Umzugshelfer vom Brockenhaus vorbeikommen. Er hatte noch von Genua aus den Auftrag dafür gegeben. Bis dahin musste er alles Wichtige aussortieren. Die Hochzeitsbilder zuerst.

Die Kellnerin brachte das Steak, und es verschwand so schnell, wie es gekommen war. Doch Mauros Gedanken waren keine Sekunde beim Essen. Geheiratet hatten Helen Bellard und Oreste Nesta 1964, ein Jahr vor Mauros Geburt. Das Foto mit dem unbekannten Geliebten war im Fotoalbum mit 1956 datiert. Wie lange hatte die Beziehung gedauert? Bis in die

Ehe hinein? Unvorstellbar. Doch nichts schien ihm heute unmöglich, und für den nächsten Gedanken schämte er sich fast: Waren seiner Mutter die Hochzeitsbilder, die er aufbewahren wollte, überhaupt wichtig gewesen?

Minutenlang starrte er auf sein Bierglas.

Vielleicht ahnte Mauro in diesem Moment, dass er den Lauf der Dinge ohnehin nicht beeinflussen konnte. Das Fest hatte begonnen, die Rituale setzten ein, und es war der Abend, an dem keiner hier über sich selber bestimmte. Mauro Nesta war das nächste Opfer. Als er von seinem Bier aufschaute, glaubte er eine Erscheinung vor sich zu haben, so unwirklich war das, was er sah. Sein Herz setzte aus, gleich darauf schlug es mit doppelter Geschwindigkeit. Er kannte die Frau nicht, aber er meinte sie schon tausend Mal gesehen zu haben. Und ihr Gesicht strafte ihre Haare Lügen. Glatt war es, ohne Falten und rein, die Augen klar, sie strahlten in seine Richtung, ihre Haare indes waren schneeweiß. Lang, wild gelockt, aber weiß. Nicht bloß eine einzelne Strähne, ihre ganze unbändige Haarpracht gleißte blendend weiß im Laternenlicht. Es war keiner dieser mit dem Alter kokettierenden, künstlichen Grautöne, ihr Weiß war so natürlich wie irritierend. Es stellte ihr Gesicht in Frage. Nein. Es passte zum Gesicht, das war ja das Verblüffende! Sie verband das Unvereinbare in sich und stellte damit den Betrachter in Frage.

Sie wird sich erinnern / wird lächeln vielleicht … Fast unbewusst summte Mauro die Zeile des Jugendfestliedes. Schon den ganzen Tag über hatten sich feine Risse im gläsernen Panzer gebildet, hinter dem sich Mauro Nesta ein erträgliches Leben mit stetig wechselnden Beziehungen eingerichtet hatte. Jetzt, beim Anblick dieser Frau, zersprang diese Schutzhülle vollends.

Wenn jemand ihn heilen konnte, dann sie! Der Gedanke kam Mauro unerwartet und fern jeder Logik. Heilen wovon?

Weshalb sie?

Wer war sie?

Er fasste einen für ihn verrückten Entschluss. Er würde tun, was er in seinem Leben noch nie getan hatte und eine gänzlich unbekannte Frau zum Tanz bitten.

Sofort stand er auf und kämpfte sich durch eine Gruppe Betrunkener, die sich just in diesem Moment zwischen den Bänken hindurchdrängten und ihn aufhielten. Als sein Blick auf ihren Tisch wieder frei wurde, war die Frau mit den weißen Haaren verschwunden.

4
Alles ganz leicht
was die Sehnsucht ersinnt
Alle Ängste verfliegen
wenn unser Lied erklingt

Mauro Nesta hatte nie sehr lange in einer Beziehung gelebt. Versuche hatte er genügend unternommen, doch es waren Versuche geblieben. Mittlerweile hatte er sich mit seinen unsteten, oft wechselnden Beziehungen arrangiert. Von den spärlichen italienischen Freunden wurde er um seine vermeintliche Freiheit beneidet. Aber Mauro hätte zu gerne darauf verzichtet und endlich die Richtige gefunden. Seine Mutter war in dieser Beziehung nicht eben hilfreich gewesen. Sie hatte die Schuld am Alleinsein ihres Sohnes auf sich genommen, so wie es alleinerziehende Mütter oft taten. Ein Familienidyll hatte sie ihrem Sohn nie bieten können und schon lange vor ihrer Erkrankung hatte sie sich damit abgefunden, dass mangels Schwiegertochter und Enkelkindern kein neues Glück entstehen würde.

Nach drei Bechern Bier taumelte Mauro schwindlig und tief erschöpft durch die dunklen Gassen. Noch immer fragte er sich, wer die Frau gewesen war. Allmählich verklang der Festlärm hinter ihm. Vor der Haustür zückte er den Schlüssel, dann steckte er ihn plötzlich wieder ein, ging einer Eingebung folgend weiter. Den Schein der letzten Straßenlaternen ließ er bald hinter sich.

Der erste Tag im Städtchen, die Erlebnisse mit der Mutter und die seltsame Begegnung hatten Mauro Nesta aus der Bahn geworfen. Das war nicht verwunderlich. Wer mit dem Fest aufgewachsen war, wusste um die Gefahr der alljährlichen Rückkehr an die alten Schauplätze. Jedes Bild, jeder Klang, jeder Duft beschwor früheste kindliche Gefühle herauf, die sich sogleich mit den ebenso prägenden Erinnerungen aus den Jugendjahren vermischten. Und gerade deswegen fragte sich Mauro, ob er sie nicht doch kannte. Das lebhafte Blitzen in ihren Augen, als sich ihre Blicke kurz getroffen hatten, war ihm zu vertraut vorgekommen.

Mauro hatte den Schulhausplatz bereits passiert, die Dunkelheit des Waldes über der Schlucht nahm ihn auf, seine Schritte wurden unbestimmt. Er fand sich alsbald auf einem der Kiesplätze wieder, wo sie als Kinder die Kränze für das Fest geschnürt hatten. Genau hier hatte er jeweils seinen Eichenzweig geholt. Zweimal war er unübersehbar damit durch die Straßen marschiert, dann hatte er ihn in weitem Bogen in die Schlucht geschleudert, Tränen der Wut und der Enttäuschung in den Augen.

Jedem sein eigenes Ritual.

Diesmal kam er sich nicht lächerlich vor. Vielleicht lag es am Bier, der Alkohol hatte seine Müdigkeit in Benommenheit verwandelt. Er ließ den blassen Schein seines Handys über die Baumstämme huschen. Nach einigem Suchen wurde er fündig und entdeckte einen Eichenast, der bis auf Sprunghöhe herabhing. Mauro erwischte einen Zweig, riss ihn ab und schaltete das Licht aus, bevor er ein Liebespaar aufschreckte. Im Dunkeln tastete er sich zu einer der Felskanzeln direkt über der Schlucht hinunter. Nun hatte er seiner Erschöpfung nichts mehr entgegenzusetzen, er plumpste auf das Aussichtsbänkchen, den Zweig legte er neben sich. Später streifte ihn ein seltsamer Luftzug. Er achtete nicht darauf, seine Augen blieben geschlossen, doch als er den Zweig wie einst über das Geländer in die Schlucht hinunterwerfen wollte, hielt jemand sanft seinen Arm zurück.

In dieser Nacht vor dem Fest fand die halbe Stadt keinen Schlaf. Auch Jakob Matter war nach dem Abend in der Hofstatt aufgewühlt, er fühlte sich fiebrig. Auf der Wohnzimmeranlage hörte er sich eine seltene Raubpressung von Thelonious Monk an, was er nur in Momenten größter Unruhe tat. Später lag er im Bett, doch sobald er die Augen schloss, sah er Bilder, die er nicht ertrug: Den König auf dem Brunnenrand, Justizia mit den verbundenen Augen, und egal wie er sich bettete, die Narben auf seinem Rücken brannten wie früher auf der Bühne.

Schließlich zwang er sich von seinem Futon hoch und ging steifbeinig auf den kleinen Balkon vor seinem Schlafzimmer. Sein in Holz gebundenes Schriftenbuch lag neben dem Tintenfass und der Feder auf dem Tischchen. Während sich die Stadt allmählich der Nacht ergab, malte er an dem japanischen Schriftzeichen für Demut weiter, das er tags zuvor begonnen hatte. Minuten später schaute er vom Blatt auf, um seine Augen auszuruhen. Sein Blick blieb an der alten Turnhalle über der Schlucht hängen. Aus unerklärlichen Gründen war sie noch immer hell erleuchtet. Wahrscheinlich wurde sie für Festvorbereitungen genutzt. An das meiste, was damals geschehen war, erinnerte er sich noch glasklar, an den fatalen Tag nach dem Fest ohnehin, doch die Bilder von den Geschehnissen in jener Halle waren verblichen.

Dabei hatte dort das Verhängnis seinen Lauf genommen.

Keiner ist so blind wie der, der nicht sehen will.

Jeder, der dabei gewesen war, hätte Jakobs späte japanische Einsicht unterschrieben, sein Freund Pius zuerst. Es war Jakobs Idee gewesen, den ersten Auftritt ihres Jazztrios im Städtchen wie ein normales Tanzkonzert mit musikalischen Überraschungen anzukündigen. Gegen den Willen von Pius, der das Trio zu jener Zeit managte. Zumindest hatten die Musiker ihn in diesem Glauben gelassen. Die Turnhalle war gut gefüllt gewesen, die Stimmung während der ersten tanzbaren Stücke aufgedreht. Umso schwieriger wurde der Stilwechsel. Auf ein Zeichen des Schlagzeugers begannen sie das eigentliche Konzert. Die meisten Leute reagierten erst verwundert, dann aber verärgert auf die ungewohnten Klänge. Damit hatten Jakob und seine Freunde gerechnet. Mit Pfiffen und Protesten ebenso, die waren alle Jazzer jener Zeit gewohnt. Doch einige der Rädelsführer wollten bei den Mädchen offensichtlich Eindruck schinden, ihr Gejohle wurde schnell lauter als die Musik. Vielstimmig grölten sie Dalidas damaligen Schlager *Bambino:* Das war es, was sie hören wollten, nur dafür waren sie gekommen. Gegenstände flogen herauf, und als plötzlich Flaschen darunter waren, räumte Jakobs Trio die Bühne, begleitet von Schmährufen und Beleidigungen. »Scheißexistenzialisten« gehörte dazu, »Kommunistenschweine« ebenso. Diese Bezeichnung hatten sie Jean-Paul Sartres Nachsicht gegenüber der Sowjetunion zu verdanken. Die Zwischenrufe hätten den Beteiligten eigentlich klarmachen müssen, dass es gar nicht um die Musik ging. Jakob und seine Freunde auf der Bühne waren für gewisse Kreise schon beim ersten Auftritt ein rotes Tuch, mit der Musik, die sie spielten, hatte das bloß am Rande zu tun. Eine unverdiente Ehre allerdings. Nur ein kleiner Teil der Jazzer vertrat tatsächlich die kommunistischen Ideen, die man ihnen unterschob. Jakob etwa war der Partei der Arbeit nur seiner Herkunft und einiger Freunde zuliebe beigetreten. Das sprichwörtliche Passivmitglied. Als Zielscheibe taugte er dennoch, kaum zehn Jahre nach dem Weltkrieg wurden schon wieder neue Sündenböcke gesucht und Hetzjagden organisiert. Das klägliche Häufchen Kommunisten im Land kam da gerade recht. Die Jagd auf Außenseiter im Städtchen war ein Ablenkungsmanöver der liberalen Profiteure des Bürgertums gewesen, die aus dem Krieg genauso Gewinn geschlagen hatten wie aus den Wirren danach.

Nach dem Abbruch des Konzertes konnten die Musiker die Halle zunächst nicht verlassen, die schlimmsten Randalierer hatten in der Zwischenzeit Verstärkung geholt. Es war offensichtlich, welch ein Spießrutenlauf die Musiker erwartete, wenn sie sich durch die Gasse der lauernden Großmäuler und Schläger wagten. Bis endlich jemandem der Notausgang der Halle zum Flussweg eingefallen war. Aber kaum gelangten sie dort ins Freie, hörten die Musiker, wie sich die Horde unter wildem Geschrei näherte.

Pius Kobelt hatte seine Freunde fliehen sehen und gehofft,

dass sie genügend Vorsprung hatten, während er die Empörung jener wenigen Zuschauer teilte, denen das Konzert gefallen hatte. Pius war allerdings nur halbherzig empört gewesen. Aus seiner Sicht hätten die Musiker ruhig einige Zugeständnisse machen können.

Jakob Matter vollendete sein Schriftzeichen und wartete, bis die Tinte auf dem Pergamentpapier trocken war. Dann stellte er sich unter die Dusche und entrann so einen Moment lang der Schwüle. Sein erprobtes Rezept in Hitzenächten. Er konnte sich nicht beschweren, bei ihm halfen noch einfache Mittel, um danach wieder schlafen zu können. Pius hingegen war nicht der Einzige unter seinen Freunden, der praktisch keinen Schlaf mehr fand. Seit er starke Medikamente nehmen musste schon gar nicht.

So war Pius auch in dieser Nacht noch unterwegs. Er hatte Mauro Nesta im Gedränge der Hofstatt aus den Augen verloren und sich nun auf die Brunnenbank gleich neben der Haustür der Nestas gesetzt. Sein Atem wurde wieder kürzer und er fror. Zitternd packte er seine Pillen aus, schluckte zwei mit dem Wasser vom Brunnenhahn, inhalierte zusätzlich Kortison, dann wartete er, bis er genügend Luft für den Heimweg hatte. Er sah jetzt ein, wie unsinnig es war, Mauro zu verfolgen und verstand seine Gründe dafür selbst nicht mehr. Wie oft in letzter Zeit fragte er sich sogar, ob die Medikamente sein Denkvermögen beeinträchtigten. Die einfachste Erklärung für sein Verhalten ließ er außer Acht: Kurz vor dem entscheidenden Tag war er einfach in seine alten Reflexe zurückgefallen, geleitet von der Angst, ein anderer würde ihm zuvorkommen und Mauro die Wahrheit erzählen. Eine Wahrheit mit ganz anderen Schattierungen, als Pius genehm war. Hätte er gewusst, was Mauro oben in der Wohnung vorgefunden hatte, wäre er noch unruhiger geworden. Helen hatte ihm, dem einzigen Besucher in den letzten Wochen ihrer Selbständigkeit, das Zimmer vorenthalten.

Morgen würde er Mauro problemlos wiederfinden, beruhigte sich Pius. Nichts einfacher als das. Beim Rutenzug, bei der Morgenfeier, im Pflegeheim. Schon im Gehen begriffen schaute er nochmals hinauf. Dort oben hatte sie mit ihrem Italiener gelebt, bis dieser sich selbst ins Grab gebracht hatte. War damals wirklich so etwas wie Liebe zwischen den beiden gewesen? Unvorstellbar für Pius Kobelt, der Helen soviel mehr hätte bieten können. Doch sie hatte sich für diese Dachwohnung und den Maler entschieden. Aus Protest gegen den Vater, nicht gegen ihn, davon war Pius überzeugt, sie hatte ja nicht geahnt, welche Rolle er in der Geschichte einnahm. Sein Spiel war nicht aufgegangen, und seit fünfzig Jahren gab er mit möglichst viel Anstand den Verlierer. Morgen war Schluss damit und vielleicht überwog bei diesem Gedanken zum ersten Mal eine gewisse Erleichterung seine Angst vor dem letzten Schritt.

Pius Kobelt war längst aus der Gasse verschwunden, als Mauro verwirrt zurückkam. Er stellte den Eichenzweig in ein Glas, das Glas auf den Schemel im Rindenboot. Er würde auf dem Sofa schlafen, beschloss er. Das Bett der Mutter kam nicht in Frage, und das Studierzimmer war noch immer das Gästezimmer, auch wenn seine Patentochter, mit der er jeweils hier die Ferien verbracht hatte, längst erwachsen war. Stella war es auch gewesen, die Mauros schlechtes Gewissen, weil er seine Mutter allein ließ, noch zusätzlich verstärkt hatte. Kurz vor der Beerdigung von Stellas Vater war sie zu ihm gekommen und hatte alles über Siro wissen wollen. Mit jeder weiteren ihrer Fragen war Mauro klar geworden, wie wenig Stella von ihrem Vater wusste. Noch weniger als er selbst, Siros unsteter Freund und Geschäftspartner. Zuerst hatte er sich darüber gewundert, dann bemühte er sich in nächtelangen Gesprächen, die blinden Flecken in Stellas Bild zu füllen. Dabei war ihm aufgegangen, dass es bei ihm und seinen Eltern nicht anders war.

Er musste sich bloß umschauen. Sein Zimmer war von Erinnerungen an einen Mann vereinnahmt, den er nicht kannte, der seiner Mutter jedoch viel bedeutet haben musste.

Erschöpft und hellwach zugleich stellte er sich ans Fenster. Was war da eben geschehen? Hatte ihm jemand etwas ins Bier geschüttet? War er nur eingenickt? Oder erzeugte Übermüdung Halluzinationen?

Er hatte sie so deutlich gespürt.

Im Schein der Lampe suchte er sein Shirt ab. Nichts. Nirgendwo ein weißes Haar.

Ihre seltsame Vereinigung auf der Felskanzel war seiner überreizten Fantasie entsprungen, beruhigte er sich. Ein unüblich lebhafter Traum, sonst nichts, ausgelöst von der Begegnung in der Hofstatt. Weshalb hatte er diese Unbekannte überhaupt ansprechen wollen? Im Spiegel des Fensterglases sah er ihr Gesicht wieder, ihre Haare, dieses verstörende Echo aus seiner Jugend. Als kenne er sie, erinnere sich aber nicht. Namen vergaß Mauro Nesta häufig, Gesichter eigentlich nie. Ihres hatte er vergessen, so unwahrscheinlich das war. Keiner hätte sie damals übersehen können, und heute wohl noch weniger. Diese unverständlich weißen Haare, die alles andere betont hatten: die sanft schimmernde Haut ihres Halses, das Kleid, die Augen. Diese zuerst! Ihr Funkeln. Die Neugier und die Widersprüche, die Mauro darin gespiegelt sah. Soweit entfernt vom Überdruss und von der Müdigkeit in den Gesichtern der Schönheiten, denen er beruflich sooft begegnete. Sanftmütig und provokativ hatte sie ihn angeschaut, amüsiert und melancholisch zugleich, die Brauen leicht hochgezogen. Das war überhaupt das Erstaunlichste: Die Augenbrauen spielten nicht mit, sie waren braun, kein Schimmer von Weiß darin.

Für die Länge eines Wimpernschlages nur hatten sich im Festtrubel ihre Blicke getroffen.

Unten am Fluss hatte die Zeit ein zweites Mal stillgestanden. Im Dunkel des Wäldchens. Ihre weißen Haare über ihm, ihre Wärme.

Alles nur geträumt, wie immer schon.

Auf dem Sofa wälzte er sich bald in eine bequemere Lage, so wie es sein Vater immer getan hatte, wenn er sich nach dem Mittagessen für eine Viertelstunde zum Ausruhen hierhergelegt hatte. Damals war das Kanapee mit einer Wolldecke geschützt gewesen, Oreste Nesta hatte die Zeit gefehlt, jedes Mal seine Malerkleider auszuziehen. Mauro erinnerte sich, wie er drüben am Tisch gesessen hatte, genervt von den Hausaufgaben und abgelenkt von diesem seltsamen, alkoholartigen Geruch der Lösungsmittel.

»Was hast du angemalt heute, Babbò?«

»Ein halbes Haus.«

»In welcher Farbe?«

»*Cosa chiedi?* In der Schweiz sind die Häuser grau. Aber jetzt bin ich Vorarbeiter, fertig, kein Pinsel mehr.«

Mauro hatte sich weiter um die Aufgaben gedrückt, hatte die Schnarcher des Vaters gezählt und sich vorgestellt, wie das gehen mochte: Malen ohne Pinsel? Wahrscheinlich spazierte der Vater von Haus zu Haus, tippte es mit einem Zauberstab an, worauf es sofort in neuen, fröhlicheren Farben leuchtete.

Mauro hatte niemals erfahren, weshalb genau sein Vater nicht mehr malte. Dafür wusste er, wohin sich Oreste Nesta auf dieser Liege geträumt hatte. Ans Meer, in Nonnos Boot, das ihm wichtiger gewesen war als der Sohn in der Schweiz.

Die Dächer der Altstadt hoben sich schwach vom sternenklaren Himmel ab. Die Rufe der Betrunkenen wurden spärlicher, Ruhe kehrte ein. Die Kirchenglocke gleich nebenan schlug zwei Uhr, die Fensterscheiben klirrten im Nachhall leise. Noch vier Stunden, dann würde bereits das Donnern der Böllerschüsse die Stadt wecken.

Mauro döste kurz ein, wachte wieder auf, und schon bald kreisten seine Gedanken um das Zimmer.

Der Tag, an dem der Regen kam.

Ein Satz, der wahrscheinlich eine glücklichere Vorgeschichte abschloss. War an diesem Tag alles zerbrochen? Überraschend oder erwartet? Hatte seine Mutter den Schmerz vorausgeahnt, als sie sich mit diesem Mann eingelassen hatte? Und das Boot? Auf dem Fluss gab es mit Ausnahme weniger Weidlinge und Kanus kaum mehr Boote. Trotzdem würde er morgen mit der Mutter den Fluss entlangspazieren. Wenn es diesen Ort der ersten Begegnung, der ersten Liebe wirklich gab, war seine Mutter mit Sicherheit immer wieder dorthin zurückgekehrt. Aber weshalb war sie dann mit Mauro nie ans Wasser gegangen? Oder hatte er ihre Wasserphobie nachträglich erfunden?

Ihre sonntäglichen Spaziergänge hatten den Berg hinauf in den Wald hoch über der Stadt geführt. Manchmal allerdings, erinnerte er sich plötzlich, waren sie am diesseitigen Ufer entlang Richtung Wasserschloss gegangen. Ein weiterer Satz seiner Mutter fiel ihm ein.

»Stell dir mal vor, du würdest Maurus und nicht Mauro heißen.«

Er setzte sich ruckartig auf. Eine Bemerkung, die er damals nicht verstanden hatte. Weshalb erinnerte er sich jetzt daran? Nach einem seltenen Streit zwischen Mutter und Vater war es gewesen. Ihre Bemerkung mochte etwas mit dieser Geschichte zu tun haben. War vielleicht Ausdruck ihrer Erkenntnis, dass auch ein anderes Leben möglich gewesen wäre.

Auch Helen Nesta war wach, wie fast jede Nacht, ihre Pflegerinnen konnten ein Lied davon singen. Sie trat näher ans Fenster, bis ihr Schatten die Scheibe der Spiegelung beraubte. Ihre

Hand begleitete den Rhythmus der Marschmusik, die verbotenerweise im Zimmer ihres Nachbars spielte.

Keine Pause für Bläser, bis jetzt am Mittag, die steinerne Brüstung kühl, tief unten purzeln grüne Kristalle durch die Schlucht, ziehen Schlieren hinter sich her, sie schäumen auf, das Brot schmeckt nach Schinken, und der Schinken nach Käse, in Tomaten verklemmt. Es gibt Eichen und Buchen, aber nur eine Sonne, ihre Strahlen flirren, das Wasser rauscht und … Vögel? Die Kinder singen nicht mehr, schnattern heimwärts auf der Stapferstraße, der Tanzkurs wird helfen. Wer traut wen wo zu berühren! Nicht mal denken darfst du so etwas, Helen! Zu spätspät, zu spät-spät. Einige werden auf den Bänken sitzenbleiben, ich habe Glück im Unglück gehabt, einmal und jedes Mal, bis jetzt, weil. *Wer ist dieses Gesicht im Fenster?*

Die Nachtschwester drehte das Licht an. Sie war es gewohnt, Helen Nesta weit nach Mitternacht ein zweites Mal ins Bett zu bringen. Diesmal gelang es ihr nicht, ihre Bewohnerin reagierte störrisch und starrte unverwandt auf die nächtliche Fassade des Hochhauses gegenüber. Endlich ließ die Schwester sie am Fenster stehen. Sie würde später noch einmal einen Versuch machen.

Weiß die Frau, wer sie ist? Trägt weiß, dabei ist gar nicht Jugendfest, sondern Weihnachten, schau die vielen Lichter drüben im Adventskalender. Sind nicht Lampions, diese Fensterchen, einige leuchten, schon aufgemacht. Der Kalender so hoch wie ein Haus und in manchen Fenstern Schattensilhouetten. Welcher ist wer? All diese Aschengesichter, Tag für Tag, austauschbar, aus jedem fällt eine Ascheflocke, fällt hinab, fällt auf die anderen und viele Flocken geben ein neues Gesicht für ein neues. *Weihnachtsjugendfest ist später, heute sind sie doch erst im Wäldchen! Ein neuer Klang schmeichelt, Herrgottsverboten ist das, so etwas habe ich hier im Wäldchen noch nie gehört! Oder doch? Ein Ton traurigschön, er glitzert, kitzelt in den Ohren, macht Gänsehaut unter der Rinde. Dieses Lied Ich kann mich an das viele Vergessene nicht mehr erinnern. Schritt um Schritt durch Aschehügel, der Klang begleitet eine Nachtigall in die Schlucht hinab, das Zettelchen zu meinen Füssen. Du darfst das doch gar nicht, du … du Herrgottsverbotener, der du. Himmel, so schnell geht das also! Er ist schon wieder fort, und Vaters Stirnkerbe glüht, und ich muss los, tausend Papierrosen für hundert Kränze, die Kränze über den Straßen, ihr Duft einen Tag und eine Nacht und einen Tag lang, dann flockt die Asche aus den Tannenzweigen, aus meinem geliebten, gelebten Leben, knöchelhoch liegt sie schon.*

Helens Hand gab den Fenstergriff frei.

Augenblicke später kam die Nachtschwester wieder herein, sie fand Helen noch immer am Fenster stehend. Willenlos ließ sie sich zum Bett geleiten. Die Verzweiflung in Helen Nestas Gesicht ging der Schwester ans Herz. Sie wunderte sich, weshalb ihre Bewohnerin den Fuß bei jedem Schritt hochzog, als wate sie durch einen Sumpf.

Punkt sechs Uhr rollte der erste Böllerschuss vom Berg herab, brachte wie seit Menschengedenken die Altstadtmauern zum Zittern und wurde in den engen Gassen vom eigenen Echo erstickt. Alina tat in dieser Sekunde dasselbe wie alle Kinder: Sie erwartete den nächsten Schuss, zählte mit, nur den einen bangen Gedanken im Kopf, während sie blitzschnell ans Fenster sprang: Ist es schön draußen? Seit Jahrhunderten dieselbe Frage. Schönes Wetter hieß Rutenzug, Gesang im Freien, duftende Kränze, luftig-weiße Kleider, Spiele, Tanz.

Auch Jakob Matter konnte nach den Schüssen nicht mehr einschlafen. Wie viele in seinem Alter nahm er jedes Aufwachen als Erfolg und hätte es als anmaßend empfunden, nochmals einzunicken.

Viel Zeit blieb ihm ohnehin nicht, im Nachbarshaus machte eine stürmische Alina sicher ihre Eltern nervös, probierte Frisuren aus und wollte sich bestimmt schon in ihr weißes Kleid stürzen. Jakob genoss für einen Moment die Ruhe vor dem Sturm. Er stopfte sich ein Kissen ins Kreuz und blickte durch den Vorhang auf die Häuser unter ihm. Das war im Grunde ja längst kein Städtchen mehr, nur ein einziger Häuserbrei zwischen zwei größeren Zentren. Bauten von einem Horizont zum andern, dazwischen der eine oder andere grüne Flecken, ein Rest von Wald und Wiesen, der schwach daran erinnerte, was in wenigen Jahrzehnten verlorengegangen war. Es hat auch sein Gutes, dachte Jakob, dass ich schon so alt bin. Er wollte nicht eines Morgens hier aufwachen und wieder nur noch Beton sehen, womöglich durch einen schwefelgelben Dunstschleier, wie er ihm einst in Tokio entflohen war, nur um ihn in New York wiederzufinden. All diese Großstädte, in deren Straßengräben sein Leben versickert war. Kurze Tage und viel längere Nächte voller Musik, denn wer auf der Flucht war, fürchtete das Licht. Und wer auf der Flucht vor sich selbst war, fand irgendwann auch in der Nacht keinen Trost mehr.

Dann war Jakob zurückgekehrt.

Um Vergeltung zu üben, dachten nicht wenige, sein Freund Pius ohnehin.

Doch Rachegelüste vertrugen sich nicht mit den inneren Überzeugungen, die Jakob sich in seinen Japan-Jahren anmeditiert hatte. Es war nicht genug Zeit vergangen, um alles vergessen zu können, aber zu viel Zeit, um sich noch rächen zu wollen.

Jakob rief sich Alinas Gesichtsausdruck in Erinnerung, als sie tags zuvor ungläubig seinen Schilderungen gelauscht hatte. Verständlich, die Welt der fünfziger Jahre, die er ihr beschrieb, hatte gar nichts mehr mit der von heute zu tun. Jakob hielt noch halbwegs mit den Entwicklungen Schritt, begegnete möglichst aufgeschlossen jeder Neuerung, so unsinnig sie auch sein mochte. Es fiel ihm leicht, er war Jazzer, eine gewisse Neugier lag in seiner Natur. Wenn er mit seinen täglichen Spaziergängen beharrlich den Ort durchmaß, ebenso konsequent die alten Schauplätze in der Altstadt meidend, spiegelte er gern die heutigen Bilder an den alten. Wie bei jenem Lastzug etwa, der kürzlich auf der großen Kreuzung mitten in der Stadt den Verkehr lahmlegte. Ein Polizist war herbeigeeilt, und Jakob war am Straßenrand stehengeblieben. Amüsiert hatte er zugeschaut und sich plötzlich, als wäre es gestern gewesen, an den orangeschwarzen VW-Bus zurückerinnert, der vor fast sechzig Jahren immer die Arbeiter der europaweit bekannten Kabelwerke an genau derselben Stelle aufgeladen hatte. Mitten auf der Straße, ohne weitere Folgen für den noch spärlichen Verkehr. Damals hatte der Stadtpolizist dort gestanden, nur um alle drei, vier Minuten ein Rudel Kinder geordnet über die Straße zu schicken. Dafür hatte keine Notwendigkeit bestanden, aber so hatte der Stadtpolizist noch etwas Gescheiteres zu tun gehabt, als bloß salutierend an sein Mützenschild zu greifen, wann immer ihn jemand begrüßte. Er salutierte oft, denn gleich auf der anderen Seite hatten die Bauers- und Krämerfrauen unter den schattigen Bäumen einer kleinen Allee ihre Marktstände aufgestellt.

Heute gab es keinen Markt mehr, dafür vier Supermärkte, die den Bahnhof umzingelten, um abends jeden Pendler abzufangen, der von der Arbeit in die Schlafstadt zurückkehrte, und noch ein Brot und ein Joghurt gebrauchen konnte. Und etwas Sushi. Nur nicht die silbergelbe Büchse Ölsardinen, die der Gärtnerfamilie Matter einst eine Delikatesse gewesen war.

Er sollte wieder mal eine kaufen, dachte er.

Jakob Matters Beziehung zum Städtchen war schon immer eine Hassliebe gewesen. Im einen Moment verfluchte er es und alle seine Bewohner, im nächsten fühlte er sich hier zu Hause, in der sicheren Erkenntnis, dass Agglomerationen wie diese das Land und dessen Zukunft prägen würden. Die Stadt war ja auch nicht mehr das Gefängnis, dem er entflohen war. Er war zur falschen Zeit geboren worden, nicht am falschen Ort. Er hatte sich im muffigen Kleingeist damals die Hörner abstoßen müssen. Der Jazz war seine Rebellion gegen die *Füdlibürger* gewesen, wie die Spießer genannt worden waren. Diese wiederum reagierten völlig unverhältnismäßig auf Außenseiter wie ihn. Alles, was ihnen fremd oder nicht ganz geheuer war, warfen sie in denselben Topf. Jazzer, Rock 'n' Roller, Künstler, Existenzialisten, Kommunisten, Stalinisten, Schwule, Lesben. Jakob lächelte. Die friedlichsten Outlaws, die je existiert hatten! Doch Verfemte waren sie gewesen, Ausgestoßene, und in ihrer Naivität hatten sie den Selbstgerechten noch den Stab gereicht, den diese über ihnen brachen.

Wie harmlos dieses Anecken aus heutiger Sicht war!

Jakob hatte in all der Zeit ein bisschen Geld verdient und nicht ausgegeben. Sein Plan und kleiner Traum war es noch immer, das Vermögen in eine Art kulturelles Ausbildungszentrum zu stecken, auf das der Kleingeist sich hier nicht mehr breitmachen würde.

Wenn die Leidenschaft den Willen unterstützt, was macht es für Mühe, Berge abzutragen.

Jakob lächelte über sich selbst. Den alten Idealismus hatte keiner aus ihm herausprügeln können.

Weit hinten im Garten schnappte der Riegel des Tores ein. Es war Alina, sie sang lauthals die erste Strophe des Jugendfestliedes. *Der Reigen beginnt / und krönt alle Tänze ...* Jakob richtete sich auf. Er hatte noch nicht mal sein Tai-Chi gemacht, aber mit der Ruhe wäre es für heute sowieso vorbei. Sein Lächeln geriet etwas bang.

Unten hörte Alina, wie Großvater Matter sie durch das Fenster im oberen Stock hereinrief. Dabei merkte sie, dass ihr

Finger noch immer auf die Türglocke drückte. Sie zwängte ihre kleine Hand durch das Fenstergitter der Tür und erhaschte so den Schlüssel, der dort für sie an einem versteckten Nagel hing. Lächelnd zog sie ihn durch das Gitter. Sie liebte diese kleinen Geheimnisse, die sie und Großvater Matter zusammen hatten. War doch egal, ob er ihr richtiger Großvater war oder nicht.

Die Tür knallte hinter ihr ins Schloss. Jakob Matter rief von oben, sie solle gefälligst auf ihn warten, doch er wusste, dass sie sich nicht daran halten würde, und suchte eiligst ein Hemd im offenen Kasten, um seinen Rücken zu bedecken. Oben angekommen erriet das Mädchen sofort, weshalb er sein Hemd so schnell zuknöpfte, tat aber, als merke sie es nicht. Die Narben hatte sie schon längst mal gesehen und wusste, wie diese auf seinen Rücken gekommen waren, mindestens zwanzig Geschichten hatte sie sich dafür ausgedacht. Am besten gefiel ihr die von der schlitzäugigen Räuberbande in Japan. Es musste etwas Ähnliches passiert sein wie in einem ihrer liebsten Trickfilme: Zwei Affen überfallen darin einen Papagei und rupfen ihm dann sämtliche Federn aus, weil er sie zuvor schwindlig geredet hat. Darüber hatten sie den Grund für den Überfall vergessen. Großvater Matter sagte ihr beim Geschichtenvorlesen oft, es schlügen immer nur diejenigen drein, die nicht schnell genug denken und sagen konnten, was sie wirklich wollten. Denn wenn sie es sich selbst sagen hören könnten, würden sie es auch verstehen, und wenn sie es verstehen würden, würden sie … Irgendwie so hatte er es ihr erklärt. Also hatten die japanischen Räuber Großvater Matter damals auf den Rücken geschlagen, weil sie seine Sprache nicht verstanden, dachte sie, zugleich fiel ihr etwas Wichtiges ein. Er hatte ja noch nicht mal ihr Kleid und ihr gekürztes Haarband bewundert!

Alinas Mutter rief im selben Moment vom Garten herauf. Jakob unterhielt sich auf dem Balkon kurz mit ihr und warf ihr dann einen Hausschlüssel hinunter. Sie würde am Nachmittag für die Vorbereitung ihres Feuerwerk-Apéros ins Haus müssen.

Als er ins Zimmer zurückkam, tanzte Alina graziös um ihn herum und beschloss den Tanz mit einem aberwitzigen Knicks, bei dem sie formvollendet den bestickten Saum ihres schneeweißen Kleides leicht anhob. Jakob versteckte ein Lächeln, applaudierte dafür umso lauter, dann fasste er Alina unter das Kinn und drehte ihren Kopf in alle Richtungen, als könne er sie und ihr Haarband nur so richtig bewundern.

»Es passt dir wie angegossen!«, sagte er, diesmal ohne jede Wehmut. Er hatte richtig entschieden.

»Mama hat es gestrafft. Sie lässt dir vielmals dafür danken, sie kann das eigentlich nicht annehmen, sagt sie. Ich aber schon! Und hast du meine Jugendfestfrisur gesehen?«

»Ja, die ist irgendwie …

»So schön glatt, nicht? Wir haben die Haare mit dem Eisen gestreckt. Gehen wir?«

»Oh nein, Prinzessin. Dafür ist es noch viel zu früh.«

»Aber wir dürfen nicht zu spät kommen!«

»Ich weiß. Wir brauchen zehn Minuten bis zum Besammlungsplatz und haben noch weit mehr als eine Stunde Zeit. Hast du schon gefrühstückt?«

»Ich hab keinen Hunger.«

»Hast du doch. Willst du während des Umzugs ohnmächtig umfallen, weil du nichts gegessen hast? Los, runter an den Tisch.«

»Nur wenn es ›Satan‹ gibt!«

»Aber nicht so scharf wie sonst, sonst rennst du mir bei jedem Brunnen aus dem Umzug, um die Zunge zu kühlen.«

Alina rannte vor Jakob die Treppe hinunter. »Satan« war ein weiteres ihrer Geheimnisse. Dahinter verbarg sich nichts anderes als jenes billige Junggesellen-Rührei, das Jakob Matter in seinen kargen Pariser Tagen zur Standardmahlzeit erkoren hatte. Nur exzessives Würzen hatte es schmackhafter gemacht, es müsse auf der Zunge brennen wie Satan, hatten er und seine beiden Wohngenossen immer gesagt. Dummerweise hatte Alina den Namen sofort übernommen.

Bald ließ Alina die erste Gabel genüsslich in den Mund gleiten.

»Und?«

Das Mädchen ließ die Gabel fallen, hob die Hände und setzte sich mit breitem Lachen zwei Hörner auf.

»Gut, dann iss tüchtig!«

»Und du nicht?«

»Jetzt habe ich mal keinen Hunger.«

»Bist du auch nervös?«, fragte Alina erstaunt.

»Ein bisschen schon. Ich war auch schon lange nicht mehr beim Rutenzug, vergiss das nicht, ich habe fast ein bisschen Angst.«

»Ach du, Großvater!«

Jakob ließ Alina wie immer im Glauben, er stehe über den Dingen.

Sie war für einige Momente ruhiggestellt, und schaufelte selbstvergessen Jakobs Rühreikreation in sich hinein, während sie ihren Mund mit Orangensaft zu kühlen versuchte. Jakob sah ihrem Gesichtsausdruck jedoch an, dass sie bereits die nächste wichtige Frage beschäftigte. Und tatsächlich war Alina eben wieder eingefallen, was ihr die Kinder in der Schule erzählt hatten, von den Ruten, die die Buben tragen durften, und von den Eichenzweigen, die manchmal heimlich noch getauscht würden, nur was das eine mit dem anderen zu tun hatte, verstünde sie noch immer nicht.

»Es hat nichts miteinander zu tun«, sagte Jakob.

»Nicht?«

»Nein.«

»Und warum kriegt das Mädchen nur einen Eichenzweig und keine Blume?«

»Das ist eine gute Frage.«

»Weil Männer keine Blumen mögen?«

»Tun sie nicht?«, fragte Jakob zurück.

»Papa nicht.«

»Vielleicht hat es auch einen anderen Grund. Über die Eiche sagt man, sie sei verlässlich und stark und treu. Weißt du, früher ging es beim Tauschen schon fast um ein Heiratsversprechen. Das war eine ernste Sache, deshalb taten die Jungen so, als seien sie wie diese Eichen. Anders gesagt: Sie versprachen den Mädchen, dass sie sich auf sie verlassen könnten.«

»Dabei sind Buben doch so blöd!«

»Das ist eines der Probleme bei der ganzen Sache. Drum hat das mit der Tauscherei dann oft auch nicht funktioniert. Und heute ist es ein bisschen aus der Mode gekommen.«

Alina schwieg. Es verriet, wie angestrengt sie nachdachte.

»Vielleicht hätte ich doch tauschen sollen«, sagte sie endlich und ganz ernst.

»Sag bloß, dich hat einer gefragt?«

»Nein, aber ich hätte ja selber fragen können.«

»Stimmt. Früher wäre das nicht gegangen.«

»Warum nicht.«

»Früher fragte immer nur der Junge.«

»Voll blöd!«

»Stimmt wieder.«

»Und warum dürfen überhaupt nur die Buben beim Umzug die Haselruten tragen?«

Jakob beschloss, das Thema mit Humor zu umschiffen.

»Damit ihr Mädchen die Hände frei habt für eure Blumensträuße. Die Buben haben ja keine.«

»Ach so.«

Alina schien die Antwort logisch genug. Sie schwieg wieder

einen Moment, während ihre Gabel auf dem Teller mit dem Teufel spielte, wie Jakob belustigt dachte.

»Und warum gibt es eigentlich diese Ruten, Blumen würden doch reichen und wären viel schöner.«

»Vielleicht weil viele Männer wie dein Papa Blumen nicht mögen?«

»Dafür Haselruten?«

Da sich Alina offensichtlich nicht abspeisen ließ, beschloss Jakob, ihr eine Geschichte zu erzählen. Er wählte diejenige Version der Entstehung des Rutenzugs aus, die das Mädchen am lustigsten finden würde. Weil darin die Buben den Kürzeren zogen, füllte schon kurze Zeit später fröhliches Gelächter Jakobs sonst so stilles Haus.

5

Wenn unser Lied erklingt
werden Träume geboren
Heute werden sie wahr
morgen sind wir verloren

Die Böllerschüsse waren hoch über dem Fluss auf der Waldlichtung des Hexenplatzes abgefeuert worden. Nach dem letzten Schuss hatten die versammelten Männer den Kanonier hochleben lassen. Dieser passte optisch nicht in die Gruppe, er trug als Einziger einen schwarzen Anzug und eine Fliege. Doch Pius Kobelt, der sich unter den Zuschauern befand, konnte über seine elegante Erscheinung nur lächeln. Er hatte den Mann schon in ganz anderen Maskierungen gesehen.

Mauro Nesta stand etwas abseits, noch immer verwundert darüber, dass er überhaupt hier war. Er hatte es nach der schlaflosen Nacht in der stickig-heißen Dachwohnung nicht mehr länger ausgehalten und war spontan dem Tambourenzug zum Hexenplatz hinauf gefolgt. Befremdet und belustigt zugleich hatte er das Ritual rund um die Böllerkanone mitverfolgt. Nun war die Stadt wach und bereit für den großen Tag, doch die frühmorgendliche Kumpanei war Mauro schon zu viel. Er drehte sich zweimal um seine eigene Achse und marschierte dann quer durch den Wald los. Kurz darauf stand er wieder am Waldrand hoch über dem Städtchen. Es war noch früh, unten bei der Schule türmten einige Stadtarbeiter die Haselnussruten für den Umzug auf. Mauro folgte dem Kiesweg und kam nach einer Weile zum hinteren Steig. Steil führte er den Berg hinunter zur Eisenbahnbrücke. Ob es den alten Fußgängersteg auf halber Höhe noch gab? Eine Hängekonstruktion, die sie als Kinder zum Schwingen gebracht hatten, indem sie möglichst synchron und mit aller Kraft auf und ab gesprungen waren, während sie durch die Spalten zwischen den Holzbohlen tief unten das Wasser schäumen sahen. Mauro umrundete den ersten mächtigen Pfeiler aus grob gehauenen Natursteinen, Augenblicke später stand er tatsächlich auf der Wackelbrücke. Sie war renoviert und ein wenig verbreitert, die Aufhängung aber war noch unverändert. Er ging auf die Brücke hinaus, und nachdem er sich vergewissert hatte, dass niemand zuschaute, begann Mauro zu seiner eigenen Überraschung zu springen. Schon bald legte er seine ganze Kraft hinein und hopste so lange auf und ab, bis er endlich das vertraute, unheimliche Wippen spürte. Es war schwach, fast so, als hallte nur die Erinnerung daran nach. Und dennoch fühlte er sich einen Augenblick lang wie damals: übermütig genug, um die Welt auf den Kopf zu stellen.

Ein breites Lächeln lag auf Mauros Gesicht. Kaum einer, der Mauro kannte, hätte ihm noch solch jugendliche Anflüge zugetraut. Zum letzten Mal war er mit Stella hier gewesen, fiel ihm wieder ein. Mit ihr an der Hand hatte er einen Vorwand zum Hüpfen gehabt. Damals hatte er sich nach seiner bisher längsten Beziehung von der Freundin getrennt und war mit Stella in die Schweiz gereist. Keine kluge Idee, die Tage mit der Kleinen hatten ihm vor Augen geführt, was ihm entging. Und wie unwahrscheinlich es war, dass er noch eine Frau finden würde, die mit ihm Kinder wollte. Er stützte sich mit den Ellbogen auf das Geländer und starrte hinab, bis ihm war, als bewege er sich, und nicht das strömende Wasser. Er genoss das Schwindelgefühl. Das nächtliche Erlebnis hatte etwas in ihm aufgebrochen. Noch jetzt, am Tag danach und im hellen Morgenlicht, spürte er die seidenen, weißen Haare, die ihn umfingen, und ihren Atem, der wie ein sanfter Luftzug über seine Haut strich. Er erinnerte sich an jedes unausgesprochene Wort – während all der Jahre, während dieses kurzen, unbeschreiblichen Momentes.

Willst du mit mir tanzen?

Jetzt fragst du Mauro, jetzt erst?

Er hatte ihre geflüsterten Worte nicht geträumt. *Heute werden sie wahr / morgen sind wir verloren.* Und er hatte seit Jahrzehnten nicht mehr gestottert.

Der Intercity donnerte über die obere Brückenebene, der ohrenbetäubende Lärm holte ihn in die Gegenwart zurück.

Das Bauwerk war von altertümlicher Eleganz und der Stolz des Städtchens. Es spannte sich fünfhundert Meter von der Altstadt entfernt über den hier noch breiten Fluss. Der Zug fuhr Richtung Norden und schlängelte sich bald darauf in den Tunnel, der hier die ersten Gebirgsausläufer durchbohrte. Ein zugiger und gefährlicher Arbeitsort für Oreste Nestas italienische Freunde, die sich bei den Bundesbahnen als Gleismonteure verdingt hatten.

Vor dem Husten hatten sie Mauros Vater noch um seine bequeme Malerarbeit beneidet.

Der Spaziergang über diese Brücke war das beste Mittel, die Bedeutung des Städtchens ins richtige Licht zu rücken. Weil sich zwei der Landeshauptlinien hier trafen, hatte man den Ort lange für einen Verkehrsknotenpunkt gehalten. Seither relativierte sich die Wichtigkeit des Bahnhofs zusehends, neue Linien wurden gebaut, und es schien plötzlich, als führen die Züge viel schneller wieder los, als sie angekommen waren. Sie hatten ihren Irrtum bemerkt.

Mauro erreichte das Flussufer auf der Stadtseite. Er driftete in jene eigenartig dumpfe Stimmung, die ihn nach Reisen mit Zeitverschiebung und nach durchwachten Nächten oft erfasste. Für eine ganz andere Art von Zeitverschiebung sorgt dieses Fest, dachte er. Schon bald hatte Mauro sich von den letzten Häusern entfernt. Seine Lider brannten, seine Pupillen fokussierten mit Verzögerung, die Landschaft verschwamm. Den leicht modrigen Geruch des Wassers, versetzt mit einer Ahnung von Algen und Fischen, nahm er dagegen überdeutlich wahr, ebenso das Knirschen der Kieselsteine unter seinen Schuhen, oder das ungeduldige Gurgeln des Wassers, das sich nicht in den Felsblöcken am Ufer aufhalten wollte. Die Glocken beider Kirchen hinter ihm schlugen in viertelstündlichen Abständen, leicht zeitversetzt, die eine als verzögertes Echo der anderen. Es war nicht herauszuhören, welche Konfession hinterherhinkte.

Mauro passierte die Rückseite des Freibades, wo er sich jedes Jahr durch den Sommer gesehnt hatte, während sich zu Hause der Briefkasten mit Ansichtskarten von seinen Schulfreunden füllte. Orte, an denen nur er nie war. Bilder von Sandstränden, von Fischerbooten, dazu klingende Namen. Chersonissos. Peniscola. Rimini. Viareggio.

Dabei war er der Sohn eines Fischers, *porca miseria!* Er war doch der Italiener!

In der Schweiz aber bloß ein *Tschingg*.

War er deshalb hierhergekommen? An dieser Stelle war er zum ersten Mal vorgeführt und ausgestoßen worden. Der alte Kanal trennte eine kleine Insel vom Ufer ab. Es war ein heißer Sommertag gewesen. Die Luft hatte flimmernd über den Kieswegen gestanden, jedes Eintauchen in die Schatten der Trauerweiden eine Erleichterung, das Rauschen des Flusses gedämpft durch die Hitze, wenige Bienen, die zwar emsig taten, aber sogar sie flogen langsamer als üblich. Der Hitze-Ausflug der Drittklässler, immer zu zweit in der Kolonne. Bis auf einige Pfützen Brackwasser war der Kanal ausgetrocknet gewesen. Auf dem Vorderdeck der schiffsförmigen Insel, am Rand der Kanalmauer, im Schwemmsand unter den Akazien, dort hatten sie gespielt. Schaut euch nicht um, der Fuchs geht um. Nie hatte das freundliche Fräulein Buser unter ihren Schülern einen schnelleren Fuchs gesehen als Mauro, der gerade dem Husten des Vaters entfloh. Zuvor hatte einer das Tuch hinter seinem Rücken fallen lassen, Mauro hatte nichts gemerkt, bis alle über ihn gelacht hatten, einmal mehr, auch das Mädchen. Dann aber war er hochgeschossen, mit rotem Gesicht, das Tuch gepackt, zerknüllt, drei Runden gerast, das Tempo gesteigert, rundherum, die Kinder im Kreis, und das Tuch hinter den gepfeffert, der am lautesten gelacht hatte. Der aber auch am schnellsten rennen konnte! Deshalb los, wie der Teufel, renn Mauro, renn wie nie zuvor, er darf dich nicht einholen! Jetzt hat der das Tuch bemerkt – aufspringen und loshetzen seine blitzartige Reaktion. Doch Mauro ist schnell, muss sich in die Kurve legen, sich der Kräfte erwehren, die jetzt auf ihn einwirken, die ihn trotzdem erfassen und über die Kanalmauer hinaustragen, kein Boden mehr unter den Füßen. Erst wieder unten im Kanal nach dem Aufprall, der ihm den Atem verschlägt, während das faulige, stinkende Brackwasser um ihn herum aufspritzt und er noch die verschreckten Rufe der Klassenkameraden hört.

Verschreckt?

Lehre fürs Leben, Mauro: Mitleid und Häme wohnen Tür an Tür.

Die Lehrerin bricht den Ausflug ab und will sie in Zweierkolonnen zurück ins Schulhaus führen. Bloß: keiner, der mit ihm gehen will. »Wegen dem müssen wir zurück? Mauro stinkt, puh, wie der stinkt!«, ruft der Erste, sein Verfolger, dem die Beute entwischt ist. Ein anderer stimmt ein, und bald singen alle halblaut das Lied *Tschingge schtinked, Tschingge schtinked,* während er in seiner Scham versinkt.

Dann … Dann geschieht das Wunder: Sie nimmt seine Hand. Sie lässt sie nicht mehr los. Sie, der Liebling aller. Die Unerreichbare. Geht mit ihm und macht mit einer simplen Berührung den Außenseiter zum beneideten Kavalier. Die Spötter sind verstummt, und der fröhliche Lockenkopf lässt seine Hand erst im Schulhaus wieder los.

Tschingg war ohnehin ein seltsamer Schimpfname für jemanden wie Mauro Nesta gewesen. Die Nestas hatten zu Hause nie *Morra* gespielt und nie hatte einer bei ihnen »cinc a la mora« ausgerufen, was die Schweizer damals zu dem Schimpfwort inspiriert hatte. Bei den Nestas war höchstens mal gutschweizerisch gejasst worden. Nicht mal Italienreisen zu den Verwandten hatte es gegeben. Ein weiterer blinder Fleck in der Familiengeschichte. Mauro Nestas Erinnerungen reichten nicht sehr weit zurück, und die Jahre, in denen er gestottert hatte, waren komplett verblasst. Er wusste nur noch das eine genau: Vater war jeweils alleine nach Italien gereist, erst selten, dann öfter, bis er eines Tages einfach vergaß zurückzukommen.

Es war immer viel vergessen worden in dieser Familie.

Nach Vaters Tod hatte auch Mauro sich nicht mehr erinnern wollen.

Er war damals zehn Jahre alt gewesen. Seine Interpretation der Geschichte hatte er in den dreißig Jahren seither nie revidiert, ungeachtet des wiederkehrenden Verdachtes, dass die kindliche Sichtweise der Geschehnisse seinem Vater vielleicht nicht gerecht wurde. Sein Verdrängen verriet, dass er über den Verlust nie hinweggekommen war.

Nun entglitt ihm auch die Mutter.

Kein Wunder, dass er Zuflucht suchte. Ohne es zu merken, hatte er sich auf den Weg zum magischen Ort seiner Kindheit gemacht.

Die Morgensonne schickte erste Strahlen in die Hauptgasse der Altstadt, sie brachten die Tannenkränze hoch über der Straße zum Leuchten und vergoldeten die mittelalterlichen Fassaden rund um das alte Bezirksgericht. Jakob Matter hatte die unaufhörlich vor sich hinplappernde Alina endlich und mit einem Stoßseufzer der Erleichterung bei ihrer Lehrerin abgegeben. Als er sich einen Weg durch die Menschentrauben auf den Gehsteigen bahnte, konnte er sich ein Schmunzeln nicht verkneifen. Jahrzehntelang hatte er sich im unerschöpflichen Fundus fernöstlicher Philosophien bedient und sich eine eigene auf Maß geschneidert. Mit jedem weiteren Schritt zur Selbsterkenntnis wurde auch seine Überzeugung gestärkt, allen Situationen gewachsen zu sein. Vor allem der einen, dem Wiedersehen nach seiner Rückkehr.

Ihr früher Tod hatte es verhindert.

Wohin hatte ihn die Selbsterkenntnis gebracht? Kaum musste er ein achtjähriges Mädchen während der letzten Stunde vor dem Jugendfest betreuen, geriet er so komplett aus der Balance, dass er sich gleichzeitig wie ein kleiner Junge und ein überforderter Vater fühlte. Und das mit fünfundsiebzig!

Jakob Matter stellte sich beim Erdbeerbrunnen an den Straßenrand. Heute stieg daraus wie jedes Jahr beim Umzug eine Wasserfontäne in die Höhe. Jakobs Aufmerksamkeit galt jedoch dem kleinen, digitalen Fotoapparat in seinen Fingern. Er testete seine Funktionen. Das Gerät gehörte Alinas Mutter, sie hatte ihn gebeten, jeden Moment des Tages festzuhalten. Umso weniger verstand Jakob, weshalb sie nicht selber mit dabei war. Es kam ihm aber gelegen, dass er etwas zu tun hatte. Seine Nervosität stieg zusehends, erste Schweißtropfen perlten ihm über die Stirn. Seit sein Rücken gezeichnet war, hatte er Umzüge jeglicher Art gemieden, nicht immer war es möglich gewesen. Und manchmal war er zu Therapiezwecken auch absichtlich hingegangen. Doch nicht mal die so harmlosen Matsuri in Tokio hatte er ertragen. Für heute, für diesen Umzug hier, war er gewappnet. Gleichwohl wusste er, dass der Tag nicht ohne kritische Situationen vorbeigehen würde. Aber er hatte den Moment lange genug hinausgezögert und irgendwann war jede Flucht zu Ende. Heute. Das hatte er ihr tags zuvor am Grab versprochen.

Wenn die Sonne untergeht, wird uns der Weg lang.

Bei jenem Umzug damals hatte er der Kadettenmusik den Marschbefehl gegeben und die Jugend der Stadt durch die Gassen geführt, von grenzenlosen Hoffnungen beflügelt, ihre Granatblüte am Hut, während sein Gesicht bei jedem Gedanken an sie aufglühte.

Zwei Tage davor hatte er drüben im Wäldchen ihr erstes Rendezvous vorbereitet. Der Duft des Tannenschmuckes schlug Jakob die Brücke in die Vergangenheit, er gab seinen

Widerstand auf, konnte der Erinnerung, die er so lange verdrängt hatte, nicht widerstehen: Mal für Mal lässt er die Bläserburschen an jenem Tag an ihrer Kranzbank vorbeiparadieren, um so einen weiteren Blick aufzufangen. Die Sonnenstrahlen gießen ihre Halsbeuge in Gold, und da: Endlich stiehlt er ein erstes, schüchternes, halb verstecktes Lächeln! Dann noch eines und noch eines. Voller Übermut entfernt er sich in der hitzestillen Mittagspause von seinen Schülern, schleicht sich mit polterndem Herzschlag durch das Dickicht, wo er sie erst nicht findet, und immer nervöser wird, weil er sie doch zwischen den Bäumen hat verschwinden sehen. Hat sie ihre Tänze gar schon einem anderen versprochen? Ein Alptraum, diese Vorstellung. Seit Wochen hat er sich den Moment ausgemalt, er hat das Stück geübt, wieder und wieder. Welche Erleichterung dann, als er sie endlich findet, alleine, tief unter ihm steht sie beim Teich, am Fuß der Felswand. Die Zweifel kommen wieder. Hat er richtig gewählt? Wird es ihr gefallen? Seit er von Miles Davis' Live-Interpretation des Stückes beim Newport Jazz Festival gehört hat, bekommt er jene eine Melodie nicht mehr aus dem Ohr. *'Round Midnight* von Thelonious Monk. Wenn sie das Stück nicht mag, würde sie auch ihn nicht mögen, was also hintersinnt er sich? Dieser Klang, diese perfekte Modulation eines Atemstroms. Wie wird das Lied in der Ruhe eines sonnendurchtränkten Waldes klingen? Er setzt an, holt Luft, spielt. Ton für Ton perlt die Melodie die Felswand hinab, nie hat er inspirierter gespielt als in diesem Augenblick, *'Round Noon*, nicht *Midnight*. Und jeder Ton glüht, denn jedes Mal, wenn er sie sieht, geschieht tief in seinem Innern ein kleines Wunder: Ein heißes Aufflammen, so, als hätten sich hundert Schwefelhölzer gleichzeitig in ihm entzündet. Die Wärme hält an, das ganze Stück über, er kommt zum letzten Ton, hält ihn, möchte weiterspielen, doch jetzt ist keine Zeit dafür, die Nachricht ist wichtiger. Sein Zettel schwebt den Klängen hinterher, sein Herz bleibt stehen, bis sie sich endlich bückt, bis eine verstohlene Hand das Papierchen zerknüllt und im Ausschnitt versteckt.

Jakob erzählt seinen Freunden, mit wem er tauschen wird, stolz und überglücklich wie er ist. Und unsicher, ob sie am anderen Tag wirklich unten am Fischerskopf erscheinen würde. Pius hilft ihm, die Stunden bis zum großen Moment totzuschlagen. Es wird der längste der schönen Tage in Jakobs Leben. Er hat zu viel Zeit, sich den nächsten Nachmittag vorzustellen, er macht eine halbe Inszenierung daraus. Bei Freunden treibt er sogar einen Weidling auf. Das sei er seinem Ruf schuldig, erklärt er Pius, wenn ein echter Jazzer schon dem Reiz verpönter Traditionen erliege, müsse er sein Eichenblatt wenigstens auf die rebellische Art überreichen.

Jakob organisiert sich notfallmäßig eine Pontonierfahrstunde. Seine Lehrer halten ihn für einen hoffnungslosen Fall, sie tüfteln ihm eine einfache Route aus. Die Hauptprobe am Morgen vor dem Treffen am Fischerskopf klappt mehr schlecht als recht. Als es endlich ernst wird, geht das Staksen prompt über Jakobs Kräfte, mehrmals rauscht ihm der Weidling fast davon. Doch endlich kommt er um die Biegung. Und sie: Sie ist da! Jede Mühe hat sich tausendfach gelohnt, nur schon dank ihrem Gesicht, als er mit dem Weidling aus der Deckung der Uferbäume auftaucht, innerlich immer noch zitternd vor Angst, er würde im nächsten Moment kentern, sich zum größten Trottel der Stadtgeschichte machen, sie vergraulen. Doch alles geht gut. Ihr Staunen ist pures Strahlen, sie hält das Eichenblatt in der Hand, das er ihr dort auf die Mauer gelegt hat. Und in der anderen … die Granatblüte. Das Wunder wird wahr? Er kann es nicht glauben.

Sie tauscht mit ihm!

Ihr Gesicht drückt dieselben bangen Gefühle aus, die auch seine zitternde Hand verrät, als er sie ins Boot einlädt.

»Komm, wir gehen schwimmen!«

Sie reicht ihm die Granatblüte, bevor sie sich setzt. Er sollte sie jetzt auf die Wange küssen, es geht nicht, die Strömung zieht sie bereits mit. Zum Glück. Die zittrige Flussüberquerung bringt er, der große Gondoliere mit prahlerisch entblößter Brust, nur zustande, weil der Fluss den Weidling auch ohne großes Zutun zur Schlangeninsel hinüberträgt. Er darf nur nicht zu viel mit dem Ruder fuchteln. Drüben stakst er nur noch um die Spitze der Insel herum und kann den Weidling endlich im toten Flussarm vertäuen, wo seine Pontonierfreunde das Boot später abholen werden. Hier ist das Brausen des Flusses gedämpft.

Und sie beide allein.

Sie suchen Worte, nähern sich einsilbig einer ersten Vertrautheit. Mit jeder Minute verändert sie sich jetzt ein wenig. Ihr Lachen wird freier, ihr Gesicht lebendiger, ihre Anmut berückend. Beim Schwimmen erst recht, im Wasser löst sich dieser Schutzschild auf, der sie sonst umgibt. Ihre Arme, bisher meist an den Körper gepresst, öffnen sich. Sie berührt ihn, sie lässt sich berühren, kurz auch halten. Obwohl ihnen die Zeit stehenbleibt, vergehen die Stunden in Sekundenschnelle und die Nachmittagssonne stürzt dem Horizont entgegen. Wir müssten zuerst ein wenig miteinander sprechen, denkt Jakob, doch er versucht den Kuss gleichwohl und vergisst jedes Sprechen, als er ihre kühlen Lippen auf seinen spürt. Den nächsten Kuss muss er sich dann scherzend stehlen, sie wird wieder vorsichtiger.

»Nur, wenn du mir ein Geheimnis verrätst«, sagt sie gespielt kokett.

»Ein Geheimnis? Jedes!«

»Jedes?«

»Jedes!«

Etwas blitzt in ihren Augen auf, doch er weiß schon, dass

die Frage zu ungehörig ist, sie wird eine andere stellen. »Warum gerade ich?«

Jakob zögert. Was soll er sagen? Ihre Schönheit wird er nicht erwähnen, zu unwohl ist es ihr offensichtlich damit, das sieht er in jeder ihrer leicht gehemmten Bewegungen. Soll er die Wahrheit sagen? Wird sie ihm die glauben?

»Wegen deiner Stimme.«

»Was?«

»Deine Stimme. Wie du sprichst. Wie du singst.«

»Woher weißt du, wie ich singe?«

»Von den Proben.«

»Du hast gelauscht?«

»Ich konnte nicht weghören. Ich kann nie weghören.«

Sie schaut ihn forschend an. »Und wie klingt sie, meine Stimme?«

Er hat die Frage befürchtet. Wie soll er in Worte fassen, auf welche Art er hört?

»Du musst mir etwas vorsingen, dann kann ich es dir sagen.«

»Vorsingen? Auf keinen Fall.«

»Dann summ doch etwas. Oder sag meinen Namen, den musst du mindestens noch einmal sagen.«

»Jakob.«

»Nochmals.«

»Jakob. Jakobjakobjakobi …« Sie lächelte. »Kobi nennen dich die anderen, aber davon gibt es zwei.«

»Der doppelte Kobi, ich weiß. Seit unserer Kindheit.« Er schließt die Augen und lauscht ihrer Stimme nach. »Stell dir vor«, sagt er dann, »du beobachtest einen Schmetterling. Mit … mit blassblauen Flügeln. Stell dir also vor, wie der Schlag dieser Flügel klingen würde, wenn man ihn hören könnte.«

»Und dann?«

»Hörst du es wirklich? Horch hin. Genau so klingt deine Stimme für mich.«

»Ach was!« Sie stützt sich auf ihre Ellbogen und schaut ihn verlegen und neugierig zugleich an. »Du meinst das ja wirklich! Du bist ein komischer Vogel, Jakob Matter.«

»Ist das jetzt gut?«

»Rate einmal.«

»Heißt das, ich habe mir den nächsten Kuss verdient?«

»Probier einmal.«

Zum Tauschen sind sie ja hier. Harmlose Geheimnisse gegen harmlose Küsse. Das Spiel geht hin und her, mit jedem Kuss geben sie etwas von sich preis. Er überzeugt sie, wieder mit ihm ins Wasser zu kommen. So sieht man nicht alles an ihm, und auch sie fühlt sich etwas sicherer. Bei einem Kuss öffnen sich ihre Lippen gar ein wenig, sie scheint gar nicht mehr atmen zu müssen, sie hält sich ohne Anstrengung und mit kaum wahrnehmbaren Bewegungen über Wasser. Ihre Fähigkeit, komplett im anderen Element aufzugehen, überrascht Jakob. Außerhalb des Wassers versucht sie stets jede Körperlichkeit zu verbergen. Im Fluss ist alles anders. Ob sie sich so vor all den Blicken ihrer Verehrer sicher fühlt. Oder … vor der Überwachung der Familie?

Tausend Gedanken wirbeln Jakob durch den Kopf, im nächsten Moment sind sie fortgewischt, schon liegen sie wieder Seite an Seite im Boot, beide noch nass vom Flusswasser, das ihnen über die Haut perlt und kleine Seen auf dem Holzboden bildet. Zugleich häufen sich die zufälligen Berührungen, Oberarm gegen Oberarm, ihre Haut noch kühl vom Wasser, während die Sonnenstrahlen wärmen, und das Gefühl des trocknenden Wassers auf ihrer Haut den sanften, erregenden Druck vorwegnimmt, den vielleicht bald eine tastende Hand erzeugen wird. Das Plätschern des Wassers am Bootsrand, das spielerische Glitzern der Sonne auf der unsteten Flussoberfläche, der leicht modrige Geruch trocknender Algen auf den großen Steinen am Ufer, das sanfte Rauschen der Mittelströmung, das Zerfallen der Zeit in jene Wasserperlen, die er ihr auf den Rücken tropfen lässt, weil er nicht wagt, diesen wundersamen, fremdvertrauten Körper zu berühren.

Zuerst.

6

Morgen sind wir verloren
also tauscht noch einmal
Granatblüte gegen Eichenblatt
in diesem lichtgrünen Saal

Wie sehr er sie von diesem Moment an geliebt hatte! Jakob Matter war aus seinen Erinnerungen aufgeschreckt und mit aller Macht verdrängte er jedes weitere Bild. Er musste diesen Tag durchstehen. Er durfte Alina nicht enttäuschen, egal, wie sehr ihm die Erinnerungen zusetzen würden. Die übersprudelnde Freude, mit der die Kleine ihr erstes Fest erlebte, würde ihm vielleicht helfen. Das Haarband war ein Zeichen dafür, dass er die alte Geschichte verarbeitete. Im weißen Kleid und mit dem Blumensträußchen in der Hand war Alina vor ihm den Berg hinab gerannt, bei jedem zweiten Schritt gefährlich schlitternd, weil die festtäglichen Lackschuhe auf der gepflasterten Straße keinen Halt fanden.

Nach seiner Rückkehr vor vier Jahren und dem ersten Besuch an ihrem Grab hatte Jakob Matter alles verdrängt, was mit seiner großen Liebe zu tun hatte. Er hatte keinen Fuß mehr in die Altstadt gesetzt, aus Angst, der Anblick der alten Schauplätze würde die Erinnerungen aufleben und die alten Wunden aufbrechen lassen. Er tue gut daran, hatte er lange gedacht. Wenn man genau hinschaute, konnte man von seinem Garten aus eine Ecke des Gerechtigkeitsbrunnens sehen, und allein der Blick dorthin genügte, um Jakobs Rücken zum Glühen zu bringen. Mit den Menschen hielt es der einst so kontaktfreudige Musiker ebenso. Pius Kobelt war die einzige Bezugsperson aus seiner Generation, alle anderen mied Jakob.

Er wusste bis heute nicht, wer damals die Masken getragen hatte.

Doch mit jedem weiteren Jahr dieses inneren Exils war Jakob Matter klarer geworden, wie sehr er sein Leben einschränkte. Frieden würde er erst finden, wenn er sich mit seiner Geschichte konfrontierte. So wie an diesem Tag. Sonst hätte er nicht zurückkehren müssen.

In der Ferne erklang ein Trommelwirbel, der Umzug der Kinder durch die Stadt begann, und die Jugendmusik an der

Spitze gab einen Marschrhythmus vor, den schon die erste Gruppe ignorierte. Die Kleinsten platzten vor Stolz. Einen winzigen Rest von Disziplin behielten sie dennoch bei. Die Mädchen durften ja die Blumensträußchen nicht verlieren und nicht die Hand des anderen loslassen, die Buben während aller Rangeleien die Eltern am Straßenrand nicht übersehen, denn dort war mit Sicherheit ein Fotoapparat gezückt.

Pius Kobelt war mittlerweile vom Hexenplatz heruntergekommen, er stand auf der gegenüberliegenden Straßenseite. Sie winkten sich zu. Pius mutete es seltsam an, Jakob dort unter den Leuten zu sehen. War es einfach nur ungewohnt? Ihm schien, als halte jeder unbewusst ein bisschen Abstand von Jakob, als gelte das Urteil des Königs noch heute. Pius wandte sich ab, er konzentrierte sich lieber auf das, was kam. Es war sein letzter Tag, sein letztes Fest. Beim Anblick der unzähligen weiß gekleideten Mädchen gab selbst er sich alsbald längst vergessenen Gefühlen hin. Vor fast fünfzig Jahren war seine älteste Tochter zum ersten Mal mitgelaufen, Pius und seine Frau hatten am Straßenrand gestanden, beim zweiten Mal hatte er die Arbeit als Ausrede gebraucht, nicht dabei zu sein, beim dritten Mal war ihm eine Ausrede nicht mehr nötig erschienen, und beim vierten Mal wusste weder die ältere noch die jüngere Tochter, wohin sie schauen sollten, weil ihre Eltern an zwei verschiedenen Orten standen. Seine Frau umrahmt von Freundinnen, die aus dem zweiten, dem dritten oder dem vierten Grund ebenfalls alleine waren.

Das alles hatte sich noch zu Lebzeiten des Königs abgespielt, dachte er, und verwünschte sich sogleich dafür.

Jakob Matter war nicht der Einzige, dem dieses Fest schon jetzt zur Prüfung wurde.

Helen Nesta saß mitten in Lindita Bardhecajs Gruppe in einem Rollstuhl am Straßenrand. Sie reagierte mit keiner Regung auf den Kinderumzug. Nicht mal darauf, dachte Lindita fast ein bisschen verzweifelt. Vor zwei Jahren war die Krankheit diagnostiziert worden, ihrem Verhalten nach zu urteilen, litt Helen Nesta aber schon länger daran. Ob sie selbst noch merkte, wie sich ihr Zustand verschlechterte?, fragte sich Lindita unwillkürlich. Im Anfangsstadium, als sich erste Risse in ihrer zeitlichen und örtlichen Wahrnehmung auftaten, war es mit Sicherheit so gewesen, das wusste man aus der Forschung, aber mittlerweile wohl kaum mehr. Die Pflegerinnen konnten bei Helen Nesta Reize setzen, wie sie wollten, sie blieben ohne Wirkung. So wie jetzt, da Helen Nesta blind in die Zuschauermenge starrte.

All diese Bahnhofsgesichter! Und wieder die Stimme aus Blech, der Mann im Dach, lässt Orte und Zeiten herabregnen, ich kann nichts mehr auseinanderhalten. Die Gesichter Scheiben, aschgrau, der Boden unter den Füßen bewegt sich. Das hat er doch noch nie getan, aber jeder Ruf bleibt stumm, die Angst sitzt quer im Mund. So schlimm ist es noch nie gewesen, also kann es so schlimm nicht sein, du heißt Helen, heißt Nesta, lebst im Städtchen. Einkaufen, aber was? Ich vergesse mich zu erinnern, bei jedem Vergessen male ich einen Stein an, viele Steine geben eine Schildkröte, viele Schildkröten geben einen.   Die Welt fällt aus dem Lot, in dieser Halle voller Züge, vor meinem wachen Auge! Ich kann meiner Verzweiflung kaum folgen, der Bahnhofsboden stülpt sich vor mir auf. Ich falle nicht hin, das wundert mich. Wo ist die große Uhr, eben war sie noch da? Muss wissen, wie spät es ist, der Doktor muss wissen, wie lange die Schwäche geht. Der Blutdruck wird's sein, denn.   Um Strich zwei angekommen, aus dem Zug gestiegen. Soviel steht fest. Wohin ist die Mutter verschwunden, sie hat mich doch noch nie alleine gelassen, nur einmal und später immer, das bist du doch gewohnt, Helen! Bin ich wieder ein Kind? Wo meine Hände doch so alt und rindig sind! Weshalb verirre ich mich dann?

Der Ort hier verändert sich ständig. Oder habe ich mich in der Zeit geirrt? In der Zeit verirrt, ganz verwirrt, wie lustig Wörter manchmal zerfallen. Das geht doch nicht, sich so zu verlieren, in dieser Halle, in sich selbst! Gescheiter, ich bleibe still stehen. Bleib stehen, du altes Kind du, hier bleiben doch alle stehen, die Menschen, die Züge, nur einer fährt weg.
Du hast es gar nie ernst gemeint!
Bin nicht mehr beweglich, kann so schlecht an ihm vorbei denken. Die Bahnhofsuhr neigt sich herunter, bleibt drohend stehen, verzieht sich, springt aus den Nieten, und es braucht jedes Mal Stunden, bis der Sekundenzeiger ein Stückchen weiterspringt. Uhren ticken doch nicht mit Donnerschlägen, ich zucke bei jedem weiteren zusammen, das ist doch so kein Jugendfest! Kein Sekundentakt mehr, die Orientierung steht allein in der Halle, die keinen schützt. Kaum kommt der Gedanke, verlier ich ihn, er flieht vor der Angst, und die Angst vor der Panik, und das Herz ist ja auch schon.   Sind die Füße, die sich bewegen, welch eine Freude, ich bleibe aber stehen. Der Boden ist schief, kreisen kann er auch, das Bad im Schweiß, wo ist das Taschentuch? Ein rot-weißes gleich da auf der Stange, das ist einfacher. Es fällt zu Boden, und der Mann dahinter schreit, die Zeitung sei nicht gratis. Ist das wieder dieser Karlsson vom Dach, ganz und gar blechstimmig? Die nächste Scheibe zerfällt, flockt auf den Boden, die Asche macht das Gehen noch schwieriger, ich weiß nicht mehr richtig, wie man sich daran gewöhnt, und diesen Streich spielt mir der Kopf zum ersten Mal. Ein solcher Blutdruck muss tief sein, die Welt steht still. Bin fremd verlassen, unsagbar verlassen bleib ich. Sagt man das so? Keiner sagt mir nichts, die Leute hasten kreuz und quer durch das riesige Kirchenschiff, sie sollen sich doch endlich setzen, respektloses Pack! Jemand hat aus den Zügen Kirchenbänke gemacht, dafür sieht man den Sarg besser. Wozu ein Sarg, wo doch keiner seinen Körper gefunden hat? Und einem ist nicht

mal die Kirche heilig, hier hat er den Zug genommen. Einhundertachtundneunzig, einhundertneunundneunzig, neuer Wagen und für jede Erinnerung eine neue Schildkröte. Schildkröten werden alt und älter und vergessen nie, hast du geflüstert, unsere wird uns immer begleiten. Aber die Jalousie am Abteilfenster ist geschlossen. Ich weiß, wer sich dahinter versteckt. Nichts kann soviel Feigheit erklären, kein Wort, keine Zeile, kein Brief ist jemals gekommen. Oder habe ich vergessen, was du.   Jetzt findest du mich doch noch, Mutter, hier im Gewimmel! Du hast mich hier schon als Kind stehen lassen, weißt du noch?

Verlieren alle die Erinnerung, wenn ich sie verliere?

Geht dann allen alles verloren?

Schau doch, die Uhr ist zurück auf ihrem Platz, sieben Uhr zeigt sie. Von zwei bis sieben Uhr sind fünf Sekundenstunden. Du trägst eine Uniform, Mutter, bist jetzt ein Mann, ohne Gesicht halt. Er klingt nicht blechern, klingt freundlich, das bist nicht du.

Lindita Bardhecaj klemmte Helen die Handtasche, die zu Boden gerutscht war, wieder unter den Arm. Helen drückte sie an sich, ohne hinzuschauen.

Mit jedem Schritt tauchte Mauro Nesta in eine andere, längst vergessen geglaubte Welt ein. Für einige Minuten ließ er das Fest und die Krankheit der Mutter weit hinter sich. Im Auenwald war der Vogelgesang vielstimmig geworden. Mauro verließ einer Eingebung folgend den Flussweg und schlug sich durch den Wald. Der Boden wurde trockener, und einige Dutzend Meter weiter endete der Trampelpfad vor einem scheinbar undurchdringlichen Dickicht.

Die Festung seiner Kindheit. Oder das, was davon übriggeblieben war.

Nun fand Mauro es plötzlich selbstverständlich, dass er hier war. An diesen Ort war er immer gekommen, wenn er Schutz gesucht hatte. Das Eibenwäldchen so nahe am Wasser war eine Laune der Natur. Mauro drückte einige Zweige beiseite, drang tiefer ins Dickicht, er vergaß den Rutenzug und verlor jedes Zeitgefühl, wurde eins mit dem Jungen, der sich hier als Kind ans Alleinsein gewöhnt hatte und der nun wie einst mit scharfem Auge die Stämme nach den trockenen Stängeln der Waldrebe absuchte. Er riss einen ab und nahm ihn wie früher an Bord seines imaginären Piratenschiffs mit. Oben auf dem ersten Deck hatte er immer den Dolch ausgepackt, dessen Scheide mit Kaninchenfell verziert war. Eine Idee des Vaters. Mehr als seine Ideen waren ihm nicht geblieben, und umgesetzt hatte er sie stets allein. Mit dem Dolch hatte er die Waldrebe, im Volksmund »Niele« genannt, in Stücke gesäbelt. Flink wie ein Affe war er damit in die nächste Baumkrone und in die obersten Äste geklettert, und dort, unerreichbar für den Rest der Welt, zündete er die Niele endlich an. Sobald sie richtig geglimmt hatte, saugte er den holzigen Rauch ein, so lange, bis ihm übel wurde.

Vater hatte auch gehustet.

Wenn ihm dann zünftig schlecht gewesen war, hatte er das Werkzeug hervorgeholt: Hammer, Zange, Nägel. Was er sonst noch brauchte, fand er angeschwemmt in den Ufersteinen. Seine Eiben waren wie geschaffen zum Klettern. Die Äste wuchsen rechtwinklig vom Stamm ab, zwischen den Bäumen verschränkten sie sich ineinander. Trotz der abgewetzten Sohlen seiner Penalty-Schuhe erkletterte er jeden Wipfel mühelos. Stetig hatte er sein System von Quergängen erweitert, hatte Stück für Stück das gesammelte Schwemmholz hochgebracht und immer neue Nester gebaut. Ein Dreimaster entstand so, komplett mit den dazugehörigen Ausgucken hoch oben in den Wipfeln, wo er sofort sah, wenn sich der Feind näherte.

Der Feind war jeder andere gewesen.

An manchen Nachmittagen hätte er zu den Großeltern gehen sollen, deshalb war er der Mutter oft davongerannt. Hierher. Sie schimpfte kaum, sie wusste, wie unwohl es ihm bei den Bellards war. Das Haus, der Garten, die Bäume, alles war riesig. Herrschaftlich, sagte Großmutter Bellard spitzmündig. Aber die Bäume waren nur zum Anschauen, nicht zum Klettern. Die Stuhllehnen nur zum Anlehnen, nicht zum Schaukeln, die Stimme zum Flüstern, nicht zum Schreien, der Rasen für Liegestühle, nicht für Fußbälle, denn Fußball war italienisch, so wie zu lautes Lachen und Essen mit den Fingern.

Tu nicht so italienisch, Maurus!

Der sonst so nüchterne Mauro verlor sich in seinen Kindheitserinnerungen, erlag der Magie seines alten Piratenschiffes. Er ignorierte die Trommelwirbel des Umzugs in der Ferne und legte sich auf zwei ineinander verschlungene Äste. Nicht mal Schulfreunde hatte er hierhergebracht, mit Ausnahme von Stefano, dem Schicksalsgefährten. Die anderen Kinder hatten die Nase über ihn und seine Herkunft gerümpft, angestiftet von den Vorurteilen ihrer grundschweizerischen Eltern. Ein Grund mehr, weshalb Mauro sich hierher zurückgezogen hatte.

E tutto il mondo: fuori!

Erst in der Kantonsschule war Mauros Makel zum Vorteil und der einstige *Tschingg* populär geworden. Mauro übersetzte seinen Freunden die Texte von Vasco Rossi, dem Leitwolf ihrer Generation. Danach benutzte Mauro nie mehr die deutsche Form seines Namens. Im Geburtenregister war er italienisch eingetragen. Helen Nesta hatte damit ein Zeichen gesetzt, das die Bellards sehr wohl zu deuten wussten.

Mauro schaute über die Wipfel zum Fluss hinüber. Den hatte er am meisten vermisst. In Genua war er deswegen sogar einem der Ruderclubs beigetreten. Seine stete Reiserei hatte ein geregeltes Training mit dem Team aber verhindert. Während Jahren hatte er sich danach auf den Einer beschränkt, mittlerweile schaffte er es höchstens auf die Maschine im Fitnessclub.

Er kletterte weiter hinauf und suchte nach Spuren der alten Hütten. Unzählige hatte er gebaut, die schieren Ausmaße des Piratenschiffes hatten ihm jeden Traum erlaubt. Sobald er sich eine Geschichte ausdachte, baute er sich auch gleich den dazugehörigen Unterschlupf, eine neue Kajüte im nächsten Baumwipfel, wo er mit seinen jeweils aktuellen Helden, von Ritter Arthur über Sandokan bis zu Jan, dem Detektiven, alleine war. Und dort drüben, ja, genau dort hatte er die Hütte der Comicstars gebaut! Mit Ausblick auf die Prärie Nordamerikas, Piraten hin oder her. Der junge Häuptling Silberpfeil und dessen weißer Freund Falk wohnten direkt gegenüber der »Lasso«-Hütte von Reno Kid und seinem indianischen Blutsbruder Arpaho. Tag für Tag setzten sie dann alle zusammen den Kopfputz aus Wellkarton und Bussardfedern auf, schnallten ihre Dolche um und schwärmten aus. Mauro führte ihren Angriff auf die feindliche Goldgräbersiedlung unten am heiligen Fluss der Kiowas an. Mit den eigens gefertigten Stein-Tomahawks, mit den Haselnussbögen und den Schilfrohrpfeilen, denen Mauro zur Stabilisierung vergiftete Holunderpfropfen aufsetzte.

Gegen das italienische Halbblut Schnelle Feder und seine Comicfreunde waren sie chancenlos gewesen, die Goldgräber.

Die Schweizer.

Che casino! Mauro verzog launig das Gesicht. Ein *Tschinggenbueb*, der als Indianer Schweizer Goldgräber angegriffen hatte! Er erklomm den nächsten Ausguck. Kaum oben hörte er ein seltsam dumpfes Klickgeräusch, dazu den Ruf einer Männerstimme, eine Bewegung im Augenwinkel, kurz darauf tauchte hinter der Baumkrone, die ihm noch halb die Sicht nahm, ein Boot auf. Er traute seine Augen kaum. Ein Weidling? Mauro konnte die Bootstypen nicht mehr voneinander unterscheiden, für ihn war es einfach eines jener langen, schmalen Pontonierboote mit dem charakteristisch eckigen Bug. Zwei Männer steuerten es. Goldgräber! Mauro griff lächelnd über die Schulter nach hinten zum imaginären Pfeilköcher. Der vordere Mann arbeitete mit dem Stachel. In unregelmäßigen Abständen stieß er sich vom Ufergrund ab, bei jedem Stoß drang das vom Wasser gedämpfte Knirschen schwach an Mauros Ohr. Der zweite Mann behalf sich mit dem langen Ruder am seitlichen Ende des Boots. Mit einem Mal erfasste sie die Strömung wieder, wie von Geisterhand gezogen verschwanden sie um die Biegung des Flusses.

War es ein solches Boot gewesen, das Mutter nachgebildet hatte? Tat sich hier eine Möglichkeit auf? Es gab mit Sicherheit noch einen Fahrverein im Städtchen, vielleicht erfuhr er dort etwas über Mutters Geliebten.

Der Anblick des Weidlings hatte Mauro an seine Suche erinnert. Fast ein wenig schuldbewusst versagte er sich weitere Träumereien. Er war nicht deswegen zurückgekommen, so viel ihm das Fest auch schulden mochte. Jetzt ging es um die Mutter. Ihr Zimmer war für Mauro mittlerweile so etwas wie eine letzte Botschaft. Sie hatte es zu der Zeit eingerichtet, in der sie zumindest zeitweise noch gewusst hatte, was sie tat. Also musste sie auch damit gerechnet haben, dass er den Raum eines Tages finden würde. Mauro kletterte von der Eibe herunter. Hatte sie das Boot gar für ihn gebaut? Der Gedanke trieb ihn zur Eile an, als er Richtung Stadt marschierte. Anfänglich hatte er das Geheimnis aus eigenem Antrieb lüften wollen, nun schien es ihm fast, als hätte sie ihn auf listigste Weise dazu verpflichtet.

Wollte sie, dass er ihr Geheimnis erfuhr?

Als Mauro eine Viertelstunde später die Altstadt betrat, hatte er sich der Wahrheit ein ganzes Stück genähert, ohne dass ihm selbst das wirklich klar gewesen wäre. Den letzten Schluss, dass eine Mutter alles zuerst für ihr Kind tat, hatte er noch nicht gezogen. Doch im Gegensatz zum Vortag freute er sich nun auf das Treffen mit ihr.

Wie immer beim undifferenzierten Summen großer Menschenmengen wurde Jakob Matter das feine Gehör zum Handicap, absurderweise unterschied er sich da nicht von schwerhörigen Altersgenossen. In diesen Situationen bemühte er sich, einzelne Stimmen zu hören, bevor ihm alles ein einziges, ohrenbetäubendes Rauschen wurde und er sich darin verlor. Ausnahmsweise gelang es. Zwei Frauen kommentierten schräg hinter ihm das Geschehen, ihre Stimmen waren sympathisch, ihr Geplänkel klang amüsant und sogar aufschlussreich. Er getraute sich nicht, nach hinten zu blicken, aber seine Aufmerksamkeit galt nun den beiden, die ihn auf willkommene Weise von seinen Erinnerungen ablenkten.

»Bereust du, dass du mitgekommen bist?«, sagte die Erste gerade.

»Noch nicht«, erwiderte die andere, ihre Stimme erinnerte Jakob an eines seiner Pastellgemälde.

»Weißt du, was mich an diesem Rutenzug immer am meisten gestört hat?«

»Keine Ahnung.«

»Nur die Buben haben Ruten.«

»Willst du etwa sagen, du wärst lieber ein Junge gewesen?«, fragte die pastellfarbene Stimme zurück.

»Nein. Ich wäre gerne ein Mädchen mit Rute gewesen … Ja, ja, schon gut: Du weißt, was ich meine!«

Jakob lächelte.

»Wenn unser Städtchen sich selbst feiert, kommst du gegen die heiligen Traditionen nicht an«, wurde die zweite grundsätzlich.

Irgendwie widersprüchlich, diese Stimme, dachte Jakob. Sie klang reif und jugendlich zugleich. Er wusste bereits, wie das Gesicht dazu aussehen musste. Konnte es sein, dass er es schon einmal gesehen hatte?

»Stimmt eben nicht, Rahel!«, sagte die Erste im selben Moment. »Das stand gestern in diesem Artikel, von dem ich dir erzählt habe. Man kann heute nicht mal mehr mit Sicherheit sagen, wie das Fest entstanden ist.«

Rahel? Auch der Name gefiel ihm, er passte zu ihrem Klang.

»Hat doch etwas mit dem Eichenwald da oben zu tun«, sagte Rahel.

»Dafür gibt es gar keinen Beleg, genau darum ging es in dem Artikel. Urkundlich ist nur, dass es fünfzehnhundertirgendwas den Leuten tatsächlich gelang, ihren Berg mit Eichen zu bepflanzen. Und der Tag, an dem sie mit ihren Kindern eben diese Eichenschösslinge pflanzten, wurde mit einem Fest begangen.«

»Siehst du, und seitdem kriegen wir Mädchen ein Eichenblatt für unsere Granatblüte. Auch das ist nie ein fairer Tausch gewesen.«

»Aber ein Abbild des Lebens«, gab die Erste, die burschikosere, zurück. »Und vom ganzen Rest.«

»Von welchem Rest.«

»Den die Männer mit sich bringen.«

»Wem sagst du das. Ich bin Expertin für Reste.«

»So sehr, dass du vergisst, was davor eigentlich kommen sollte, Rahel: schwindelerregende Tänze, erste Berührungen wie Stromschläge, atemlose Küsse unter einem Feuerwerkshimmel, Herzweh einen Sommer und ein Leben lang. In einem Wort: Jugendfest. Wenn du etwas weniger streng mit dir wärst, würde es in diesem Jahr vielleicht dein Fest. Ich habe da so ein Gefühl.«

»Ach ja? Das Jugendfest hat mir noch nie Glück gebracht, nur zu deiner Erinnerung.«

»Glaub doch einfach mal an die alten Geschichten!«

»Seit wann kümmerst du dich überhaupt um so was, Sel?«

»Seit meine Zukunft kürzer ist als meine Vergangenheit.«

Jakob schmunzelte. Wenn er seinen Ohren wirklich noch trauen konnte, mochten die beiden gerade mal vierzig Jahre alt sein. Und sie dachten, alles sei schon vorbei. Nun war er gespannt, ob sie diese Rutenzugversion ähnlich erzählen würde wie er Alina am Frühstückstisch.

»Hör zu, denn das ist nicht ohne Ironie: Vor gut dreihundert Jahren mussten die Schüler noch alljährlich neue Züchtigungsruten schneiden. Stell dir das mal vor: Die Kinder fertigten die Stöcke selber an, mit denen man ihnen dann ein Jahr lang in der Schule den Hintern versohlte. Und nur an diesem einen Tag des Rutenschneidens wurden die Bräuche etwas gelockert, es wurde gefeiert, und mit der Zeit ist dieses Fest daraus entstanden. Der erste Rutenzug wurde 1686 in den Büchern festgehalten. Nur falls du mal irgendwo mitreden willst!«

»Ich versteh. Deshalb trugen nur die Buben die Ruten, die kriegten sie nachher ja auch zu spüren.«

»Stimmt. Und wir Mädchen mussten das tun, was wir immer tun: schön sein.«

»Schaffen wir mit links.«

»Das war aber nicht immer so. Noch vor hundert Jahren durfte am Umzug nur mitlaufen, wer sich ein Sonntagskleid leisten konnte.«

»Wofür du dich neustens interessierst!«

»Ich muss mir manchmal die Zeit totschlagen. Das Schicksal der Alleinstehenden …«

Jakob konnte nicht mehr an sich halten und drehte sich um. Das Tageslicht verstärkte den Kontrast zwischen ihren gleißenden Haaren und ihrem makellos jungen Gesicht.

»Es gibt übrigens noch eine dritte Version«, sagte er, und biss sich zugleich auf die Zunge, denn die Begleiterin von Rahel schaute ihn an, wie man alte, geschwätzige Männer oft anschaut. »Entschuldigen Sie«, murmelte er.

»Nein, nein, erzählen Sie«, sagte diese Rahel und nicht nur der Form halber.

»Ich wollte mich nicht einmischen.« Jakob merkte plötzlich,

in welche Lage er sich manövriert hatte. Schweiß trat ihm auf die Stirn, sein Magen krampfte sich zusammen, und sein Atem ging heftiger, als hörte er ihr Gejohle wieder. Offenbar war ihm etwas anzusehen, Rahel zumindest schaute ihn etwas besorgt an. Jakob fand mit Mühe sein Gleichgewicht und entschied sich für die Kurzfassung der Geschichte, die er Alina vorenthalten hatte. »In der historischen Mordnacht von 1444 wurde das Städtchen überfallen, alle Männer gefangen genommen und vor den Augen der Frauen und Kinder durch eine Rutengasse aus der Stadt gepeitscht, worauf sie als Geiseln in Gefangenschaft gerieten, ich glaube irgendwo auf einer Rheininsel. So. Und zum Gedenken an diese schlimmste Nacht der Stadtgeschichte wurde der Rutenzug zur Tradition.«

Jakob Matter hatte nicht einmal Luft geholt, und die beiden Frauen hatten ihm aufmerksam zugehört.

»Sehr viel plastischer, die männliche Geschichtsschreibung!«

»Alles in Ordnung?«, fragte Rahel, die Jakobs Unwohlsein spürte.

»Alles bestens, nur mein Rücken. Eine alte Verletzung. Und jetzt muss ich meine … meine kleine Freundin fotografieren, Sie entschuldigen.«

Jakob wandte sich wieder zur Straße. Er kämpfte die nächste Panikattacke nieder, wie er es schon ein Leben lang fast täglich tat. Nichts hatte ihm diese plötzliche Hitzewelle jemals erträglicher machen können, nichts bewahrte ihn vor dem Gefühl des Erstickens, vor den Schweißausbrüchen, dem Schwindel, während er sekundenlang im Bodenlosen taumelte, überzeugt, seine letzten inneren Verstrebungen würden gleich bersten.

Das ließ Jakob Matter nur zu, wenn er alleine war.

Deshalb war er oft alleine.

Glücklicherweise kam nun tatsächlich Alinas Klasse um die Ecke, Jakob sah die großgewachsene Lehrerin schon von weitem. Mit aller Macht konzentrierte er sich auf den Fotoapparat, und als Alina ihn mit dem wohl stolzesten Lächeln ihres jungen Lebens anstrahlte, trübten nur noch Tränen der Rührung seinen Blick. Sie winkte ihm zu, graziös und elegant, dann nahm sie wieder die Hand des Jungen neben ihr. Jakob stutzte, dann vergewisserte er sich, aber es war wirklich so: Alina war das einzige Mädchen, das mit einem Jungen an der Hand lief.

Jakob fotografierte, bis sie aus seinem Blickfeld verschwunden war. Dann tat er etwas, wovor er sich ein Leben lang gehütet hatte. Er zog eine Visitenkarte aus der Tasche und reichte sie dieser gänzlich fremden Frau, die offensichtlich Rahel hieß, mit einer leichten Verbeugung.

»Es wäre mir eine Ehre, Sie heute Abend zu unserem Feuerwerks-Apéro oben am Steig begrüßen zu dürfen. Es würde Ihnen gefallen. Eine bessere Sicht haben Sie nirgendwo. Und keine Angst, es werden dort noch andere so jung sein wie Sie.«

Und wie ihr Gesicht!, hätte er fast hinzugefügt.

Was war nur mit ihm los?

Er traute einfach ihrer Stimme, das war es wohl.

Überrascht bedankten sich die beiden Frauen, und etwas irritiert schauten sie Jakob hinterher, als sich dieser auf den Weg zur Morgenfeier machte. Ob die Apéro-Idee von Alinas Eltern wirklich so gut gewesen war, bezweifelte er weiterhin. Denn er fragte sich ernstlich, wie er alles überstehen sollte, wenn der Tag so weiterging.

Die Schlussgruppe mit den Zylinder tragenden Honorablen hatte Pius Kobelt noch abgewartet, darauf war er kurzatmig die Hauptgasse zur großen Kreuzung hochgegangen. Auf halbem Weg wurde er von Mauro überholt, der sich ebenfalls einen Weg durch die Menschenmenge bahnte. Na also, dachte Pius, ich muss ihn ja nicht mal suchen! Für ein Weilchen werde ich mich an seine Fersen heften, beschloss er. Es blieb ihm nicht viel Zeit. Die Nacht war vorbei, heute war das letzte Jugendfest. Die letzte Gelegenheit für dieses Gespräch, das für Pius im Gegensatz zum nichtsahnenden Mauro unumgänglich war.

Zwei Minuten später sah er Mauro beim Feuerwehrdepot Helen übernehmen.

Schwester Lindita hatte die Bewohner des Pflegeheims während des Umzugs zusammen mit einigen Kolleginnen betreut. Sie erwartete Mauro schon lächelnd. Sie war sich sicher gewesen, dass er die Abmachung einhalten würde.

»Ein schöner Festtag«, begrüßte sie ihn.

»Ja. Aber … warum der Rollstuhl?«, fragte Mauro.

»Bloß während des Umzugs, damit ihre Mutter nicht so lange stehen muss. Sie werden ihn nicht brauchen, ich nehme ihn gleich mit zurück ins Heim. Zur Morgenfeier und zu Ihnen nach Hause sind es ja nur ein paar Schritte.«

Lindita beobachtete, wie Mauro seiner Mutter ebenso fürsorglich wie behutsam aus dem Rollstuhl half. Heute stellt er sich schon geschickter an, dachte sie anerkennend. Helen ließ es mit sich geschehen. Mauro hakte ihren Arm unter und verabschiedete sich mit dem Versprechen von Lindita, ihr eine Nachricht zu schicken, wann er sie zurückbringen würde. Mauro wusste nicht, was er der Mutter und vielleicht auch sich selbst zumuten durfte. Aber wenn er mit ihr an jenem Jugendfestablauf festhielt, den sie von einst gewohnt war, würden vielleicht weitere Erinnerungen ihre Teilnahmslosigkeit aufbrechen.

Obwohl ihm die Pflegerin die Hoffnung hatte ausreden wollen, rechnete er jederzeit wieder mit einer Reaktion seiner Mutter. Mit einem »lichten Moment«, wie es Lindita Bardhecaj genannt hatte. Ob die Mutter die alten Uniformen im Umzug vermisste? Ihr Verehrer hatte sie damals wie alle anderen getragen, heute war glücklicherweise keine mehr zu sehen.

Oder nahm sie den ganzen Rutenzug als etwas ganz anderes wahr?

In ihrem Gesicht ließ sich nichts ablesen.

Bald spazierten Mutter und Sohn langsam am Feuerwehrdepot vorbei, fünf Minuten später waren sie beim Schulhaus. Der obere Zuschauerplatz lag wie eine Estrade über dem Hauptplatz. Als falte sich ein riesiger, jungfräulicher Schleier aus, färbten sich unten nun die unzähligen Holzbänke Reihe um Reihe weiß, bis alle Kinder saßen. Der Chor und die Musik stellten sich im weiten Bogen hinter dem Rednerpult auf.

Mauro fand für die Mutter einen letzten freien Platz auf der kleinen Randmauer über dem Wiesenbord. Hier hatte man die beste Sicht auf die Feier. Um sie herum standen und saßen die Zuschauer wie jedes Jahr zu Hunderten. Mauro ließ die Mutter nicht aus den Augen, wartete noch immer gespannt auf eine außergewöhnliche Reaktion, aber ihr Gesicht blieb maskenhaft starr. Die Kinder hatten ihren Platz gefunden, die üblichen Fotoapparate und Fernsehkameras waren in Position gebracht, die Jugendmusik spielte ein Instrumentalstück, es mündete in das Intro des ersten Liedes, der Chor setzte ein. Es war keines der alten Lieder, stellte Mauro fest, überrascht von seiner eigenen, leisen Enttäuschung. Das wohlbekannte Kratzen und blecherne Knattern in den Lautsprechern versöhnte ihn jedoch wieder.

Nun sang der Chor das Festlied, das seit Jahrzehnten dasselbe war, alle rundherum stimmten ein, Helen Nesta zu Mauros Verblüffung am lautesten.

Der Reigen beginnt / und krönt alle Tänze / die Zeit gerinnt, das Atmen nicht vergessen. Wird schon gehen, sagen alle in den Frauenschulen. Männerschulen gibt es nicht, wer wird schon Kindergärtner. Jedes Gesicht bekannt, nur keines erkannt, für wen singe ich? Also tauscht noch einmal / Granatblüte gegen Eichenblatt, bevor Wind aufkommt, er trägt alles fort, die weißen Kleidchen fangen die Flocken wieder ein, formen neue Gesichter aus Aschengedanken, jetzt sehen alle schon wieder. *Hörst du meine tausend Kinder? Sie singen wie jeden Sonntag: Der Fluss zeigt Erbarmen / eine gläserne Fee, also hinein zu ihr, nicht prahlen, machen! Er ist fast nackt und auch nicht. Lässt sich nicht zänzeln, taucht in grünes Glitzern unter weißer Gischt, das Boot schaukelt bedenklich. Komm, tauch wieder auf, lass mich nicht allein, nein, bleib, und kühl dich ab, du hast es darauf angelegt, kommst hergestakst, Kapitän ohne Mütze, kaum hat die Kirchuhr geschlagen. Eins. Zwei. Hast alles genau geplant. Halt dich am Boot, und halt mich fest, dann halt ein, ich bitte dich, im Wasser vergesse ich mich, die Strömung spült alle Asche weg. Umhimmelherrgottswillen: verlier dich nicht, alle gehen mir verloren, dein Gesicht behalt ich mir, deines ist.* *Der Regen kommt / enthüllt das letzte Geheimnis, du siehst plötzlich so fremd aus in diesem Anzug, du gehörst nicht da rein, Kobi, du bist nicht wie die anderen. Schau, dem Vater wächst der Zylinder aus dem Kopf, aber deine Haare sind wild, ich sehe sie, wenn du dich vorbeugst, über mich beugst, einmal.*

Nach dem Lied trat der Gemeindepräsident ans Rednerpult. Zeitlebens war er mit angestrengt angewinkelten Armen den fehlenden dreißig Zentimetern Körpergröße hinterhergewippt und hatte die Erwartungen seiner Wähler verwaltet. Zu seinem Amt war er nur gekommen, weil ihn König Bellard kurz vor seinem Tod noch mit einigen wichtigen Leuten vertraut gemacht und in die geheime Verbindung aufgenommen hatte. Aber selbst jetzt machte der Präsident nur für einen anderen Platz. Der Festredner hatte zwar nichts mit dem Städtchen zu tun, war dafür ein bisschen prominent und wollte es mit solchen Auftritten bleiben. Er versuchte den Spagat zwischen Kinderansprache und geschliffener Rede. Mit dem üblichen Resultat: Alle warteten nur, bis er fertig war.

Pius Kobelt beobachtete seine alte Freundin aus der Menge heraus. Wie so oft fragte er sich, wann sie sich zum ersten Mal in Raum und Zeit verloren haben mochte.

Ich habe mich richtig entschieden, bestätigte Pius sich selbst in Gedanken. Er wollte nicht warten, bis auch er sich verlor. Der Tag war gekommen.

Er schaute hinüber. Wenn sie zusammen waren und sich ihre Lippen auf diese unablässige Weise bewegten, rätselte er stets, was sie wohl sagte. Es war ihre neue Art zu sprechen. Pius tat dann jedes Mal, als verstünde er sie genau, und bekräftigte dies mit gelegentlichen Bemerkungen. Er war es gewohnt, Stunde um Stunde an ihrer Seite zu weilen, wirklich zu ihr durchdringen konnte Pius schon lange nicht mehr. Sie hatte alles vergessen: sein Gesicht, seinen Namen, ihre gemeinsame Geschichte.

7

In diesem lichtgrünen Saal
wo alle Bilder sich gleichen
fällt eins aus dem Rahmen
einer muss weichen

Eines der alten Lieder beschloss die Feier, wieder sang Helen Zeile für Zeile mit. Doch kaum war der letzte Ton verklungen, sank sie in sich zurück. Mauro führte sie durch die Leute, die jetzt in alle Richtungen davonströmten, und spazierte mit ihr zum Wäldchen

Es war einer jener seltenen Orte, dessen Magie sich von Generation auf Generation übertrug, weil sich die Jugendlichen dort stets für ihre Heimlichkeiten trafen. Für sie, denen die Welt offen stand, war es der Ort sehnsüchtiger Träume, die sich bei den Zurückgekehrten hier in wehmütige Melancholie verwandelte. Eine stille, lichtgrüne Oase, nicht größer als zwei Fußballfelder, eingezwängt zwischen den Schulhäusern und dem Fluss. Die Laubbäume durchsetzt von dichtem Gebüsch, das Gelände fiel in Stufen zur letzten Klippe über dem Fluss ab. Überall bot sich willkommener Blickschutz für Vertraulichkeiten, ob flüchtig oder handfest. Zahlreiche Kieswege verbanden die verschiedenen Terrassen, die oberste Ebene bildete ein Plateau, das sich auf der einen Seite zu einer Felskanzel verengte. Selbst dort hatten vor langer Zeit geschickte Landschaftsgärtner mit Sinn für Romantik ein lauschiges Plätzchen eingerichtet, gesichert durch ein steinernes Geländer, denn die Felsen darunter fielen steil ab. An ihrem Fuß ein Teich, der so vollständig in seiner felsigen und waldigen Umgebung aufging, dass er wie ein natürlicher Weiher wirkte.

Die Wohnung der Nestas lag nur einige Schritte entfernt, das Wäldchen war stets Mauros erweiterter Garten gewesen. Im kühlen Schatten der Buchen und Eichen fanden zudem Vorbereitungsarbeiten auf das Fest statt: Tannenkränze wurden hier geschnürt, das Trommeln geübt, Papierrosen gebunden.

Mauro wirbelten die Erinnerungen durch den Kopf, sie vermischten sich mit den Traumbildern vom Vorabend. Das eine Mädchen beispielsweise … An einem kühlen Herbsttag hatte es ihm scheu mit einem Papiertaschentuch ausgeholfen, in der verhaltenen Geste all ihre Gefühle gebündelt, die er damals nicht wahrgenommen hatte.

War auch ihr Gesicht in dem erträumten aufgeschienen? Mauro blickte zur Felskanzel, die nächtlichen Bilder kehrten zurück, ihre Haare um ihn, doch im selben Moment stolperte Helen Nesta über eine Wurzel, fast so, als wolle sie seine Aufmerksamkeit auf sich ziehen. Er fing sie auf und schaute sich dann um. Selbst den geheimen Weg zu ihrem alten Zigarettenversteck unten in der Schlucht konnte er noch ausmachen. Es war nur über eine senkrechte Leiter aus Baumwurzeln zu erreichen gewesen. Wenn das Wasser nicht zu hoch stand, hatten er und seine Freunde dort geraucht. Noch öfter war er alleine hinabgeklettert und hatte stundenlang sinnierend am Flussufer gesessen, schwindlig vom Nikotin und von seinen irrwitzigen Träumen. Wie sehr ihn der Fluss in jener Zeit geprägt hatte, begriff er erst jetzt, nach der langen Abwesenheit. Diese funkelnde, fließende Unruhe, deren Farbe sich dem Himmel oder der Stimmung des Betrachters anpasste.

Und jeder noch so besorgte Blick verlor sich irgendwann darin.

An einem Sommertag wie diesem wurde das Wäldchen zum lichten Tempel. Das Blätterdach brach das Sonnenlicht, einzelne Strahlen stanzten goldene Prismen ins schattige Grün. Lindita Bardhecaj hatte Helen Nesta für das Jugendfest ein cremeweißes Kostüm angezogen, hier im Wald nahm es die Farbe von Lindenblüten an.

Noch bevor sie den Teich erreichten, bereute Mauro, dass er hierhergekommen war. Es war nicht der Ort, den er heute ertrug. Doch die Mutter ging einfach weiter, als hätte sie für beide entschieden. Am Teich schielte Mauro verstohlen zur Felswand hin. Im selben Moment ließ Helen Nesta seinen Arm los und ging zur Brüstungsmauer über der Klippe. Sie blieb davor stehen, als warte sie auf Hilfe.

»Da hinauf?« Mauro konnte nicht glauben, dass sie einen direkten Kontakt mit ihm suchte, auch wenn sie dabei nichts sagte. Endlich hob er sie das kleine Stückchen hoch, erschüttert darüber, wie wenig sie noch wog. Er setzte sie auf die Brüstung.

»Fall bloß nicht herunter!«

Sie antwortete nicht, sondern begann wieder ihr seltsames Spiel mit den Händen, dieses rhythmische Hineinstoßen, das Mauro nun schon mehrmals beobachtet hatte. Ihm wäre lieber gewesen, sie hätte sich festgehalten, weil aber zugleich ein Lächeln ihr Gesicht erhellte, ließ er sie gewähren. Wieder wanderte sein Blick zur Felskanzel hinauf, wo er damals den vermeintlich großen Moment vorbereitet hatte. Die untere Hälfte der Wand war mittlerweile dicht mit Moos überwachsen.

Büscheli für schöns Mies?, hatte die Mutter gesagt, als sie ihn geschlagen hatte.

Kurz entschlossen ging er hinüber und riss einige Büschel aus dem Moosteppich.

Pius Kobelt war ihnen nach der Feier gefolgt und hatte sich unsichtbar für die beiden auf eine der vielen Bänke hinter einem Busch gesetzt. Jetzt lächelte er nachsichtig. Mauro hatte endlich verstanden!

Dieser nahm die Hand der Mutter, so wie sie einst seine genommen hatte, als er in der ersten Klasse gewesen war und mit den fremden Kindern und der strengen Lehrerin und den Büscheln nicht zurechtgekommen war. Helens Gesicht wurde weicher, als sie die samtene Berührung des Mooses spürte, sogleich begann sie, ein Pflänzchen an das andere zu reihen, *kein Pflanzenköpfchen darf höher stehen als das andere, denkt daran, Kinder!* Mauro rannte fast zum Felsen, um mehr Moos zu holen. Als die Mutter nach zwölf Büscheln die Faust voll hatte, drehte sie die Hand und riss die allzu langen Wurzeln ab. Dann kehrte sie die Faust wieder und bürstete zur Vollendung mehrmals über die Köpfchen. So streifte man die Tannennadeln vom Moos ab: Mauros Erinnerungen an die langen Stunden auf dem harten Asphalt des Pausenplatzes kehrten zurück.

»Deshalb die Schuhschachteln im Zimmer?«, fragte er die Mutter.

Jedes Kind hatte damals eine Schachtel mitbringen müssen. Und Hunderte davon standen am Abend auf dem Sammelplatz, prall gefüllt mit dem gebüschelten Moos. Seit Jahrhunderten wurden damit dann Schilder, Körbe und Kränze geschmückt.

»Püscheli, wer bruucht Püscheli?!« sagte er laut.

»Püscheli för schöns Mies!«, hätte die doppeldeutige Antwort geheißen. Die Mädchen brachten so zum Ausdruck, dass sie zwar neue Büschel zur Moosverarbeitung gebrauchen konnten, vor allem aber an dem interessiert waren, der sie ihnen brachte.

Mit demselben Satz hatte Helen Nesta tags zuvor ihren Sohn geohrfeigt. Diesmal reagierte sie nicht auf seine Worte.

Das Frage-und-Antwort-Spiel war fast so alt wie diese Stadt, aber nicht mehr gebräuchlich. Heute benutzten die Jungen andere Formeln, mit denen sie ihre eigentliche Frage kaschierten.

Mauro hielt der Mutter neues Moos hin. Das alte Zusammenspiel lebte sogleich auf: Gebüscheltes Moos wurde abgeholt, neues gebracht. Doch selbst jetzt, da Helen Hand in Hand mit ihrem Sohn arbeitete, blieb sie ganz bei sich, und ihre Bewegungen waren genauso automatisch wie zuvor, als sie imaginäres Moos gebüschelt hatte. Plötzlich drehte sie den Kopf zur Felskanzel hinauf. Sie hatte genug.

Es machte fast den Anschein, als erwarte sie einen Segen von oben. Sie war schon wieder woanders, doch es schien ihr auch da zu gefallen, denn ihr Gesicht wirkte erstaunlich entspannt, und ihre Augen blieben jetzt geschlossen.

Mauro setzte sich neben sie.

Bedeuteten die Schuhschachteln im Zimmer, dass die Mutter und ihr ewiger Geliebter bereits zusammen Moos gebüschelt hatten? Das war immer die Aufgabe der Kleinsten gewesen, also mussten sie sich schon als Kinder gekannt haben.

Wohl ein voreiliger Schluss, dachte Mauro. Doch die Mutter hatte im Zimmer eindeutig die Geschichte mit diesem Unbekannten aufleben lassen. Gab es ein deutlicheres Zeichen dafür, dass sie ihr im Rückblick wichtiger gewesen war als ihre Ehe? Die Liebe zu Oreste Nesta war vielleicht kein blinder Taumel gewesen, aber immerhin mehr als eine Vernunftehe! Oder trog ihn auch diese Erinnerung? Nach Vaters Tod hatte die Mutter sich nie mehr verliebt, das hatte ihn immer irritiert. Dabei war Mauro schon mit zwanzig ausgezogen. Und sie war mit einer alterslosen Schönheit gesegnet gewesen, sie hätte auch dann noch jeden betören können. Stattdessen hatte sie all ihre Energie in die Arbeit gesteckt. Aus Existenzangst vielleicht.

Woher nahm er überhaupt seine Gewissheiten? Diese Vorstellung, dass sie keine Männer mehr gehabt hatte? Er hatte auch nichts vom unbekannten Kadetten gewusst, der ihr der wichtigste gewesen war, also würde er weitere Interpretationen tunlichst vermeiden. Es gelang ihm ja nicht mal, seine eigene Geschichte richtig zu deuten. Dieser Platz hier war ein Mahnmal dafür. Und vielleicht blühte ihm irgendwann gar dasselbe Schicksal und er würde wie sie seinen unerfüllten Träumen einen Altar bauen.

Mauros Blick wanderte immer wieder zum Felsen hinauf, von dort zu einer schlanken Buche in der Nähe und wieder hinauf. Er setzte mehrmals an, und das nervöse Spiel seiner Kiefermuskeln verriet seine Anspannung. Endlich begann er zu sprechen, leise, mehr zu sich selbst als zur Mutter.

Zur selben Zeit kam Jakob Matter gewissenhaft seinen Aufsichtspflichten nach. Er winkte Alina zu, die gerade aus dem Schulhaus gestürmt kam, das Gesicht gerötet vom großen Zug durch die Stadt, die Augen übermütig blitzend, das Brot und das Papiersäckchen mit dem Jugendfestbatzen in der Hand.

»Probier mal. So fein!«

Jakob wollte abwehren, dann besann er sich und tat es den Kindern auf dem Pausenplatz gleich, so wie er selbst es vor sechzig Jahren getan hatte: Er biss herzhaft mitten in Alinas Jugendfestbrot, und sein süßlich warmer Duft trug ihn zurück in die Kindheit.

Nur an diesem einen Tag im Jahr hatte es für Jakob Weißbrot gegeben.

»Wundervollsam!«, ahmte er Alinas Wortkreation nach.

»Prachtswundervollsam!«, korrigierte sie nachsichtig, packte seine Hand und zog ihn Richtung Altstadt.

»Sollten wir nicht noch … etwas Richtiges essen?«, fragte sie nach einer Weile, unablässig von einem Bein aufs andere hüpfend.

Alina hatte ihrer Mutter am Abend zuvor versprechen müssen, sich von ihrer besten Seite zu zeigen, wenn Großvater Matter ihr schon seinen Tag opferte.

Jakob erahnte den Grund für ihr Verhalten und lächelte. »Etwas Richtigeres als Jugendfestbrot?«, zog er sie auf.

»Du weißt schon, etwas Warmes!«

»Ist doch warm, dein Brot.«

»Also du!«

»Komm, wir kaufen zum Brot irgendwo eine Wurst vom Grill und setzen uns damit an den Fluss. Was meinst du?«

»Das ist nicht gesund!«, sagte sie etwas zu erwachsen.

Jakob schaute sie erstaunt an. Heute meinte sie es mit dem guten Benehmen wirklich ernst.

»Das ganze Jugendfest ist nicht gesund, lass dir das gesagt sein, Alina.«

»Aber lustig!«

»Genau, und deshalb essen wir jetzt lustig und nicht gesund.«

Das ungleiche Paar ließ die Altstadt bald hinter sich. Alina wollte sich auf die Steinquader an der alten Anlegestelle beim Fischerskopf setzen, doch das wäre Jakob an diesem Tag zu nahe gegangen. Er überredete sie, noch ein Stück weiter zu spazieren, bis sie eine Bank im Schatten fanden. Dort machten sie sich über ihre Grillwürste her und teilten Alinas Brot.

»Das ist das beste Jugendfestessen, das man haben kann!«, behauptete Alina mit vollem Mund.

»So? Dann hat dir das Fest bis jetzt gefallen?«

»Und wie! Hast du die Leute gesehen, hunderttausend waren das! Und wie sie uns zugewinkt haben, die Altstadt hinauf und hinunter. Ich habe gar nicht gewusst, dass so viele Leute hier wohnen.« Alle Erlebnisse des Morgens sprudelten aus ihr heraus. Sie erzählte vom Jungen, den sie an der Hand genommen hatte, von der Lehrerin, die viel hübscher als sonst aussah und die sie gefragt hatte, woher Alina dieses schöne Haarband habe; und von den älteren Buben, die mit ihren Ruten bloß Blödsinn gemacht hätten. Nach kurzem Luftholen wollte sie Jakobs Fotos sehen.

Er suchte noch die entsprechende Funktionstaste, als sie Jakob den Apparat schon aus der Hand nahm, und bevor er sich's versah, drückte sie sich durch die Bilder.

»Ui, da sind aber ein paar verzittert!«

»Ich weiß. Meine Hand ist schon fast so alt wie ich.«

»Du immer! Das da ist gut geworden.«

Jakob Matter bestätigte es ihr, erleichtert darüber, dass er mit seiner Ungeschicktheit nicht alle Bilder verdorben hatte. Sein Blick verlor sich im grünen Wasser. Wie immer an Sommertagen wirkte es noch unergründlicher, und wie einst horchte er nach dem fast unhörbaren Bollern der Flusssteine. Auf seinen Fingerspitzen spürte er noch einmal die Wassertropfen, die zwischen den Schulterblättern seiner Liebsten hinabgeperlt waren. Wenn alles anders gekommen wäre, dachte er, säßen sie jetzt vielleicht zusammen hier, mit ihren Enkelkindern, am Ende eines gemeinsamen Lebens, und würden sich an jenen gemeinsamen ersten Nachmittag hier am Fluss erinnern.

Unwillig schüttelte er den Gedanken ab, der ihn regelmäßig behelligte, seit Alina zum ersten Mal bei ihm aufgetaucht war.

»Was hast du, Großvater Matter?«

»Nichts.« Er strich über die Stickereien ihres Haarbandes. »Sie ist mir eben wieder in den Sinn gekommen.«

»Die-schönste-Frau-der-Welt? Vermisst du sie?«, fragte Alina.

»Jeden Tag.«

»Wie lange schon?«

»Fünfzig Jahre. Vierundfünfzig.«

»Das gibt dann aber viele Tage. Erzählst du mir von ihr?«

»Ich habe noch nie jemandem von ihr erzählt.«

»Ich muss auch immer alles erzählen!«

Jakob lächelte. »Das ist ein Argument. Was willst du wissen?«

»Alles.«

»Soviel Zeit haben wir nicht. Um zwei knallen die nächsten Böllerschüsse, dann müsst ihr euch auf der Kreuzung oben versammeln. Schwimmst du gerne?«

»Und wie. Zwei Bahnen im Freibad, ohne anzuhalten. Warum?«

»Helen schwamm wie ein Fisch. Nein, wie eine Flussjungfrau.«

»Helen hieß sie?«

»Ja.«

»Das hast du mir nie gesagt. Es gibt keine Flussjungfrauen, nur Meerjungfrauen.«

»Das meinst du bloß, weil du an der Nordsee und nicht an einem Fluss aufgewachsen bist. Ich hab dir doch gestern schon von der gläsernen Fee erzählt.«

»Du hast nur von der angefangen und dann rein gar nichts erzählt!«, sagte Alina vorwurfsvoll.

»Sie gleicht einer Meerjungfrau, aber sie ist durchsichtig wie Glas, deshalb sieht man sie nie. Bis man ihr im Wasser begegnet. Dort wird sie sichtbar, denn ihr Körper beginnt zu leuchten.«

»Du willst mir einen Bären aufbinden.«

Jakob tat, als suche er ihren Rücken ab. »Da ist kein Bär.«

»Jetzt, Großvater: Erzähl weiter!«

»Vom Bär, von der Fee oder von Helen?«

»Alles, das hab ich doch gesagt!«

»Die Sage von der Fee zuerst.«

»Ja, die kenne ich nicht!«

Jakob lächelte. Wie sollte sie auch, er war ja gerade dabei, die alte Stadtsage für sie neu zu erfinden. »Also, hör zu: Es ist die Geschichte eines übermütigen Jungen, der zu alten Zeiten von der Brücke in die Schlucht hinuntergesprungen ist.«

»Weshalb?«

»Weil … nun ja: für eine Wette. Genau, er hatte mit seinen Freunden gewettet, er traue sich das schon. Also ist er gesprungen, bei halbem Hochwasser, mitten hinein in die Strudel und die Stromschnellen. Und dann ist er nicht mehr aufgetaucht.«

Jakob fühlte wieder, wie das Wasser über seinem Kopf zusammenschlug, und wie erleichtert er im ersten Moment über die lindernde Kühle gewesen war.

»Und dann?«, fragte Alina ungeduldig.

»Seine Freunde haben um Hilfe gerufen, aus allen Häusern sind sie herbeigelaufen, jeden Meter des Flusses behielten sie im Auge, doch keine Spur mehr von dem Jungen.«

»Er ist ertrunken.«

»Das sagten die einen. Andere hofften auf ein Wunder. Als man sich bereits damit abfinden wollte, dass der Junge verloren war, tauchte er plötzlich wieder auf. Spazierte seelenruhig diesen Uferweg hoch in die Stadt hinein. Stell dir den Aufruhr vor, Alina! Die Leute glaubten zuerst, er sei sein eigener Geist, sie liefen zu ihm hin, sie fassten ihn an, weil sie ihren Augen nicht trauten. Er blieb stehen, alle scharten sich um ihn. Er erzählte, was geschehen war. Wie ihn sofort ein starker Wirbel gepackt und er sich vergeblich dagegen gewehrt habe. Er erinnerte sich an das, was allen Flussbuben hier eingetrichtert wird: es sei sinnlos, dagegen anzukämpfen, man müsse sich tief hinabziehen lassen, und erst ganz unten, auf dem Grund, im Stockdunkeln, wo man nicht mehr wisse was oben und was unten sei, könne man etwas dagegen tun. Nämlich den Boden erspüren und sich mit den Füßen wegkatapultieren, schräg aus dem Strudel heraus! Nur …«

»Nur was?«, fragte Alina.

Nur war das gar nicht so einfach, dachte Jakob. Unten, im tiefsten Dunkel, war ihm die Luft ausgegangen.

»Der Junge hatte in der Finsternis so komplett die Orientierung verloren, dass er sich aufgab, die Arme um seinen Körper schlang und das letzte bisschen Luft aus seiner Lunge weichen ließ. Alle Kraft hatte ihn verlassen, er konnte nur noch warten, bis er die Besinnung verlor. Dann plötzlich …«

Jakob machte eine Kunstpause.

»Was?!«

Jakob erfand den Teil der Geschichte, an den er keine Erinnerung hatte. »Plötzlich ist vor seinen Augen alles weiß geworden. Ein gleißendes Licht blendete ihn.«

»Die Flussjungfrau, logisch!«, sagte Alina abgeklärt.

»Genau. Zart, gläsern, von überirdischer Schönheit. Sie hat seine Hand genommen, hat ihn beschützend an sich gezogen und ihn sanft auf die Lippen geküsst …«

»Iii!«

»Du kommst noch früh genug auf den Geschmack. Im letzten Moment hat sie den übermütigen Jungen also dem Wirbel entrissen, ihre Küsse haben ihm Leben eingehaucht, und das Nächste, woran dieser sich erinnerte, sind die tief hängenden

Zweige am Uferrand gewesen, an denen er sich aus dem Wasser gezogen hat. Zweihundert Meter unter der Schlucht.«

»Und dann?«

»Und fertig. Nein, halt: Der Junge hat seinen Wettgewinn eingesammelt, ist zur nächsten Kirche gegangen und hat das Geld in den Opferstock gesteckt.«

»Das war richtig. Aber eine seltsame Geschichte ist das. Man kann sein Ertrinken doch nicht überleben!«

In einem gewissen Sinn hat sie recht, dachte Jakob. Laut sagte er: »Es ist ja auch eine Sage. Ein Märchen.«

»Gut. Und jetzt erzähl mir von Helen.«

»Du bist unersättlich. Helen ist so anmutig geschwommen wie die gläserne Fee, deshalb … Das Wasser hat sie verwandelt.« Jakob unterbrach sich. »Komm, dafür reicht unsere Zeit nicht, wir müssen zurück. Ich erzähl dir später mal von ihr.«

Wieder einmal fehlten Jakob Matter die Worte. Nicht aus allem ließ sich eine kindertaugliche Geschichte formen.

Zwischen den Nestas hatten sich die Rollen für einen Moment auf irritierende Weise vertauscht. Helen saß auf der Brüstung und sah aus, als höre sie Mauro zu, ihr Sohn erzählte halblaut und fast regungslos von der Jugendfesterinnerung, die ihn einst geprägt hatte. Als Kind hatte er die wahren Beweggründe seiner Peiniger verschwiegen und der Mutter irgendwas von einem Jungenstreich erzählt, zumindest die braune Farbe am ganzen Körper hatte er ja begründen müssen.

Und weshalb er zum ersten Mal seit vier Jahren wieder gestottert hatte, in jener Nacht.

Mauro Nestas Lehrer hatten stets geglaubt, der Junge könne sich nicht zwischen Deutsch und Italienisch entscheiden, es sei diese Unschlüssigkeit, die sich in seinem Stottern manifestiere. Mit seinem Jugendfreund Stefano hatte Mauro nämlich italienisch gesprochen. Für die beiden Jungen die perfekte Geheimsprache. Zugleich war es die Sprache des Vaters, und als dieser plötzlich verschwand, weigerte Mauro sich jahrelang, sie weiter zu benützen. Auf einen Schlag hatte er damit die Hälfte seines Wortschatzes verloren.

Doch der Auslöser für seinen späteren Rückfall ins Stottern waren die Geschehnisse hier gewesen.

Pius saß noch immer hinter dem Buschwerk und hörte sich Mauros Geschichte mit wachsender Neugier an.

Mauro schilderte, wie er schon eine Stunde vor der ausgemachten Zeit auf der Felskanzel seine Tauschvorbereitungen begonnen hatte. Noch immer zweifelnd, ob Selina wirklich auftauchen würde. Er war ja nur stellvertretend in sie verliebt gewesen. Das Mädchen, das ihn wirklich interessiert hatte, war für ihn unerreichbar gewesen. Wie immer. In jenem fatalen Sommer hatten Freunde dann Selina ins Spiel gebracht. Sie hatten Mauro Tage vor dem Fest glaubhaft versichert, sie sei unsterblich in ihn verliebt und wolle wirklich tauschen, und Mauro war für das unbekannte Mädchen entbrannt, überzeugt, dass er sein Eichenblatt zum ersten Mal nicht in die Schlucht werfen musste. Nein, an diesem Abend würde es sanft zum Teich hinunterschweben, direkt in ihre ungeduldigen Hände, so wie er es sich in den langen Nächten seit der Verabredung und eigentlich schon seit Jahren erträumt hatte. Die Vorrichtung dafür hatte er kurz vor dem vereinbarten Treffen im Wäldchen aufgebaut, keine zwanzig Meter vom Ort entfernt, wo er nun stand. Mit geduldiger Akribie, stets besorgt, jemand würde ihn dabei stören. Er hatte ein dünnes, aber tragfähiges Seil um den dicksten Baumstamm auf der Kanzel geschlungen, es festgezurrt und verknotet, wie er es im Kletterkurs gelernt hatte. Der Korb mit dem vergoldeten Eichenblatt auf seinem Moosbett würde nicht schwer sein, er sicherte das Seil trotzdem doppelt. Er hatte auf alles vorbereitet sein wollen.

Mauro wandte sich wieder der Mutter zu.

»Ich hätte wissen müssen, dass etwas nicht stimmt, Mutter! Ich hätte vielleicht mit dir darüber sprechen sollen. Aber das tat man nicht. Ich wollte zu sehr, dass es endlich geschieht. Mir fiel nicht mal auf, dass ich mit dieser Selina ja kaum zwei Worte gewechselt hatte. Ich war immer in Mädchen verliebt gewesen, die nichts von mir wussten. Selina war zwei Jahre jünger. Sie sei schüchtern und wolle vor dem Tauschen nicht mit mir sprechen, haben mir die Klassenfreunde gesagt. Jeder weitere meiner Gedanken drehte sich danach nur noch um die Übergabe. Ich hatte so lange gewartet, hatte mir diesen Augenblick hundertfach ausgemalt, ohne die Chance, meine Träume jemals umzusetzen. Aber jetzt war plötzlich alles möglich! Jeden Zweifel an mir, dem *Tschingg*, wollte ich ihr nehmen. Deshalb die Inszenierung, Nacht für Nacht habe ich sie durchgespielt, bis ich selbst geglaubt habe, unten würde dann schon die Richtige stehen. In der Werkstatt im Dachboden tüftelte ich aus, wie der Korb auf den Rollen das Seil hinuntergleiten und ein Eichenblatt, ein vergoldetes, in ihre Hände schweben würde. Wenn du dich erinnern könntest, Mutter, würdest du dich an meine Anspannung erinnern, an mein seltsames Verhalten damals, an den Goldspray, den du mir unbedingt kaufen musstest. Schau, da oben, siehst du das Geländer der Kanzel? Genau da habe ich gestanden, das Seil war hier unten befestigt, an diesem Baum, und je länger ich wartete, umso mehr zweifelte ich an ihrem Erscheinen. Ich stellte mir bereits vor, wie ich meine Installation unauffällig abräumen und diesmal gleich den ganzen Krempel in die Schlucht schmeißen würde.«

Mauro blickte seine Mutter an. In ihrem Gesicht ließ keine Regung vermuten, dass sie aufnahm, was er erzählte. Doch das war ihm plötzlich nicht mehr so wichtig. Sie war seine Mutter, sie war die, die sie immer gewesen war, er würde ihr die Geschichte endlich erzählen, er hätte es schon als Kind tun sollen.

Er spürte, wie er sich erstmals in ihrer Gegenwart entspannte und wohler fühlte.

»Dann … dann geschah das Wunder tatsächlich! Ich sah einen hellen Fleck durch die Büsche: ihr weißes Kleid. Sie trug ihre Haare ganz anders als sonst, sie wirkten wilder, und obwohl ich sofort hätte wissen müssen, dass sie nicht Selina war, schaute ich nicht genauer hin. Ich war zu aufgeregt. Ich versteckte mich hinter dem Busch dort. Der Korb war eingehängt, ich legte das Eichenblatt auf sein Moosbett. Dann schielte ich schnell über das Geländer hinab, sie stand unten am Teich, ich sah nur die Granatblüte in ihrer Hand, endlich eine Granatblüte für mich! Und im selben Moment …«

Mauro brauchte einige Sekunden, bis er sich wieder gefasst hatte und weitererzählen konnte.

»… sind sie aus ihrem Versteck gestürmt, die Vermittler, die Freunde! Sie haben mich gepackt, haben mir alles entrissen, jeder wollte den anderen übertrumpfen. Einer schrie: Ausziehen, zieht ihn aus! Der zweite: Wir werden dich lehren, Finger weg von unseren Schweizer Mädchen! Ein nächster rief hinab: Hiergeblieben, dein Bräutigam kommt gleich herunter! Und der letzte: Auf die Seilbahn mit ihm!

Sie haben mich ausgezogen, sie haben mich mit dieser braunen Farbe eingeschmiert, weil meine Haut heller war, als mein Name klang. Fortan werde sich keines ihrer Mädchen mehr in einen *Tschingg* verlieben!«

Er verstummte.

Diese Anspielung. Wem hatte sie gegolten? In ihn hatte sich nie eine verliebt, und Selina konnte nicht gemeint gewesen sein, die war nur der Vorwand gewesen.

»Sie haben mich am Seil hinuntergelassen. Nackt, verschmiert. Ich verging vor Scham, kurz bevor ich meine Augen schloss, sah ich, wer unten stand, sah ihre lockigen Haare. Sie. Dann prallte ich auf dem Kies auf. Kannst du dir das vorstellen. Nackt, zu ihren Füßen? Doch als ich mich aufrappelte, war sie verschwunden, *grazie Dio.*«

Mauro drehte sich seiner Mutter zu. »Das Letzte, was ich von ihr sah, waren ihre Locken. Korkenzieherlocken nannten wir das, *ti ricordi?*«

Mauro verstummte. Er hatte nie mehr mit dem Mädchen gesprochen, war während der Ferien nur tagelang vor den geschlossenen Jalousien ihres Hauses auf und ab gefahren. Und noch vor dem Ende des Sommers war sie mit ihren Eltern weggezogen.

Mauro legte der Mutter die Hand auf die Schulter. »Sie haben mich hier immer so behandelt, Mutter. Deshalb bin ich so schnell fort, deshalb habe ich dich allein gelassen, verstehst du das?«

Pius Kobelt hatte genug gehört und schlich nun davon, peinlich berührt, aber erleichtert zugleich. Ein Mosaikstein mehr in der Erklärung, was Mauro nach Italien getrieben hatte. Dass er ihr das alles heute erzählte hatte, bewies Pius, dass sich die beiden trotz der Krankheit unverändert nahe waren. Seine Angst, Mauro reise bald wieder ab und lasse Helen alleine hier, war nicht ausgeräumt, doch die Möglichkeit, dass er Mauro zum Hierbleiben überreden konnte, erschien ihm jetzt größer. Wenn er es schaffte, würde ihm keiner dafür danken. Seine Bemühungen waren auch keineswegs eine Entschuldigung, vielleicht ein Versuch der Wiedergutmachung, vor allem aber Ausdruck seiner Sorge um Helens Zukunft, wenn er nicht mehr hier war. Die Zahlungen würden ungeachtet seines Todes weiter fließen, dafür hatte er gesorgt, doch wer setzte sich ab morgen an seiner Stelle zu Helen in den Park?

Helen schaute wieder zur Kanzel. Jetzt nahm sie ihre Hände in die Höhe und begann zu dirigieren, als höre sie irgendwelche Klänge. Mauros Blick folgte ihrem. Oben auf der Kanzel blitzte etwas weiß und grell auf. Mauro sprang auf die Füße. Seine Traumfrau wieder? Nein. Beim zweiten Hinsehen waren es bloß die Jugendfestkleider zweier Mädchen. Hand in Hand übten sie oben auf der Kanzel den Reigen vom Nachmittag.

»Komm, Mutter, wir gehen spazieren«, sagte Mauro enttäuscht.

Die beiden nahmen den Weg hinab zum mittleren Steg. Beim großen Mühlrad blieb Helen stehen und blickte lange und gebannt darauf. Das Rad war viel zu groß für das bisschen Wasser, das Schaufel für Schaufel weiterspediert wurde. Manchmal schien sie etwas auf der ersten Schaufel zu fixieren, dann hüpfte ihr Blick zur zweiten und zur dritten.

»Spring, Jakob Wassermann, spring!«, murmelte sie, unhörbar für Mauro.

Mitten auf der Brücke hielt sie wieder an. Aus der Schlucht erklang ein lauter Ruf. Neugierig trat auch Mauro ans Geländer. Helen Nesta beobachtete nun mit klaren Augen denselben Weidling, den Mauro an diesem Morgen schon einmal gesehen hatte. Zwei Gäste mit Smoking und Zylinder saßen jetzt zwischen den beiden Goldgräbern im Boot. Sie gehörten offensichtlich zu den Ehrengästen des Fests. Mit aller Kraft ruderten die beiden Pontoniere gegen die starke Strömung. Sie peilten das Schlangentor an, die einzige Stelle, an der ein mittelalterlicher Fluchtweg in den Fels gehauen war und direkt bis ans Wasser führte. Die beiden Bootsfahrer erwiesen sich als wahre Meister, sie ruderten am Tor vorbei, drehten das Boot dann in einem geschickten Manöver durch die Strudel und legten es längsseits an die Stadtmauer. Anscheinend gab es dort eine Vorrichtung, um Schiffe zu vertäuen, denn Augenblicke später lag der Weidling ruhig im Wasser, die beiden Honorablen stiegen aus und verschwanden durchs Schlangentor.

»War es ein solches Boot?«, fragte Mauro seine Mutter. Helen Nesta antwortete nicht.

8
Einer muss weichen
er hofft auf die Wende
findet im Fluss seinen Trost
jede Flucht hat ein Ende

Der einzige Nachteil der Altstadtwohnung war die Hitze im Sommer. Unter dem ausladenden Dach wurde es bei den Nestas schon um die Mittagszeit so drückend, dass man kaum atmen konnte.

Mauro überlegte, ob er die Fenster öffnen sollte, oder ob es draußen bereits wärmer war. Er entschied sich fürs Lüften, kühler wurde es deswegen nicht. Dann fiel ihm wieder ein, was ihm die Pflegerin im Heim aufgetragen hatte. Er nahm die Mutter am Arm und führte sie zur Toilette. Manchmal erledige sie alles selber, manchmal müsse man helfen, auf jeden Fall solle er sie in regelmäßigen Abständen daran erinnern. Nachdem er ihr aus den Windelpants geholfen hatte, schien seine Mutter allein zurechtzukommen. In der Küche wärmte Mauro die Crêpes auf, die sie unterwegs gekauft hatten, neben dem Gerechtigkeitsbrunnen, unter den verbundenen Augen der Justizia, wie Mauro mit einem Schmunzeln aufgefallen war. Er stellte die Teller auf den Tisch und stapelte die Fotoalben aus dem Wohnzimmer daneben. Seine Suche musste endlich einen Schritt weiterkommen.

Helen Nesta riss im Badezimmer Papier um Papier ab. Eines behielt sie plötzlich in der Hand und faltete es akkurat in der Mitte, als wolle sie es in einen Briefumschlag stecken.

Eine Unterschrift, besiegelt ist besiegelt, das Fest schon Jahrtage vorbei. Wozu der Anzug? Sein Malerkittel wäre so schön farbig, mit Flecken so rot wie ihre, jetzt trägt er schwarz und sie auch nicht weiß. Einer hat ein dickes Buch, ist das eine Zylinderkerbe auf der Stirn? Schwere Blumen mit schweren Köpfen auf dem Tisch, keine Granatblüten, und alle tuscheln, diese Heirat ist eine Beerdigung, sein Sarg ist leer, denn.   Der Aschenregen wäscht dem Tag das Blau aus, der Milchmann stößt den Milchwagen, der Postler den Paketwagen, der Paketwagen trägt Pakete, der Postler trägt einen Hut. Im Genick. Jedes Haus hat einen Vorgarten mit Milchkessel, Balkone grüßen freundlich. Ist das deine Hand? Hier mitten im Städtchen, was denkst du dir! Vater weiß alles, alle berichten, alle schwatzen, auf dem Gemüsemarkt Leiterwagen voller Kohlköpfe, so wie drüben im Roten Haus. Am Stammtisch hocken sie, dort warten sie, bis einer aus der Reihe wächst und dann ab nach Moskau. Vorbei am Haus aus Stein, sogar die Geranien wachsen hinter Gittern. Der Straßenwischer wirbelt Asche auf und verbirgt uns, dein Mund schon wieder. Geduld, wir sind nicht alleine, der Polizist schaut schon! Er kennt mich, ich habe ihm immer die Hand gegeben, habe die Söckchen hochgezogen und die Schürze gerichtet und die Autos haben.   Warst mein Nachbarsbub in kurzen Hosen, hast mir meine Rose in einer Schuhschachtel gepflanzt, in der Erde das Herz, aus Steinen. Jeder Sommerabend ist uns eine Spielwiese, die Mütter rufen vergeblich, die Nacht wischt das Spielfeld aus, Völkerball, und alle wollen in den Himmel.

Mauro wurde langsam unruhig, es war bereits eine Viertelstunde vergangen, seit er sie allein gelassen hatte. Endlich überwand er sein Schamgefühl. Viele kleine Papierfetzen bedeckten Mutters Füße und den Boden. Mauro half ihr, fertig zu machen und zog ihr frische Windelpants an. Er hatte sich vor solchen Momenten gefürchtet, jetzt war nichts dabei.

Zurück in der Küche setzten sie sich an den Tisch. Helen begann ohne Mauros Hilfe zu essen. Lindita Bardhecaj hatte ihn da auf ganz anderes vorbereitet! Kaum war ihr Teller leer, trug sie ihr Geschirr zur Spüle und drehte das Warmwasser auf. Mauro verfolgte ihr Tun mit Staunen. War es die gewohnte Umgebung, die sie aus ihrer Lethargie befreite? Dann müsste er ihr doch genau das ermöglichen, dachte er betreten. Ihre Lebensqualität würde um ein Vielfaches steigen, wenn sie hier wohnen könnte. Die Konsequenzen aus dieser Überlegung und was sie für sein Leben bedeuten würden, mochte sich Mauro gar nicht vorstellen. Er war fast ein wenig beruhigt, als die Mutter das Wasser laufen ließ und das Geschirr schmutzig auf den Tisch zurückstellte.

Als Nächstes führte Mauro sie in das Zimmer. Noch in der Tür ließ er ihre Hand los, gespannt, wie sie auf ihre eigene Installation reagierte. Nichts geschah. Sie blieb stehen, wo sie war, ihre Augen verrieten nicht, ob sie etwas wahrnahm oder nicht. Ernüchtert nahm er sie mit ins Wohnzimmer. Er hatte mit einer Reaktion gerechnet, nun musste er auf die Fotoalben hoffen. Mauro setzte sie an den Tisch und schob ihr das erste Album hin. Er dirigierte ihre Hand, bis sie selber zu blättern begann. Mauro hoffte, sie würde bei bestimmten Bildern stocken, sich an etwas erinnern und reagieren. Er wurde enttäuscht. Helen Nesta schlug nur mechanisch Seite nach Seite um und klappte das Fotoalbum bald wieder zu. Ihre Finger zeichneten unaufhörlich die goldene Prägung im Ledereinband nach.

Es war eine ihrer manischen Bewegungen, die sie sich schon vor der Zeit im Heim angewöhnt hatte.

Mauro machte sich einen Kaffee und ihr einen Tee.

Beim zweiten Album blätterte er selber um. Vorsichtig begann er, sie auf gewisse Dinge hinzuweisen. Sie lebte ein wenig auf, so schien es ihm, betrachtete das eine oder andere Foto etwas länger. Bald aber fühlte sich Mauro wieder an Stella erinnert. Seine Patentochter hatte sich bei ihren Bilderbüchern nie um den großen Bogen der Geschichte oder um die Bildinhalte gekümmert und war an unwichtigen Details hängengeblieben. Ähnlich verhielt sich die Mutter jetzt. Den größten Erfolg erzielte er mit dem Pferd, das Großmutter gehört hatte. Horta Bellard posierte daneben im Reitkostüm.

»Aska«, murmelte sie. »Aska.«

Sie erinnerte sich an den Namen des Pferdes? Nur daran? Er zog das iPad heran und googelte das Wort. Es war Isländisch und bedeutete Asche. Das half ihm nicht weiter.

»Wer ist das?«, fragte Mauro und deutete auf Helens Mutter.

Keine Reaktion. Mauro schlug die Seite um, das letzte Bild des Großvaters folgte, es war bereits im Spitalbett aufgenommen.

»Und er?«

Sie machte auf dem Foto kreisende Bewegungen, immer rund um den Kopf herum, als störe sie etwas an der Stirn ihres Vaters, aber sie sagte nichts mehr, und Mauro hielt es für eine ihrer mechanischen Bewegungen. Er wappnete sich gegen neue Enttäuschungen, bevor er das ihm wichtigste Album heranzog. Ein Foto zeigte ihn als Dreijährigen auf der Leiter eines Kletterturms. Interessiert betrachtete seine Mutter das Bild.

»Wer ist das Kind, Mutter?«

Sie gab keine Antwort.

Mauro hob das Bild neben seinen Kopf.

»Kennst du den Kleinen nicht?«, fragte er drängend.

Sie schwieg, wirkte verloren. Fast schuldbewusst, bildete sich Mauro zu seinem Schutz ein.

Er blätterte zurück zu dem Foto, das ihn als Neugeborenen in den Armen der Mutter zeigte.

»Und das hier?«

Ein schönes Kind, trotz allem! Tränen in den Augen, der Ellbogen versinkt im Kissen, das Kissen in der Asche, zusammen mit dem Vater, verschwunden in den grauen Dünen. Sein richtiges Kind glänzt golden.

Mauro wurde gewahr, wie erschöpft seine Mutter plötzlich wirkte. Er nahm das Bild von ihr und dem Unbekannten beim Jugendfest hervor.

»Erkennst du den Mann?«, fragte er vorsichtig.

Nimmst du mir die Musik, nehme ich mir das Leben. Und was nimmst du mir, du Strolch? Nichts mehr zum Festhalten, ein Kobi gleicht dem anderen, alle Farben sind. Diese

Rindenstücke fallen mir von der Haut, nichts hält mich mehr zusammen.

Mauro sah das Zittern ihrer Finger, die an ihrer Haut herumklaubten, dann die Tränen in den Augen. Er zog seine Mutter an sich, er fühlte ihr unhörbares Schluchzen. Im nächsten Augenblick stieß sie ihn heftig weg.

»Nach Hause«, sagte sie.

Klar und verständlich. Und verzweifelt. Ihre Verlorenheit schnitt Mauro ins Herz. »Wir sind zu Hause, Mutter!«

»Kobi lügt immer!«

Kobi?!

Endlich der gesuchte Name?

Kobi. Wahrscheinlich eine altmodische Abkürzung.

»Du bist müde, Mutter. Komm, ich bringe dich zum Sofa, der Mittagsschlaf wird dir guttun. Und trink dein Wasser aus, du trinkst nie etwas!«

Sie ließ es mit sich geschehen, verweigerte nur das Wasser, wehrte sich aber nicht gegen die Decke, die Mauro ungeachtet der Wärme über ihre Beine legte.

Mauro hatte ein schlechtes Gewissen, weil er sie so bedrängt hatte, und rief im Pflegeheim an. Schwester Lindita beruhigte ihn sogleich. Diese Reaktion müsse nicht unbedingt mit den Fotos zu tun haben, das komme öfter bei ihr vor. Was die Schübe jeweils auslöse, sei unmöglich herauszufinden, er solle sich darüber nicht zu viele Gedanken machen. Und ja, sie trinke in letzter Zeit wirklich wenig, dieses Gefühl habe sie auch.

Mauro sank im Stuhl zurück. Sie wolle nach Hause … Wie sollte man wissen, was die Mutter darunter verstand, wenn sich doch keiner vorstellen konnte, wie ihre Realität aussah und wo sie zu sein glaubte? Wer stetig aus der Zeit fiel, wurde Mauro in diesem Augenblick bewusst, war zwangsläufig heimatlos. Im einen Moment mochte diese Wohnung Mutters Zuhause sein, im nächsten das Heim, oder das alte Bürgerhaus der Bellards.

Das war längst abgerissen, aber in Mutters Vorstellung wohl präsenter als jede andere Umgebung.

Traurig betrachtete er seine Mutter auf dem Sofa. Wie konnte er ihr nur helfen?

Ein wenig wusste er, wie sich das anfühlte. Er hatte eine Wohnung in Genua, aber keine Heimat. Höchstens eine Vertraute in Elena, Stellas Mutter. Doch seit Siros Tod waren sie sich nicht mehr so nahe. Wahrscheinlich erinnerte Mauro sie zu schmerzlich an den Verstorbenen.

Sein Heimatersatz war mittlerweile seine digitale Musiksammlung. Sobald er in einem neuen Hotelzimmer ankam, installierte er iPad und Lautsprechersystem und füllte den Raum mit vertrauten Klängen. Seine einzigen verlässlichen Wegbegleiter über die Jahrzehnte waren seine Lieblingsmusiker, über die er manchmal mehr wusste als über die Menschen um ihn herum.

Kaum war die Mutter eingeschlafen, zog er sein iPad aus der Tasche, doch diesmal ging es ihm nicht um die Musik. Kobi stand wohl für Jakob. Er tippte den Namen und schränkte die Suche auf die Stadt ein. Gespannt schaut er auf das Display. Sechsunddreißig Einträge meldete das Programm. Jakob als Vorname, Jakob als Nachname, Jakob angeheiratet. Mauro schüttelte den Kopf. Was hatte er sich gedacht, er wusste nicht mal, ob dieser Mann noch lebte. Und falls ja, wo! Wie war er auf die vermessene Idee gekommen, er könne ihn so ausfindig machen? Wenn er Jakobs vollen Namen nicht irgendwo fand, in einem Brief, in einem alten Tagebuch, dann würde er noch suchen, wenn die Mutter die letzte Erinnerung an ihre große Liebe schon längst verloren hatte.

Doch machte seine Suche überhaupt Sinn? Konnte man jemanden lieben, wenn man sich nicht mehr an die gemeinsame Geschichte erinnerte?

Pius Kobelt hatte sich dieselbe Frage immer wieder gestellt und längst aufgegeben, darauf eine Antwort zu finden. Er saß im Café und grüßte Jakob über die Straße hinweg, als der mit Alina vom Fluss zurückkam.

Das Mädchen zog Jakob in die Eisdiele. Es wird Zeit, dachte dieser, dass er Pius wieder mal zu sich einlädt. Vielleicht würde er ja auch seiner Einladung zum Feuerwerks-Apéro folgen, er hatte sich vor ein paar Tagen noch nicht festlegen wollen. Jakob lächelte. Das war wohl Pius' hervorstechendste Charaktereigenschaft: Er behielt immer alles im Ungefähren.

Alina stand bereits vor der Kühlvitrine, war aber von der Auswahl überfordert.

»Mango?«, fragte Jakob.

»Ich soll nur essen, was bei uns wächst.«

»So? Vernünftig. Dann halten wir uns doch daran.«

Schließlich nahm sie ein Erdbeereis. Jakob befürchtete, dass es spanische Erdbeeren waren, sagte aber nichts. Sie setzten sich an einen Tisch. Alina kostete jede Sekunde des Tages aus. Ihr seliges Lächeln heiterte auch Jakob auf, obgleich ihm die Bilder aus der Vergangenheit keine Ruhe gönnten. Sie waren so lebendig, hatten sich ihm eingebrannt, dabei war das über fünfzig Jahre her, *Heimatland!* Oder begann auf diese Weise gar der Weg zurück, wie es ihm und seinen Altersgenossen ständig prophezeit wurde? Immer häufiger verloren sich seine Gedanken in den alten Geschichten. Es ging auch Pius nicht anders, das hatten sie in ihren Gesprächen herausgefunden. Manchmal verschmolzen die Bilder aus Gegenwart und Vergangenheit auf fast gespenstische Weise. Als er Alina diesen Morgen bei der Kirchenmauer ihrer Lehrerin übergeben hatte, sah er plötzlich wieder Helen, an einem ebenso strahlenden Morgen, in einem ähnlichen Kleid wie die Lehrerin. In der Armbeuge jener Strauß mit den weinroten Gladiolen, ihre langen Haare offen, ganz gegen die Regeln von Zucht und Ordnung, die beim alten Bellard mangels Geist das halbe Parteiprogramm ausmachten. Welch ein Zeichen der Rebellion gegen diesen ewiggestrigen Frontisten! Und ein Zeichen für ihn, Jakob! Er hatte seine Augen nicht von ihr lassen können, spürte noch immer ihre Lippen auf seinen. Die Granatblüte hatte er keck über den Schild seiner Mütze geklammert. Er schämte sich seiner kratzigen Kadettenuniform, die schwer an ihm herunterlampte, während sie nur luftige, weiße Seide umschmeichelte und ein Festhandtäschchen federleicht und neckisch an ihrem Handgelenk baumelte. Was sie an Schönheit und Grazie verströmte, versickerte im Feldgrau seiner Uniformjacke. Er konnte nur verlegen ein paar Worte mit ihr wechseln, denn Vater Bellard fotografierte eben seine Tochter und machte eine Staatsaffäre daraus.

Was wohl aus den Fotografien von damals geworden ist, fragte Jakob sich unwillkürlich. Wahrscheinlich waren sie längst verschwunden. Oder in den Besitz von Helens Sohn übergegangen. Der musste mittlerweile auch schon über vierzig Jahre alt sein. Jakob hatte schon oft überlegt, ob er ihn kontaktieren sollte, den Gedanken aber immer so schnell verworfen, wie er gekommen war. Was gab es denn schon, was sie beide verband? Pius hatte ihm erzählt, dass der Mann seit Jahrzehnten im Ausland lebte, und Jakob war es fast recht gewesen, dass eine Begegnung damit völlig unwahrscheinlich wurde.

Er hatte keinen Grund und schon gar nicht den Mut, sie herbeizuführen.

Helen war die Mutige gewesen, nicht er. Sie hatte dem übermächtigen Vater selbst in jenem Moment des Fotografierens Paroli geboten. Hinter ihrem Rücken streckte sie Jakob die Hand hin, ihre Finger verschränkten sich für den Bruchteil einer Sekunde ineinander, die Berührung brannte sich in seine Haut und er musste sich mit Gewalt von ihr losreißen. Stolzerfüllt ging er. Ihre riskante Berührung hatte alle Zweifel der vergangenen Nacht ausradiert. Sie wird sich für ihn sogar mit ihrem Vater anlegen, hat sie ihm bedeutet.

Helen ist die Schönste im ganzen Umzug gewesen, alle haben es nachher bestätigt. Doch erst während der Morgenfeier, als sie vorne im Chor steht und er gleich daneben bei der Kadettenmusik, darf Jakob sie endlich aus der Nähe bewundern. Das Sonnenlicht zaubert pures Gold in ihre Haare. Er stillt seine Sehnsucht mit ihrer Stimme, als sie den Solopart singt. In einer solchen Vollkommenheit, dass er sich fragt, ob sie seinen Rat vom Tag zuvor befolgt hat. Singt sie tatsächlich nur für ihn, den einen im Publikum, um die anderen ausblenden zu können? Er will sie nach der Feier fragen, doch es ist unmöglich. Die Ordnung der Schüler und Lehrer hat sich zwar sofort gelockert, weil die Kinder ihr Jugendfestbrot, den Festbatzen und die Ansteckschlaufe abholen, aber nun sieht er Helen von ihrer Familie umsorgt und abgeschottet. Die Männer natürlich alle mit Frack und Zylinder. Als Bellard ist man auch ohne wirkliche Verdienste Ehrengast, gehört automatisch zu den Honorablen, die von der Stadt den ganzen Tag über verköstigt und gebührend geehrt werden. So wie sonst nur die höheren Offiziere des Militärs.

Diese waren auch heute wieder im Umzug mitgelaufen, allerdings weit demütiger als früher. Ihr Ansehen war endlich auf ein vertretbares Maß gesunken. Kein Vergleich zu einst, als das Militär noch die zweite Macht im Garnisonsstädtchen gewesen war. Alles ist gleich geblieben, alles hat sich verändert, dachte Jakob. Wie hätte er der ständig fragenden Alina die Geschichte von ihm und Helen erklären können? Wie jemandem verständlich machen, was heute kaum mehr nachvollziehbar ist? In Jakobs Jugendjahren war ein Umzug ins Ausland eine Entscheidung fürs Leben oder zumindest für einen Lebensabschnitt gewesen.

Der erste Böllerschuss rollte donnernd über das Städtchen.

Alina begann vor Aufregung zu hüpfen. Jakob machte sie auf den stahlblauen Himmel aufmerksam, an das Schlechtwetterprogramm denke ja ohnehin keiner. Doch es gab nichts, was an diesem Tag nicht von einem Ritual bestätigt werden musste. Entsprechend laut war der Jubel der Kinder nach dem zweiten Schuss.

»Komm, wir müssen zum Besammlungsplatz. Erinnerst du dich noch an die Schritte des Reigens? Nein, nicht jetzt, nicht hier, Alina, ich glaub es dir ja!«

Die Kleineren wurden klassenweise zum Festgelände hinübergeführt. Jakob war gespannt, wie sich die heutigen Spiele von den damaligen unterscheiden würden. Zu seiner Zeit hatte alles im Schatten des großen Handballfinales gestanden. Er und Helen waren sich an jenem Nachmittag selten nahe gewesen, es gelang ihnen nur mit List, sich überhaupt zu sehen. Jakob waltete beim Handball als Schiedsrichter. Kaum hatte er dies zur Zufriedenheit der Siegermannschaft getan, war Helen unabkömmlich gewesen. Sie musste einem der Lehrer assistieren. Ausgerechnet bei einem Spiel, das bei den jungen Burschen am beliebtesten war. Es galt, einen Napf voll Wasser so weit wie möglich zu schleudern, das Katapult dafür war ein länglicher, gebogener Weidenkorb. Auf der einen Seite, die im Gras auflag, stand der Napf, die andere ragte in die Luft. Dort hatte mit größtmöglichem Schwung der Hintern eines Jungen zu landen, wodurch der Wassernapf weggeschleudert wurde. Im besten Fall, denn wer den Korb nicht richtig traf, dem fiel der Napf auf den Kopf. Eine Schar Schadenfreudige stand deshalb stets um Helen herum, und Jakob hatte sich bereits überlegt, beim Spiel mitzumachen, wollte wenigstens so in ihre Nähe gelangen. Doch als Aushilfslehrer durfte er sich vor den Schülern nicht zum Narren machen. Das nächste Mal sah er Helen erst wieder, als sie mit ihren Kolleginnen und einigen älteren Taxitänzern Balkantänze aufführte. Jakob verfluchte sich, dass er sich für diesen Reigen nicht gemeldet hatte, und tröstete sich damit, dass Helens Partner wenigsten einer seiner Freunde gewesen war. Pius.

Auch Pius' Gedanken im Straßencafé drehten sich um jenen Nachmittag 1956. Im fatalen Reigen, den sie drei nun schon seit einem halben Jahrhundert tanzten, hatte Helen ihre Hand ein einziges Mal ihm gereicht. Noch heute spürte er sie in seiner.

Hätte Jakob gemerkt, wie viel Pius der Tanz mit ihr bedeutete, wäre alles anders gekommen.

»Zum Glück tanzt sie mit dir!«, hatte Jakob stattdessen gesagt. »So brauche ich nicht eifersüchtig zu sein!«

Spätestens mit diesem Satz war Pius Kobelt klar geworden, dass jeder selber schauen musste, wo er blieb. Er war jung, er war es nicht gewohnt, zu verzichten und er hatte den Pakt mit dem Teufel bereits geschlossen. Am Abend kurz vor dem Fest, als König Bellard ihn zu einem ersten Verbindungstreffen eingeladen hatte. Diese Vereinigung war keine Studentenverbindung im herkömmlichen Sinn gewesen, eher eine Kerngruppe der örtlichen Liberalen, die im Versteckten agierten. Sie versammelte Bellards aktivste Parteigänger. Seine Jünger. Wie hätte Pius die Einladung also ablehnen können? Er dachte, es würde seine Chancen bei Helen steigern. Und er wusste nicht, worauf er sich einließ. Naiv wie Pius Kobelt damals war, glaubte er noch, alles sei harmlos, als der alte Bellard ihn durch eine kaum erkennbare Tür im Furnierholz des Kegelkellers führte. Der versteckte Raum dahinter war gut gefüllt gewesen. Pius kannte fast alle Anwesenden, die meisten waren in seinem Alter, alle stammten wie er aus besserem Haus. Die große Flagge an der Wand studierte er anfänglich eher amüsiert. Wie das offizielle Stadtwappen zeigte sie die Brücke und den Turm, doch hier stand beides in Flammen, in Brand gesteckt von den angreifenden Feinden mit roten Sternen auf dem Helm, verteidigt bloß von einer Handvoll heroisch dargestellten Kämpen.

Heute würde eine solche Darstellung nur noch lächerlich wirken, und schon damals hatte sich Pius gefragt, wie die sich eine so offensichtliche Anlehnung an die Blut-und-Boden-Ästhetik erlauben konnten.

»Sieht ein bisschen aus wie früher«, antwortete er Bellard deshalb matt, als dieser ihn fragte, wie ihm ihre Standarte gefalle.

»Fürwahr!«, antwortete der Alte strahlend. »Früher war ja auch alles ordentlicher. Du machst dich, Pius, bist dem Teufel noch nicht ganz vom Karren gefallen, das habe ich deinem Vater versichert. Also schau dich nur gut um, wir bestimmen, was für alle das Beste ist. Vergiss deine Musikerfreunde besser ganz schnell. Die werden hier nicht geduldet. Keine Halbstarken, keine Kommunisten. Jetzt holen sie uns sogar die Italiener ins Land, aber nicht mit uns, diese Stadt wird sauber bleiben.«

Pius war bemüht, sich den Schrecken nicht anmerken zu lassen, als der König so bereitwillig seine wahre Gesinnung bestätigte. Das war allerdings nur ein weiterer Beweis für Pius Kobelts damalige Naivität. Alle im Städtchen hatten von Bellards früheren Reisen über die Grenze gewusst. Oder von den rätselhaften deutschen Besuchern, die während der Kriegsjahre auf seinem herrschaftlichen Anwesen gesehen worden waren. Nochmals fünfzehn Jahre zuvor war Bellard eine der treibenden Kräfte hinter der »Nationalen Bewegung der Schweiz« gewesen. Jener Nazipartei, die 1940 verboten worden war, deren Gedankengut aber noch lange salonfähig blieb. Offensichtlich hatte er seine Überzeugungen beibehalten. Als Pius viel später den Mut dazu aufbrachte, hatte er Bellard darauf angesprochen. Worauf dieser großmütig eingestand, dass es im Dritten Reich schon zu einigen Auswüchsen gekommen sei, und alles in allem habe es jener Führungsriege an Klasse gefehlt, aber viele der Grundideen seien höchst bedenkenswert, das wisse mittlerweile doch jeder, nun gelte es, das Gelernte der neuen, der roten Gefahr entgegenzusetzen.

Pius erfuhr schon damals, wie die Truppe des Königs mit allen verfuhr, die nicht ganz ihren Vorstellungen entsprachen. Das einzige Traktandum der Versammlung war der politische Feind gewesen. Genauer gesagt die lokale Versammlung der Partei der Arbeit, die sich 1956, kurz vor dem Ungarn-Aufstand, längst nicht mehr Kommunistische Partei nannte. Es wurde beraten, wie diese Veranstaltung am besten zu sprengen sei. Nach einer knappen Viertelstunde hatte Bellard das Szenario festgelegt. Die Störung des Abends würde so nachhaltig ausfallen, dass den Kommunisten nicht mal Zeit für ihre Abstimmungen bliebe. Einige Randalierer würden dafür sorgen. Die Polizei sei bereits informiert und warte dann nur auf Meldung, um einzugreifen und den Anlass aufzulösen, hatte Bellard am Schluss hinzugefügt.

Und Pius hatte plötzlich auch verstanden, wie ihr harmloses Jazzkonzert einige Wochen zuvor hatte eskalieren können.

Die Versammlung der Frontverbindung, wie sie von den Mitgliedern unverhohlen genannt wurde, mündete übergangslos in ein Besäufnis auf der Kegelbahn. Der König hatte sich rechtzeitig abgesetzt, bevor seine Handlanger sich mit ihm verbrüderten. Sie waren nur seine Mannschaft fürs Grobe, er hielt sie auf Distanz, damit sie den Respekt nicht verloren.

So sehr Pius einige seiner Ansichten schockiert hatten, so fasziniert war er zugleich von Bellard. Er besaß Charisma. Mit seinem leutseligen Charme nahm er alle für sich ein, wohl weil er jedem einzelnen Bewohner, vom Arbeiter bis zum Herrensöhnchen, das Gefühl gab, er verkehre auf Augenhöhe mit ihm. Bellard hatte schon in jungen Jahren das riesige Vermögen seiner Eltern geerbt. Dessen ungeachtet gab er sich einfach und volksnah, hörte genau hin, was ihm geklagt wurde, und hatte das politische Talent, seine Interessen den Leuten so zu verkaufen, dass sie ihre eigenen Anliegen darin zu erkennen glaubten. Egal, wie oft er seine eigenen Ansichten im Lauf der Zeit änderte. Seltsamerweise nahm ihm das keiner übel.

Auch Pius durchschaute ihn längst nicht immer. Er sonnte sich ebenso gern wie die anderen in Bellards Glanz, und wäre die Geschichte mit Jakob und Helen nicht passiert, hätte er wie so viele der anderen Lakaien das Denken irgendwann aufgegeben und sich gänzlich in den Dienst des Königs gestellt.

So aber konnte er nie darüber hinwegsehen, wie viel Bellard von seinen fatalen Vorbildern abgeschaut hatte. Wo der König oder andere wichtige Leute seiner Ortspartei auftraten, war immer eine Gruppe von Claqueuren dabei, bei gegenläufigen Veranstaltungen traten dieselben Leute als Zwischenrufer und Querulanten in Erscheinung. Im Bedarfsfall tauschten sie die Siegelringe unter dem Tisch blitzschnell gegen Schlagringe aus. Bellards wahre Charaktereigenschaften traten allerdings nur zutage, wenn er sich sicher fühlte. Etwa wenn er sich nach einem großer Coup im kleinen Kreis feiern ließ und sich von der breiteren Öffentlichkeit unbeobachtet glaubte. Dann offenbarte er sich als kleingeistiger, missgünstiger Egoist, und schlimmer noch: als ein durch und durch hämischer Mensch.

Wer aber im Moment des Triumphes auf andere hinabschaute, das war trotz all seiner eigenen Fehltritte immer Pius Kobelts Überzeugung geblieben, dem fehlte jede Größe.

Er hatte also immer gewusst, mit wem er sich einließ. Dieses Wissen machte seine Schuld noch schwerwiegender. Es war unverzeihlich, dass er Jakob nicht rechtzeitig aufgeklärt hatte. Jakob war die Naivität in Person gewesen, er hatte nur die Musik geliebt. Und Helen.

So wie Pius auch.

Es war derselbe Reigen, es war derselbe Tag, hätte Pius zu seiner letzten Verteidigung sagen können. Doch entschuldigte ihn das wirklich? Pius Kobelt hatte sich diese Frage im Lauf der Jahre oft gestellt. Eine letzte Antwort hoffte er heute Abend zu finden, unten am dunklen Wasser. Pius beobachtete Jakob, der neben der kleinen Alina und dem Kinderzug über die Brücke zur anderen Flussseite spazierte. Demütig wirkte er, aber ungebeugt. Und aufrechter als Pius selbst, das zweifellos.

9
Jede Flucht hat ein Ende
der Fluss zeigt Erbarmen
die gläserne Fee hält
ihr Glück in den Armen

In der halb verdunkelten Stube der Nestas war es wieder mittäglich still. Mauro schaute seiner Mutter beim Schlafen zu. Ihre Brust hob und senkte sich regelmäßig, die Böllerschüsse schienen sie nicht gestört zu haben.

Wie war sie so schnell so klein geworden? Fast verloren wirkte die Mutter unter der Decke. War sie hier in der Wohnung gewesen, als sich erste Risse in ihrem Bewusstsein auftaten?

Und wo war er gewesen, als sie ihn gebraucht hätte?

Wahrscheinlich gab es heute noch Momente, in denen sie begriff, was ihr geschah. Vorhin vielleicht, beim Betrachten der Fotos.

Etwas ernüchtert stellte er die Alben zurück. Die Hälfte des Festes war bereits vorbei, und außer einem möglichen Vornamen hatte er praktisch nichts über Mutters unsichtbaren Tänzer herausgefunden.

In einem Anflug von Verzweiflung fragte er mittels SMS den begabtesten Hacker in seinem Netzwerk, wie lange er brauchen würde, um die Datenbank des städtischen Einwohneramtes zu knacken. Was Mauro denn wissen wolle, schrieb Loop ihm sofort zurück. Mauro war nicht überrascht, Loop war vierundzwanzig Stunden am Tag online, egal, wo er sich auf der Welt gerade aufhielt. Mit keinem anderen Menschen hatte Mauro regeren Kontakt, doch ihre Beziehung war ausschließlich beruflich. Mauro gab den Namen durch. Er brauche eine Adressliste aller lebenden Jakobs über sechzig. Dann stutzte Mauro. »Kobi« hatte sie gesagt, diese altmodische Abkürzung war längst nicht mehr gebräuchlich. Vielleicht war sie früher noch für andere Namen verwendet worden. Er bat Loop, diese Möglichkeit in die Recherche einzubeziehen. Danach ging Mauro in sein altes Zimmer hinüber. Manchmal war ihm, er müsse die Installation nur lange genug betrachten, dann würde sich ihm der Sinn plötzlich erschließen.

Eine Bootsfahrt in den siebten Himmel und das Ende, als der Regen kam?

Am Jugendfest?

Weshalb Rindenstücke? Es musste einen Grund dafür geben, sonst hätte sie das Boot viel einfacher aus Karton oder Papier nachbilden können.

Die blauen Schildkröten gaben ihm noch größere Rätsel auf. Hatte sie mit ihm auch schon solche Tiere gebastelt?

Er erinnerte sich nicht. Zurück im Wohnzimmer ließ er sich in einen der Sessel fallen. Mutters Augen waren jetzt geöffnet, doch sie regte sich nicht.

Mauro ließ sich mögliche Gründe durch den Kopf gehen, die eine Beziehung damals gefährdet haben konnten; er kam auf Dutzende, ohne dass er sich in den Gepflogenheiten und Sitten jener Zeit ausgekannt hätte. Soweit er wusste, hatten in den fünfziger Jahren sogar noch Standesunterschiede oder konfessionelle Gründe eine Ehe verhindert.

Aber doch kaum bei seiner Mutter, der aufmüpfigen Bellard-Tochter, die später sogar einen italienischen Gastarbeiter geheiratet hatte.

So ungewöhnlich diese Ehe dann auch gewesen ist, fügte Mauro in Gedanken hinzu. Das Wohnzimmer hier erinnerte ihn seltsamerweise an seinen Vater, obwohl kein Gegenstand auf die italienische Seite der Familie verwies. Das einzige Schmuckstück, ein antikes, teuer gearbeitetes Edelholzbuffet, hatten die Bellards widerwillig zum Haushalt beigesteuert. Keine Madonna, kein Kruzifix hatte es jemals geziert. War das vor dem Tod des Vaters anders gewesen? Manchmal war er Mauro ein wenig wie ein Gast in dieser Wohnung vorgekommen. Wahrscheinlich weil er immer wieder für eine gewisse Zeit nach Italien verschwunden war. Hatte er von Mutters Geheimnis erfahren? Und sich als Platzhalter für den anderen empfunden, der Mutter im Regen abhandengekommen war?

Natürlich musste die Schweizer Staatsbürgerschaft für Oreste Nesta ein gewichtiger Grund für die Heirat gewesen sein. In der Studienzeit hatte sich Mauro detailliert mit dem damaligen Zeitgeschehen auseinandergesetzt, weil er mehr über die Fluchten seines Vaters erfahren wollte. Vierhunderttausend Italiener hatten in den sechziger Jahren in der Schweiz gelebt. Konservative Taktgeber wie der König schürten die Angst, erfanden das Wort »Überfremdung«, weil ihnen das Wort »Überforderung« nicht über die Lippen kommen wollte. Sie hatten die Angst vor den Fremden später gar mit einer Gesetzesinitiative gekoppelt und behauptet, sie gehe vom Volk aus. Genauso wie es ihre Erben heute tun. Und wie diese ignorierten sie schon damals die volkswirtschaftliche Bedeutung der Zuwanderer, die erst der Grund für ihr Kommen gewesen war. Es brauchte etwas Zeit, bis die Schweizer sich zum Ärger der Hetzer immer mehr mit Spaghetti, Pizza, lautstarker Geselligkeit und zum Schluss gar mit den Menschen anfreundeten.

Was nichts daran änderte, dass die Nesta-Bellards nirgendwo dazugehört hatten. Die Ursachen dafür schienen Mauro nun plötzlich nicht mehr so offensichtlich. Früher hatte er immer gedacht, die Herkunft des Vaters sei schuld an der Isolation der Familie gewesen. Mauro war bis zur Schule nur mit Schweizern zusammen gewesen, in der ersten Klasse lernte er dann Stefano kennen. Ein richtiger Italiener, väterlicherseits und mütterlicherseits. Was dies hieß, hatte Mauro bald erfahren. Wenn er sich mit Stefano nach der Schule zum Spielen treffen wollte, erlaubten es die *Sorelle* in der *Missione cattolica* nicht. Stefano durfte den Hort nicht verlassen. Er wohnte dort von Montag bis Freitag, wie Tausende italienische Kinder in der Schweiz, weil die Eltern in der Fabrik arbeiteten, zwölf Stunden und mehr am Tag. Dazwischen stolperten sie für eine kurze Nacht in ihre Baracken zurück. Bretterverschläge, die Schweizer höchstens als Ställe genutzt hätten. Manchmal trafen

Mauro und Stefano sich sonntags in einer dieser sogenannten *Tschinggebaragge*. Doch schon nach der *Passeggiata*, dem Spaziergang am Nachmittag, verdüsterten sich alle Gesichter, und Mauro war immer froh, wieder gehen zu können, bevor er die nächste Trennung zwischen Eltern und Kindern mit ansehen musste. An das herzzerreißende Weinen und das blanke Unverständnis in den Augen der Kleineren erinnerte er sich noch heute.

Kinder aus gemischten Ehen waren schon früh zu Fremden unter den Fremden geworden. Keine richtigen Schweizer, keine richtigen Italiener. Viele von Mauros Secondo-Freunden gerieten spätestens nach der Schule und der Ausbildung in dasselbe Dilemma. In der Schule lernten sie Schweizer zu sein, zu Hause hingegen, Italiener zu bleiben. Mauro war noch vergleichsweise privilegiert gewesen. Oreste Nesta verdiente zu Beginn als Maler ordentlich, Helen steuerte mit ihrer Schreibarbeit für die Kirchgemeinde und gemeinnützige Organisationen dazu bei, und Umstände, von denen Mauro nichts wusste, ermöglichten der Familie ihre schöne Wohnung.

Mauro begann, die Schubladen des Bellard-Buffets methodisch zu durchsuchen und ordnete die Dokumente. Nach Vaters Flucht hatte Helen die Arbeit für die Kirchgemeinde kontinuierlich ausgebaut, und die Besuche bei den Großeltern waren immer seltener geworden. Doch vielleicht war das Band zwischen Tochter und Eltern Bellard viel früher zerrissen. Womöglich steckte dieser Kobi dahinter. War es eine unschickliche Beziehung gewesen, für die sich die Bellards in ihren Kreisen geschämt hatten?

Der Warnton seines iPads riss Mauro aus den Gedanken. Er öffnete mit leicht ungläubigem Blick die Liste, die ihm sein Freund keine Viertelstunde nach der Anfrage geschickt hatte. Anscheinend war es mit der IT-Sicherheit des städtischen Systems nicht weit her. Die Liste umfasste wie bei seiner Telefonanfrage die sechsunddreißig Jakobs, die in der Stadt gemeldet waren, doch der Hacker hatte alle, die unter sechzig Jahre alt waren, durchgestrichen. Das reduzierte die Liste auf neun.

Weiter unten war ein zusätzlicher Name aufgeführt. Die Silbe »kob«, die eine Abkürzung wie Kobi plausibel mache, tauche nur einziges Mal auf, hatte sein Freund dazugeschrieben, und das Alter würde stimmen. Mauro las überrascht den Namen: Pius Kobelt, Gartenackerweg 4C.

Hatte sich nicht der Mann, der Mutter im Park gelegentlich Gesellschaft leistete, Pius genannt? Der Mann ohne Nachname, wie Lindita Bardhecaj gesagt hatte. Mauro kannte den Namen Kobelt vom Hörensagen. Die Bankiersfamilie war standesgemäß eng mit den Bellards verbandelt gewesen. Mit dem alten Bellard, korrigierte Mauro sich. Er wechselte das Programm, öffnete die Suchseite und tippte den Namen ein. So seltsam es auch war, plötzlich sprach einiges dafür, dass die Mutter mit Kobi diesen Pius Kobelt gemeint hatte.

Unten auf dem Festplatz hatte der Kindernachmittag begonnen. Jakob Matter ging in seiner Großvaterrolle auf. Wäre Alina seine Enkelin gewesen, hätte er nicht stolzer gelächelt. Dutzende von Mädchen und Jungen trippelten Hand in Hand ihre einstudierten Figuren auf die Holzplanken. Es tat Jakob gut, auch diese magische Seite des Festes zu erleben, die einst jeden im Städtchen geprägt hatte.

Den Reigen der älteren Mädchen auf der Wiese würde Jakob wohlweislich auslassen, seine Haut wurde mit jeder Stunde etwas dünner.

Alina winkte ihm kurz zu, bemüht, nicht aus dem Rhythmus zu fallen, und Jakob winkte zurück. Wer die beiden beobachtete, wäre nie darauf gekommen, dass die Kleine sich vor einigen Monaten erstmals in Jakobs Garten getraut hatte. Wie so oft, seit das quirlige Mädchen sein Leben durcheinanderwirbelte, fragte Jakob sich, ob er früher nicht falsche Wege der Bewältigungen gesucht hatte. Heute schien ihm allein das Lächeln der Kleinen hilfreicher als alle Meditationstechniken, die er sich auf der Flucht vor sich selber angeeignet hatte. Helen hatte es besser gemacht, hatte geheiratet und einen Sohn bekommen. Mit Sicherheit war sie glücklicher gewesen als er. Womöglich hatte sie ihre gemeinsame Geschichte schon bald vergessen und all seine Briefe bewusst nicht beantwortet, ja vielleicht nicht mal gelesen! Frauen beherrschten die Methoden des Selbstschutzes weit besser. Jakob glaubte zwar unerschütterlich daran, dass auch er für Helen weit mehr als eine jugendliche Schwärmerei gewesen war, doch er besaß keinen Beweis dafür. Durchaus möglich, dass sie schon nach seiner Flucht einen Schlussstrich gezogen hatte.

Bei seiner Rückkehr hatte er nur das erfahren, was Pius Kobelt über die Lippen gekommen war. Es hatte aus Jakobs damaliger Sicht keinen Anlass für weitere Nachforschungen gegeben. Sein Freund Pius hatte ihm von Oreste Nesta und von dessen traurigem Tod erzählt, von Helens Symbiose mit ihrem Sohn, von ihren einsamen späteren Jahren, von ihrem Rückzug auf sich selbst, den Pius trotz ihrer lebenslangen Freundschaft nie verstanden habe. Auf ihre tödliche Krankheit war er nie ausführlicher eingegangen, ihre Beziehung stellte Pius Kobelt dafür viel inniger dar, als sie gewesen war. Jakob Matter, verstört von der Erkenntnis, dass er zu spät zurückgekommen war, hatte nie an dessen Worten gezweifelt.

Im Vergleich zu seinem Leben war das von Helen erfüllt gewesen, davon war Jakob überzeugt. Seine Sinnsuche hingegen hatte nie geendet. Die Musik war die einzige Linderung geblieben, wenn die Einsamkeit zu laut wurde. Natürlich hatte Helen ihren Italiener auch geliebt! Aber manchmal redete Jakob sich ein, sie hätte diesen Oreste nur geheiratet, um sie beide zu rächen – für alles, was Bellard ihnen angetan hatte.

Die angeleiteten Tänze waren vorbei. Alina kam zur Tribüne gerannt und schlang stürmisch die Arme um seinen Hals.

»Ihr wart fabelhaft!«, sagte Jakob Matter. »Einfach fabelhaft!«

»Einmal bin ich aus dem Takt gefallen.«

»Hab ich gar nicht gemerkt.«

»Wirklich nicht? Darf ich mit den Freundinnen weitertanzen.«

»Natürlich.«

»Und was tust du?«

»Ich sitze hier und schaue dir zu.«

Einen Augenblick lang war Alina versucht, bei Großvater Matter zu bleiben, weil seine Augen wieder so seltsam guckten, doch ihre Freundinnen warteten schon drüben.

Jakob schaute ihr hinterher. Immer wieder hatte er sich von einem nächsten philosophischen Lehrgang Erleuchtung erhofft und war zum Schluss doch nur bei der immer gleichen Wahrheit gelandet, die einst zu den fatalistischen Standardsätzen seines Vaters gehört hatte: Es war, wie es war. Ob dessen Baumschule vom Feuerbrand befallen wurde, ob sie die Stipendienanfragen für seinen Sohn ablehnten, ob ihm ein Auftrag entging oder ihn einer seiner Kunden übers Ohr haute: Es war, wie es war. Die einen schlossen daraus, Gärtner Matter sei zu bescheiden, Jakobs Mutter nannte es demütig. Sie hatte eine religiöse Ader. Jakobs Vater gar nicht. Die beiden hatten sich trotzdem geliebt, und ihre meist einträchtige Ehe, die sie sich am Jugendfest 1923 mit Eichenblatt und Granatblüte versprochen hatten, war tatsächlich erst durch den Tod der Mutter geschieden worden.

»Die Zeit bleibt stehen«, hatte Jakob Helen bei ihrem Festtanz ins Ohr geflüstert. »Wir führen den Verlobungstanz meiner Eltern fort!«

Sie hatte sich noch enger an ihn geschmiegt. Rektor Mühlemann war dazwischengefahren und hatte sie erstmals verwarnt.

Vater Matter hatte seine Frau nur um zwei Jahre überlebt. Mehr schlecht als recht, wie Jakob in die Ferne berichtet wurde. Beide Male war er für die Beerdigung eingeflogen und am Tag darauf schon wieder im nächsten Aufnahmestudio erwartet worden. Jakobs Schwester Ruth hatte die zermürbenden Formalitäten stets alleine erledigt und ihren Bruder entschuldigt. Sie dachte, er sei wichtig, weil sie gelegentlich ein Foto von ihm in der Zeitung fand, es ausschnitt und die Bilder und Artikel in einem Ordner sammelte.

Bis zu einem gewissen Punkt hatte Jakob die musikalische Karriere tatsächlich erfüllt. Doch je größer die Erfolge wurden, je zahlreicher das Publikum und die Schmeicheleien, umso mehr vermisste er das eine Kompliment, das sie ihm einst im Boot für *'Round Midnight* gemacht hatte. Keines, und sei es aus noch so berufenem Mund gewesen, hatte ihn jemals mehr gefreut. Das war Jakob spätestens in dem Moment klar geworden, als der große Miles im Rahmen einer Preisübergabe das Stück gespielt hatte. Danach hatten sie zusammen hinter der Bühne gesessen, und er hatte seinem Vorbild die Geschichte von jener Bootsfahrt mit Helen erzählt. Auf der Bühne eben sei er nochmals durch den Fluss gestachelt, so, als wäre es gestern gewesen. Wenn er sich nicht getäuscht hatte, dort in der Garderobe, war im selben Augenblick ein seltenes Lächeln über das tiefschwarze, zerfurchte Gesicht gehuscht.

Musikerlatein.

Miles hatte das Stück damals tatsächlich gespielt, aber der Rest der Geschichte konnte genauso gut erträumt sein.

Jakob Matter war nicht willentlich allein geblieben. Er hatte es mit anderen Frauen versucht, Gelegenheiten hatten sich ergeben. Beziehungen unterschiedlichster Intensität, eine lange in Tokio, eine in New York, eine in San Francisco, nicht mehr als erotisch aufgeladene Freundschaften im Grunde, und niemals wieder hatte er für eine Frau Trompete gespielt. Ein Fehler, vielleicht. Auf dem Schutt einer vergeblichen Liebe ließe sich trefflich bauen, hatte ihm sein Freund Pius mal gesagt. Ein denkbar schlechter Ratgeber, doch das wusste Jakob nicht. Pius hatte wirklich auf Schutt gebaut, aber seine Ehe war immer ein Alibi geblieben. Verständlicherweise konnte er Jakob Matter nicht erklären, dass ihr Unglück eine gemeinsame Ursache hatte. Jakob seinerseits war einfach zu naiv für diese Welt, selbst die offensichtlichen Zusammenhänge hatte er nie erraten.

Zusammenhänge, über die sich Mauro gerade den Kopf zerbrach. Er fragte sich, ob es Zufall war, dass Pius Kobelts Treuhandbüro gleich neben dem Pflegeheim lag, wie ein Webeintrag verriet.

Pius war auf die eleganten, freistehenden Räumlichkeiten tatsächlich in dem Moment aufmerksam geworden, als er bei Helen erste, untrügliche Alzheimer-Symptome feststellte. Angesichts der Nähe zum Pflegeheim hatte ihn der hohe Mietpreis nur ein Lächeln gekostet. Sein Vermögen war nach dem Ausstieg aus der Bankkarriere groß genug. Zu den Büroräumen gehörte auch eine kleine Wohnung, in der er bald häufiger anzutreffen gewesen war als in den eisigen Hallen seiner Villa.

Pius Kobelts Leben war stets von Widersprüchen geprägt gewesen. Einige davon fanden sogar auf der Homepage der Regionalbank ihren Niederschlag, die Mauro durchforstete. Ganze Seiten waren dort auf rührend altmodische Weise der Gründerfamilie gewidmet. Das Direktorium war einst nahtlos vom alten Kobelt an den jungen weitergegeben worden. Zum Befremden vieler im Städtchen. Das allerdings stand nicht im Netz. Pius Kobelt hatte zu jenem Zeitpunkt als das schwarze Schaf der Familie gegolten und war von den besseren Kreisen bereits abgeschrieben worden. Um seine mangelnde Befähigung entbrannte eine kurze Polemik, die keiner wirklich vertiefen wollte, hätte man sich doch mit einer der einflussreichsten Familien der Stadt angelegt. Mit dem Zorn der Kobelts wäre auch der Bannstrahl des alten Bellard auf jeden gefallen, der zu meckern wagte. Von seinen widersprüchlichsten Interessen zerrissen, hatte Pius einen Umweg eingelegt und das Lehrerseminar der Banklehre vorgezogen. Seine kleine Rebellion. Er verkehrte statt in den Zunftstuben in den Jazzkellern der Stadt, zusammen mit Jakob Matter, dem Freund aus Kindertagen. Schon die ersten Probelektionen als Unterstufenlehrer hatten ihn aber einlenken lassen, er nahm das Familienerbe nun doch gerne an. Bei der Geschäftsübernahme legte er sich sogleich einen Stellvertreter zu, der vom Geschäft mehr verstand, aber weniger verdiente als er. Damals ein durchaus üblicher Vorgang in den paar Familien, welche die Pfründen des Städtchens unter sich aufteilten. So ging Pius Kobelt auch weiterhin seinen fragwürdigen Nebenbeschäftigungen nach. Die Präsidentschaft der kantonalen Amphibienfreunde war noch sein erlesenstes Ehrenamt.

Pius Kobelt senior hielt sich bis ins neunzigste Lebensjahr in der Bank ein Büro frei. Er pilgerte auch nach der Stabsübergabe fröhlich weiter ins Geschäft, frühzeitig und bettflüchtig. Seinem Sohn kam er damit nie in die Quere, dieser pflegte nach den Jazznächten in der Stadt erst gegen Mittag die Geschäfte aufzunehmen. Die zweite Rebellion.

Viel schwieriger war es für ihn, Jakob Matter und all den anderen Freunden in der Szene, die sich halbherzig, aber vermehrt kommunistischen Ideen zuwandten, seinen Berufswechsel zu erklären. Das Argument, er wolle den Klassenfeind von innen her aushöhlen, überzeugte sie so wenig wie ihn selber.

Vielleicht hatte das Verhängnis damit begonnen.

Immer öfter verstummten ihre Gespräche, wenn er dazukam. Hätte er ein Instrument wirklich gut gespielt, wäre er vielleicht einer von ihnen geblieben, so aber öffnete sich zwischen ihnen eine Kluft, die schnell breiter wurde.

Das größte Tabu aus Jazzersicht hatte er gebrochen, als er seinen Fuß in den Verbindungskeller des Königs setzte. Er hatte niemandem davon erzählt, er hasste sich selber dafür, aber er war bei seinen Bankgeschäften auf Bellards Rückendeckung angewiesen. Pius Kobelts Leben war schon damals eine stete Gratwanderung gewesen, den unvermeidlichen Fehltritt tat er in einer Sommernacht 1956, ironischerweise nur einige Tage bevor er bei einem Konzert Helen kennenlernte. Die attraktive Aushilfsschreibkraft der Bank legte nach jener Nacht plötzlich und vehement an Gewicht zu. Er hatte sich die Falle, in die er gestolpert war, selber gestellt. Seine nachmalige Frau hatte den alten Kobelt schnell davon überzeugt, wer an ihrer Schwangerschaft schuld war. Pius Kobelt junior wiederum leugnete es schlecht, er hatte damals noch weniger Übung.

Dem ersten Kind, Rosemarie, folgten später drei weitere Mädchen.

Mauro wischte sich auf seinem iPad noch immer durch die Chronik der Bankengründer Kobelt. Das Geburtsjahr der ersten Tochter von Pius war ihm ins Auge gestochen. 1957. Er rechnete neun Monate zurück. Wenn der Kadett der Mutter tatsächlich dieser Pius Kobelt gewesen sein sollte, hatte er eben den Grund gefunden, weshalb er die Mutter nach dem Fest hatte sitzen lassen!

Als der Regen kam.

Mauro ging zum Tisch und betrachtete lange das Foto des ewigen Geliebten, wie er diesen Kobi für sich nannte. Dann öffnete er den Buchhaltungskarton der Mutter, den er zuvor nicht beachtet hatte. Minutenlang blätterte er in den alten Kontoheften und Postscheckbüchern, verglich die Lohnzahlungen an die Mutter mit den monatlichen Ausgaben, stutzte alsbald, blätterte zurück und wieder vorwärts, und je mehr er sich in die Zahlen vertiefte, umso unverständlicher wurden sie. Weshalb, fragte er sich, waren seine monatlichen Stipendiengelder, die in den alten Kontoauszügen erschienen, nicht vom Kanton ausbezahlt worden? Eine Stiftung mit für ihn unbekanntem Namen hatte sie überwiesen. Diese Zuschüsse hatten ihm seine gesamte Ausbildung finanziert, das wusste er, doch jetzt stellte er fest, dass er keine Ahnung hatte, woher sie gekommen waren.

Nicht vom Staat, wie er geglaubt hatte.

Der zweite unerklärliche Eintrag, der sich in den Heften wiederholte, war die Gutschrift mit dem Vermerk »Mietzusatz«. Er machte einen Drittel der Monatsmiete aus und war von einem anderen Konto derselben Bank übertragen worden. Kein Name, nur eine Nummer.

Nachdenklich betrachtete Mauro seine reglose Mutter auf dem Sofa. Dann nahm er sich im iPad noch einmal den Lebenslauf von Pius Kobelt vor, der sorgte jedoch für weitere Irritationen. Bereits für das Jahr 1957 war Kobelts Besteigung der Eigernordwand erwähnt. Weitere wichtige Gipfel wurden in den folgenden zwanzig Jahren aufgeführt, was sie in einer Bankenchronik zu suchen hatten, konnte sich Mauro nicht erklären. Es hieß aber wohl, dass die Bergsteigerei Pius Kobelt wichtig gewesen war.

Das dachten bis heute viele im Städtchen und Pius Kobelt hatte sie in diesem Glauben gelassen. Es war keine echte Leidenschaft, seine Gipfelstürme dienten ihm vor allem dazu, ein Stück jener Erfüllung zu erheischen, die ihm in der Musik verwehrt geblieben war. Und als Entschädigung für andere, entgangene Eroberungen. Positiver Nebenaspekt der Kletterei war zugleich, dass Pius Kobelt oft von zu Hause weg konnte. Für das Prestige eignete sich die Bergsteigerei ebenfalls, dem Erfolg konnte man mit gut bezahlten Führern einfach nachhelfen. Im Laufe der Zeit war das Bergsteigen zur Sucht geworden. Wer im Leben nur Leere empfand, wählte gerne eine Beschäftigung, die ihm stetig neue Adrenalinkicks bereithielt.

Und manchmal hatte Pius Kobelt absichtlich eine Sicherung weggelassen.

Mauro war nun klar, dass er diesen Kobelt treffen musste. Gleich nach dem Spaziergang mit der Mutter würde er versuchen, ihn zu finden. Konnte an diesem Tag nicht so schwer sein. Beim Behördenessen unter den Schwarzbefrackten vielleicht.

Mauro ahnte nicht, dass auch Pius Kobelt dieses Treffen schon plante.

Drei der Honorablen liefen ihnen über den Weg, als er mit der Mutter aus dem Haus trat. Vorneweg federte der Gemeindepräsident, die Arme angewinkelt. Am Ende der Spiegelgasse fragte Mauro sich bereits, ob er seine Pläne nicht überdenken sollte. Seine Mutter hatte Mühe mit dem Gehen, so schien es ihm zumindest, sie hob bei jedem Schritt auf dem Kopfsteinpflaster den Fuß eine Spur zu hoch, als stakse sie durch Schnee. Ein absurder Gedanke bei dieser Wärme. Aber vielleicht war für sie ja gar nicht Juli, und ihr Zuhause wieder die alte Bellard-Villa.

Er wollte ihren Arm nehmen, Helen zuckte zurück.

Ich erkenne dich auch ohne Gesicht, ich weiß, worauf ich achten muss, selbst wenn der Wind umschlägt und die Asche aufwirbelt. Deine Zylinderkerbe verrät dich, du wirst mich nicht schlagen, nie wieder, Vater!

Die Hauptstraße war asphaltiert. Mutters Schritte wurden sicherer, schien ihm. Mauro beschloss, ein Stückchen die Altstadt hinaufzugehen, bevor sie wieder zum Fluss hinabspazierten. Sie passierten den Erdbeerbrunnen. Sein Strahl schoss wie schon während des Umzuges senkrecht in die Höhe. Verblüfft blieb Mauro stehen. Das also hatte seine Mutter gestern gesehen und er vergeblich zu fotografieren versucht! Jetzt, wo der Springbrunnen aktiviert war, achtete sie nicht mal darauf. Sie murmelte leise etwas vor sich hin, den Blick auf die Straße gerichtet. Wenn er sich nicht täuschte, waren es Zahlen. Er nahm wieder ihren Arm, diesmal noch behutsamer, endlich ließ sie es geschehen.

»Einhundertfünf«, murmelte sie.

Sie setzte die Füße normal auf, obwohl der Weg durch die Hofstatt und hinab an den Fluss wieder gepflastert war.

»Wir sind früher oft am Ufer entlangspaziert«, sagte Mauro. »Erinnerst du dich?«

»Einhundertneun.«

»Nur hatte es damals nicht so viele Leute wie jetzt.«

»Zweihunderteins«, sagte sie.

Mauro stutzte. Das war eine dieser Zahlen, die sie in die Zimmerwand geritzt hatte: zweihunderteins, zweihundertzwei, zweihundertdrei.

Unten beim Fischerskopf staute sich die Menge. Es war der Anlegeplatz für die Festfähre des Pontoniervereins. Das Übersetzboot war an einem Drahtseil festgezurrt, so konnte es beim Queren der Strömung nicht abtreiben. Mauro blieb unschlüssig stehen. Er hätte sie lieber an einen ruhigeren Ort geführt. Hinunter bis auf die Höhe der gegenüberliegenden Schlangeninsel etwa, oder noch weiter hinab Richtung Wasserschloss, wo der alte Militärbunker dienstmüde die Vereinigung der drei großen Flüsse bewachte. Helen Nesta nahm ihm eine Entscheidung ab. Sie zog plötzlich zur Anlegestelle, ihr Blick mit einem Mal wach und auf das Übersetzboot geheftet, das eben die Flussmitte passierte.

»Das Boot?«

Sie reagierte nicht.

»Ist es Kobis Boot, Mutter?«

»Ich bin gar nicht bei Elfi!«, sagte sie auf einmal. Es klang fast triumphierend.

»Wer glaubt das?«, fragte Mauro nach kurzem Überlegen.

Keine Antwort. Mehr Gespräch durfte er nicht erwarten. Mauro beobachtete nachdenklich das Anlegemanöver des Bootes. Eine Elfi als Vorwand, ein heimliches Treffen mit ihrem Kobi am Fluss, auf einem Boot … War es so gewesen?

Weshalb war dann dieser Kobi Banker und Bergsteiger und nicht ein traditionsbewusster Pontonierfahrer, *porca miseria!*

Etwas an der Geschichte ging nicht auf.

Er drückte dem Kassierer das Zweifrankenstück für die Überfahrt in die Hand und half der Mutter ins Boot.

Jetzt war jeder Sitzplatz auf den niedrigen Bänken besetzt. Ein karierter Goldgräber stieß den Weidling von der Ufermole ab. Fasziniert betrachtete Mauro das Gesicht seiner Mutter, die ihm schräg gegenüber im Schiffsheck saß. Wo war sie jetzt, ihre Angst vor dem Wasser, in die sie sich stets geflüchtet hatte? Die sie ihm … vorgespielt hatte?

»Wo ist Kobi?«, fragte er sie unvermittelt.

Sie sagte nichts.

»Wo ist Pius?«, versuchte er es noch einmal. Ohne Erfolg.

In ihren Augen spiegelte sich das Grün des Flusses, die unsteten Lichtpunkte der Sonnenstrahlen, die das Wasser zurückwarf, belebten ihre Züge. Ihre Hand hing über den Bootsrand und tauchte ins Wasser.

Asche lässt sich nicht abwaschen, die Haut bleibt. Grau und rissig. Schon lange? Bäume häuten sich auch, sie schützen vor Regen. Genug, wasch dich jetzt, bring deine Augen zum Strahlen, zu lang sind sie heute Nacht offen gestanden: Was wird er sagen? Wird er? Darf ich? Es ist kein Spiel, du weißt, wer meine Eltern sind, ich habe dich immer verteidigt! Er ist nett, Mutter, er ist ein Kind wie ich, lass mich mit ihm spielen, was nützt mir die große Schaukel im Garten, wenn keiner mich anstößt, Vater? Alles grau, nur das Wasser behält die Farbe, der Fluss glitzert und strömt und lebt, denn. Elfi weiß gar nichts. Fischerkopf und Eichenlaub, dort auf der Sitz-

bank, beschützt von der Schildkröte, was sie bedeutet, weiß Gott sicher.

Mauro sah, wie sich die Lippen seiner Mutter unablässig bewegten, doch das Rauschen des Flusses übertönte ihre Worte. Sie hatten die Mitte erreicht. Helen Nestas Hand hing noch immer ins Wasser und stellte sich wie ein Ruder gegen die Strömung. Allein schon dank dieser ungewohnt verspielten Handbewegung hat sich die Bootsfahrt gelohnt, dachte Mauro.

Wir müssen zum Ufer steuern, man darf uns nicht sehen. Spielt Trompete, als gehöre ihm die Welt, bald werden alle zusammenlaufen.

Diese Stille jetzt!

Nimm diese Blüte, und nimm mich für dieses Fest, aber geh sorgsam um damit, weil.   Kühl sind diese Lippen, und heiß zugleich, zu viel habe ich gewagt, du kennst meinen Vater, sieh nur, wie sein Hals anschwillt, die Kerbe glüht. Ich habe uns verteidigt, es sei kein Blut. Wir verbrennen, schau, die Asche färbt auch die Schildkröte grau, wir wollen sie waschen, in den Fluss mit ihr, bist du bereit? Kann ich mich umdrehen, Jakob? Wasser rund um seinen Körper, ganz deutlich, und alles von ihm, gefangen in diesem goldgrünen Kristall.

Du solltest dich schämen, Tochter, so sehr schämen, was ist in dich gefahren? Nein, nein: Tu das nicht!

Mauro erfasste einen Sekundenbruchteil zu spät, was geschehen würde. Seine Mutter stand bereits aufrecht im Boot und ließ sich mit einem Lächeln ins Wasser fallen.

10

Ihr Glück in den Armen
ohne dass sie es ahnen
dort, unter der Treppe
im Schatten der Platanen

Pius Kobelt hatte am Fischerskopf auf die nächste Fähre gewartet und verfolgte wie alle andern am Ufer atemlos die Rettungsaktion draußen auf dem Fluss. Mauro und ein zweiter Mann waren Helen hinterhergesprungen, ein Rettungsring flog durch die Luft. Der Fremde tauchte sofort wieder auf, schaute sich suchend um und sah die Vergeblichkeit seiner Heldentat ein. Sich selber rettend strebte er dem gegenüberliegenden Ufer zu.

Vor Jahrzehnten hatte Pius Jakob bei einem ihrer jugendlichen Wasserspiele aus dem Fluss retten müssen, weil dieser bei ihrem Zusammenprall das Bewusstsein verloren hatte. Er wusste, wie schnell man jemanden im strömenden Wasser verlor und befürchtete das Schlimmste. Tatsächlich konnte Mauro den Körper der Mutter nur schemenhaft sehen, obwohl sie kaum zwei Meter von ihm entfernt war. Mit einigen Armschlägen müsste er bei ihr sein, dachte er, doch er kam ihr nicht näher. Die Luft wurde ihm knapp, die Angst presste seine Brust zusammen. Jetzt sah er sie kaum noch im trüben Grünbraun des Flusses. Wenigstens sank sie nicht tiefer, es war, als trüge das Wasser diesen federleicht gewordenen Körper behutsam mit sich. In einer letzten Willensanstrengung verdoppelte Mauro seine Bemühungen, er griff nach ihrem Arm, sie entglitt ihm, er fasste nach. Verlor er schon das Bewusstsein? Sekundenlang wurde alles weiß vor seinen Augen, dann stieß er mit dem Kopf aus dem Wasser, rang spuckend nach Luft, zugleich zog er die Mutter an sich. Atmete sie noch? Fassungslos sah er, wie entspannt das Gesicht der Mutter war, der Anflug eines Lächelns lag auf ihren Lippen, die Augen waren geschlossen. Mauro warf den Kopf herum. Wie weit hatte der Fluss sie hinuntergetragen? Er orientierte sich wassertretend, die Mutter sicher im Arm. Sie waren schon fast bei der Schlangeninsel, zwanzig Meter vor ihm ragte sie in den Fluss hinein, einfacher würde er nicht mehr an Land kommen. Er durfte nicht weitergetrieben werden, unten am Wasserschloss wären sie verloren. Die obere Spitze der Halbinsel kam näher, nur noch vier, fünf Meter fehlten. Er schluckte Wasser, seine Arme erlahmten.

»Schwimm!«, schrie er, von Panik erfasst. Seine Kräfte schwanden. Doch es war, als erhielte ihr Körper nochmals Auftrieb. Sie schwamm nicht, sie machte weiterhin keine Bewegung, dennoch schwebte sie fast im Wasser neben ihm her. Mit verzweifelten Schlägen brachte er sie näher ans Ufer der Insel, seine Füße berührten den Grund. Er rappelte sich hoch, fand ersten, unsicheren Halt auf den glitschigen Steinen und trug die Mutter ans kiesige Ufer, wo er auf die Knie fiel. Zu seinem Erstaunen regte sie sich sofort, sie machte sich gar von ihm los und setzte sich auf, fast so, als sei nichts geschehen.

Am gegenüberliegenden Ufer plumpste Pius Kobelt auf eine Bank. Er verfluchte Mauros Gedankenlosigkeit im Boot eben und wusste in seinem Innersten, dass er ihm unrecht tat. Mauro hatte ja nicht wissen können, was Helen alles mit dieser Bootsfahrt verband. Pius' Wut hatte einen anderen Grund. Er hatte gerade eine einmalige Chance verpasst, ging ihm auf. Ein Sprung ins Wasser, ein vergebliches, heldenhaftes Abtauchen, welch einzigartige, letzte Chance der Wiedergutmachung und des Abschieds! Zu tun, was er ohnehin geplant hatte, und dabei noch Helens Leben zu retten.

Oder mit ihr unterzugehen.

Noch heute Abend, am dunklen Wasser, werde ich dieses Versäumnis bereuen, dachte er.

Drüben auf dem Festplatz schaute Jakob besorgt zum Himmel hinauf. Erste Gewitterwolken türmten sich an der Bergflanke. Das passte nicht in seine Planung, am Abend würden sie den Garten voller Leute haben. Und die Wolkentürme beschworen die Vergangenheit herauf.

Auch der Baum, unter dem man Schutz sucht, lässt Wasser durch.

Unerträglich treffend schienen ihm seine japanischen Weisheiten manchmal. Nicht mal die mächtigen Platanen hatten sie schützen können.

»Großvater Matter, diesmal fährst du mit!«

Er fuhr aus seinen Gedanken auf. »So?«

»Ja, einmal wenigstens. Wir setzen uns in die Kutsche.«

Jakob füllte eine Sitzbank, die für zwei Kinder gedacht war. Alina setzte sich ihm gegenüber und jauchzte vor Freude, als sich das Karussell in Bewegung setzte.

»Mir wird schlecht!«, kündigte Jakob übertrieben dramatisch an.

»Ach was, Großvater!«

Das Karussell beschleunigte. Jakob wurde tatsächlich schwindlig, er drehte sich gerade aus der Zeit. Die Musik wurde zum Echo einer älteren Melodie. Mit Helen war er auch auf der Reitschule gewesen, wie sie das Karussell damals genannt hatten. Oder nicht? Wurde aus einem Wunschbild gerade eine Erinnerung? Und umgekehrt gedacht: Wie viele seiner Erinnerungen waren Wunschbilder? Er versuchte den Moment von damals zu rekonstruieren, als die Schatten blau und länger geworden waren und die Lichter des kleinen Rummelplatzes farbige Schlieren in die Dämmerung gezogen hatten. Nein, sie beide waren drüben im Halbdunkeln stehen geblieben, erinnerte er sich wieder. Er hatte auf das Karussell gewollt, Helen nicht. Miteinander tanzen mochte angehen, dort fielen sie nicht auf, aber sie beide auf der Reitschule, zwei übermütigen Kindern gleich? Wie ein Lauffeuer würde sich das Gerücht über den Festplatz verbreiten.

Jakob lächelte. Bei dem, was danach geschehen war, hatte sich seine Helen weniger von Vorsicht leiten lassen.

Alina stupste ihn. »Wir müssen aussteigen!«

Sie kletterten hinunter und gingen einige Schritte auf die dunkle Spielwiese hinaus.

»Was denkst du schon wieder?«, fragte sie.

»Nichts, Prinzessin.«

»Glaub ich dir nicht, du denkst wieder an sie.« Alina tippte auf ihr Haarband.

»Stimmt«, gab Jakob zu.

»Weißt du, was ich gerade gedacht habe?!« In Alinas großen Kinderaugen spiegelte sich der halbe Rummelplatz.

»Was denn?«

»Das ist der schönste Tag meines Lebens!«

»Das hast du aber schon an deinem Geburtstag gesagt.«

»Ach ja.«

Er sah Alina an, dass sie nun ein Problem mit ihren obligaten Ranglisten bekam. Ordnung ging ihr in gewissen Dingen über alles. »Ich mach es dir leichter, Prinzessin. Bevor wir deine Eltern treffen, gehen wir noch durch alle Buden und Stände, und du darfst dir an zwei Orten Süßigkeiten aussuchen. Damit müsste es das Jugendfest auf Platz eins der schönsten Tage schaffen. Was meinst du?«

Als Antwort klebte sie ihm einen Kuss auf die Wange.

Ihr Rundgang war erfolgreich. Jakob vergaß für einen Moment sein Zuckerproblem und griff tief in die Tüte mit Magenbrot. Einträchtig kauend saßen sie bald auf dem Wiesenbord, das die Schützenmatte umfasste.

»Woran ist sie gestorben?«, fragte Alina unvermittelt.

»Helen? Sie war krank.«

»Krebs?«, fragte sie mit einer Selbstverständlichkeit, die sie jemandem abgeschaut haben musste.

»Ja.«

»Warst du dabei?«

»Nein. Damals lebte ich ja noch nicht hier.«

»Wann war das?« Alina hatte sich kerzengerade aufgesetzt.

»Vor elf Jahren.«

»Da war ich noch nicht mal auf der Welt. Vielleicht bin ich sie?«

»Was?« Verdutzt schaute er Alina an.

»Ja, könnte doch sein! Hat uns die Religionslehrerin erzählt.«

»Dass du Helen bist?«

»Nein, du Dummkopf! Hoppla: Entschuldigung.«

»Schon gut. Aber in welcher Religionsstunde erzählen sie so was?«

»Wir lernen Sachen aus allen Religionen. Und in einer glauben sie, dass man stirbt und dann wiederkommt. Meistens als Regenwurm.«

»So?«

»Und deshalb könnte ich doch sie gewesen sein. Lieber als ein Wurm!«

»Wo du recht hast, hast du recht.«

»Siehst du!« Zufrieden biss Alina in eine gebrannte Mandel, dann wurde ihr Gesicht schon wieder nachdenklich. »Und warum weißt du eigentlich, dass sie gestorben ist, wenn du doch gar nicht dabei warst.«

»Sie haben es mir gesagt, stell dir mal vor.«

»Dann ist sie jetzt auf dem Friedhof?«

»Ja. Ich gehe da nicht gern hin, aber einmal im Jahr besuche ich sie.«

Alina wollte noch etwas sagen, doch in diesem Moment entdeckte sie in der Ferne ihre Eltern. »Du, schau dort drüben, Mama und Papa!«

»Tatsächlich. Lauf nur.«

Jakob schaute ihr hinterher, als sie in ihrem wehenden und schon ziemlich fleckigen Kleidchen über den Rasen rannte.

Der Mann im Spiegel sah etwas älter aus als Mauro, aber nicht mutiger.

Mauro fuhr sich über die Haarstoppeln. In den letzten Stunden war ihm klar geworden, was Lindita Bardhecaj und alle anderen im Pflegeheim längst gewusst hatten: Er war der Betreuung seiner Mutter nicht gewachsen.

Ohne Hilfe schaffte das keiner.

Er hatte die Mutter nach der Untersuchung durch den Festarzt in die Obhut der Pflegerinnen gebracht, und war allein in die Altstadtwohnung zurückgekehrt. Allerdings erst, nachdem ihn Lindita Bardhecaj mit ganz ähnlichen Worten beruhigt hatte, wie der Arzt zuvor.

Plötzlich war die Versuchung übermächtig, klammheimlich zu verschwinden. Am liebsten hätte Mauro die ganze Wohnung geräumt, fort mit dem Boot, den Schildkröten, den Zahlen und Sätzen, fort auch mit seinen nassen Kleidern, die vorwurfsvoll in die Badewanne tropften, fort mit allem und zurück in sein Leben.

So verloren hatte er sich erst einmal gefühlt. Vor langer Zeit, in Mailand. Drei Jahre lang war er dort bei einem Informatikunternehmen angestellt gewesen. Dann hatte er von einem Tag auf den anderen gekündigt, hatte seine Wohnung aufgelöst und einige Habseligkeiten in den Wagen gepackt, mit der vagen Idee, ein Stück gen Süden zu fahren, ohne Ziel, ohne Vorstellung, wie sein Leben weitergehen würde. Nach mehrtägiger Fahrt kreuz und quer war er in den Abruzzen gelandet. Er suchte ein ihm empfohlenes Berggasthaus im Gran-Sasso-Gebirge, als er sich endgültig verirrte. Irgendwo auf der geschwungenen Hüfte der schlafenden Schönen. *La bella addormentata,* nannten die Einheimischen das Bergmassiv.

Die Szenerie eines Alptraums: sengende Sonne und der Himmel ausgelaugt, ein schmales Sträßchen im fast senkrecht abfallenden, ausgedörrten Hang. Der Weg wurde zusehends schmaler, die wenigen Ausweichplätze folgten in immer größeren Abständen, was Mauro erst nicht auffiel, weil es keinen

Gegenverkehr gab. Als sich der äußere Straßenrand immer näher seinem rechten Vorderreifen näherte, wurde Mauro unruhig. Er beschloss umzukehren. Zu spät, stellte er bald fest, vor ihm schlang sich die Straße um die Bergflanke, ausgangs der nächsten Rechtskurve endete sie jäh. Ein Bergsturz hatte die Fahrbahn verschüttet, quaderförmige Felsbrocken versperrten den Weg. Mauro trat auf die Bremse und stieg aus. Entnervt verpasste er dem Warnschild einen Tritt. Erst hier verkündete es, dass die Straße geschlossen war. Mit großen Schritten maß er schließlich die Straßenbreite. Sie entsprach ziemlich genau der Länge seines Lancias. Was sollte er tun? Vorsichtig ging er bis an den äußeren Rand. Keine zehn Meter weiter unten fiel die steile Böschung in eine senkrechte Felswand hinab. Wer hier von der Fahrbahn geriet, war wirklich verloren.

Mauro hatte den Rucksack mit den wichtigsten Dingen aus dem Kofferraum gezogen. Als er ihn auf die Schulter wuchtete, zog ihn das Gewicht nach hinten und um die eigenen Achse, mit einem langen Schritt konnte er sich gerade noch auffangen, bevor er die Böschung hinuntergestürzt wäre. Eine Augenblick lang war er versucht, loszumarschieren, doch dann warf er den Rucksack trotzig auf den Beifahrersitz und begann das Manöver. Eine heilige Wut hatte ihn erfasst. Die Tür ließ er offen, so konnte er beim Zurückstoßen direkt nach hinten schauen und war nicht auf das Zerrbild des Spiegels angewiesen. Nach zweimaligem Ein- und Zurücklenken ragte das Heck bereits über die Straße hinaus, und sein Hemd klebte ihm nass am Rücken. Je schräger das Auto stand, umso weniger Spielraum blieb. Er hörte seinen eigenen, hämmernden Puls, der Schweiß lief ihm in die Augen, doch Mauro wollte das Auto nicht stehen lassen. Er hätte Hilfe holen können, das hätte ihn vielleicht einen Tagesmarsch gekostet. Er tat es nicht. Wenn er diese lächerliche Spitzkehre nicht zustande brachte, schien ihm plötzlich, konnte er sich gleich aufgeben. Abgrund hin oder her. Abgründe gab es überall, in den Bergen sah man sie nur deutlicher, redete er sich ein, unempfänglich für jeden vernünftigen Gedanken. Er kurbelte am Lenkrad, drückte sanft aufs Gas, die Finger um die Handbremse gekrallt, falls sein Fuß zu spät das Pedal wechseln oder abrutschen würde, der Blick der Karosserie entlang nach hinten, wo sich der Reifen gerade wieder der Böschung näherte. Warum tust du das?, fragte er sich wieder. In seinem Innersten wusste er die Antwort. Fünf Zentimeter noch. Drei. Als Mauro zum Schalten wieder die Bremse anziehen wollte, geschah es: Der Boden unter dem linken Hinterrad brach weg, Mauro sah es, und noch halb im Staunen warf er sich reflexartig aus dem Auto. Etwas zischte feurig-heiß über seinen Rücken, der Schmerz ließ ihn aufschreien, das Auto kippte nach hinten. Sekunden später hatte Mauro begriffen, dass die Unterkante der Fahrertür seinen Rücken aufgerissen hatte.

Mauro drehte sich leicht zur Seite, im Spiegel betrachtete er die alte, zwanzig Zentimeter lange Narbe. Das Auto war damals nicht explodiert. Nichts ist so wie im Film, dachte Mauro vage lächelnd. Bis auf das Schaf! Als er sich belemmert und unter Schmerzen aufgesetzt hatte, hatte es vor ihm gestanden. Mitten auf der Straße. Er hatte sich noch gefragt, woher es gekommen war, dann war ihm schlecht geworden.

Sein Unfall in den Abruzzen hatte einen Neubeginn markiert. Als wäre sein bisheriges Leben mit dem Auto in jenem Abgrund verschwunden. Ein gutes Gefühl. Zum ersten Mal hatte er nicht gekniffen, er hatte alles versucht, buchstäblich unter Einsatz seines Lebens, und war nicht weggelaufen. Er hatte sich von unnötigem Ballast befreit. Kaum war die Narbe am Rücken verheilt, nahm er einen Mietwagen, in Genua fand er kurz darauf eine Bleibe. Bei Vasco Rossis Konzert im Stadio Luigi Ferraris lernte er Elena und Siro kennen und gründete mit dessen Hilfe sein eigenes Unternehmen.

Mauro seifte die zweite Wange ein. Eine Flucht kam auch

jetzt nicht in Frage. Er würde niemals wieder jemandem zufügen, was sein Vater ihm angetan hatte. Lange betrachtete er sein Spiegelbild. Fremd kam er sich vor. Mit blauen Schatten unter den Augen, die Bartstoppeln grau gesprenkelt.

Vater war gestorben, bevor er hatte grau werden können.

Während die Klinge Schneisen in seine Bartstoppeln zog, fragte er sich wieder, ob er die Sache nicht falsch anging. Hatte er die Mutter mit seinem Plan, die alten Orte aufzusuchen, nicht geradezu aufgefordert, etwas Unberechenbares zu tun? Durfte er sie so aufwühlen? Andererseits hatten ihm viele ihrer Reaktionen bewiesen, dass sie sich in der Zeit mit ihrem Kobi besser zurechtfand als in der heutigen.

Lebte sie dadurch auf, oder spürte sie erst recht, wie ihr Denken zerfiel?

Mauro wusch sich die Seifenreste ab. Vor diesem Spiegel hatte er damals gestanden, als er und die Mutter gemeinsam versuchten, ihn erstmals zu rasieren. Heute, fast dreißig Jahre später, waren sie wieder aufeinander angewiesen, nun mit umgekehrten Vorzeichen. Sein Fluchtreflex war fatal, begriff er. Er musste das Gegenteil tun, er musste länger hierbleiben. Während des Festes würde er die Wahrheit vielleicht nicht mehr herausfinden. Selbst wenn Pius Kobelt der Gesuchte war, würde das nur weitere Fragen aufwerfen. Nützlicher war es vermutlich sogar, nach dem Fest einige alte Schulfreundinnen der Mutter aus der Seminarzeit ausfindig zu machen.

Seine Mutter war im Heim gut aufgehoben. Aber sie hatte ein Recht auf seine Anwesenheit.

Und er das Recht auf ein eigenes Leben.

Viel war das allerdings nicht. Er arbeitete, er lebte allein, in unregelmäßigen Abständen weckte eine Begegnung wie gestern die Hoffnung, es könnte sich etwas ändern. Doch meist verblassten diese Hoffnungen so schnell, wie sie aufgeschimmert waren. Und nur selten beschäftigte ihn jemand so sehr wie die

Frau mit den weißen Haaren. Er brauchte nur an sie zu denken. Dieser Luftzug, der seinen Arm zurückgehalten hatte, er konnte den Eichenzweig nicht in die Schlucht werfen. Dafür fanden sich ihre Hände, vereinten sich. Sie ist ihm immer einen Schritt voraus, sie will ihn durch diesen Reigen führen.

Dabei hat er seine Frage noch gar nicht stellen können.

– Willst du mit mir tanzen?

– Jetzt fragst du, Mauro, jetzt erst!

– Kennen wir uns?

– Ich konnte dich doch so nicht stehen lassen. Oben, in der Stadt. Drüben am Teich, am alten Kanal, also lass uns weitertanzen, so wie wir es schon seit Jahren tun!

Der milchige Schein der Lampen auf der anderen Seite der Schlucht erhellt ihr junges Gesicht, wenn sie sich zum Fluss hin dreht. Ihr Mund ist leicht geöffnet, ihre kleinen, spitzen Eckzähne fallen ihm auf, dann spürt er diese vollen Lippen schon auf seinen, obwohl sie sich gar nicht berühren. Sie haucht ihm Leben ein. Die Äste der alten Eichen greifen nach ihnen, sie dreht ihn in immer schnelleren Pirouetten um jedes Hindernis herum, ihre Haare umhüllen ihn, zu zweit fallen sie hin, langsam, sanft, bis sie schweben. Ihre Zungen berühren sich. Sie will es? Sie will ihn? Er greift in die Flut weißer Haare, überzeugt, sie werden sich sogleich in Luft auflösen. Kaum hat er sie berührt, kann er nicht mehr atmen. Es wird schwarz um ihn, es ist die Dunkelheit der Partyräume, wo andere erste Erfahrungen machen, sich ihre Träume erfüllen können, weil die Musik alle Ängste erstickt.

I can see you every morning when I go to school
All the nights that I missed you
Hey, teachers, leave us kids alone.

Bei den Klassenpartys werden sie wirklich alleine gelassen. Und jeder vergeht in der Lust, nur Mauro nicht, der abseits sitzt, den Blick abgewandt, um den ständigen Verrat ertragen zu können. Nie hat er dieses Kitzeln auf der Haut gefühlt, als streichelten ihn tausend flaumweiche Federn. Jetzt spürt er es, aber er traut dem Gefühl erst nicht. Dann schon. Sie ist es, die ihn immer verlassen hat. Dieses Gesicht. Sie hat es ihm durch die Zeit getragen, und jedes Jahr ist ein neuer Traum dazugekommen, ist in ihren Zügen aufgegangen, jedes Mal ist sie noch schöner geworden. Er betrachtet sie durch geschlossene Lider, sieht alle Enttäuschungen wieder aufblitzen. Ist es die Bitte um Entschuldigung in ihren Augen? Sie macht doch alles bereits wieder gut, sie streichelt ihn unfassbar zart, ihre Hand ist schwerelos, und der Wind in den Blättern über ihm ist der Hauch ihres Atems. Sie liest seine Gedanken, sie lindert mit jeder Berührung einen Schmerz und schließt eine Wunde. Mauro weiß nicht, wie ihm geschieht. Als er endlich versteht, wächst seine Erregung. Diesmal spielt sie nicht mit ihm, ihre Zuneigung legt sich wie ein seidenes Netz über ihn. Ihre Zunge ist von einer schamlosen Geschicklichkeit, die er sich nicht zu erträumen gewagt hätte, noch weniger all das, was sie dann mit ihm tut. Ohne Hemmungen, ganz selbstverständlich. Er überlässt sich der Lust, verwirft jede Scham, fällt hinaus in jenen seltenen schwarzen Himmel, den sie ihm mit kleinsten Bewegungen immer noch einmal neu aufspannt.

Als er wieder atmete, überraschte es ihn nicht, dass sie fort war, unsichtbar, alle Klänge aus der Vergangenheit verloren im Rauschen der Flussschnellen, und er wie gewohnt allein.

Mauro betrachtete die Rasierklinge in seiner Hand. Minutenlang musste er komplett in sich selbst versunken gewesen sein. War es das, was mit seiner Mutter geschah? Die reale Welt nicht mal mehr Kulisse für seine Gedanken?

Mauro musste die Frau aus der Hofstatt wiedersehen, nur dann würde er herausfinden, weshalb sie sich ständig in seine Gedanken stahl. Und … ob es sie überhaupt gab. Seine fast übersinnliche Schwärmerei belustigte ihn. Das übliche Eintagesgefühl am Jugendfest, jeder hier hatte schon Ähnliches erlebt. Am Morgen nach dem Fest würde alles wie ein Spuk vorbei sein, dann würden sich alle in tausend Himmelsrichtungen zerstreuen, wer hier im Städtchen zurückblieb, würde wieder mal Runden auf leeren Straßen vor Häusern mit geschlossenen Läden drehen. Die Kränze, die sich von Häuserzeile zu Häuserzeile spannen, bereits vertrocknet, die Flaggen eingezogen, die Blumen welk, kein Brunnen mehr, der in den Himmel schießt.

Dann sind auch die weißesten Haare vergessen, dachte Mauro, aber Mutter benötigt mich noch immer.

Obwohl sie ihn gar nicht mehr erkannte?

Es war diese Frage, die sich Mauro nicht mehr erlauben wollte.

Lindita Bardhecaj behielt Helen Nesta noch strikter im Auge als sonst, auch während des Abendessens. Bisher machten sich keine Folgen des nachmittäglichen Abenteuers bemerkbar. Helen Nesta aß wie immer wenig, aber selbständig. Nur manchmal wurde ihr Blick leer, ihre Hände sanken kraftlos auf den Tisch, und Lindita Bardhecaj musste sie ans Essen und vor allem ans Trinken erinnern. Sie tat es gerne. Vielleicht weil Helen nur in ganz seltenen Fällen aggressiv oder böse auf die Pflegerinnen reagierte. Das galt längst nicht für alle Bewohner im Haus. Es blieb immer etwas hängen, wenn eine Pflegeperson verbal oder körperlich angegriffen wurde, nicht jede konnte damit umgehen. Eine seltsame Arbeit war das manchmal. Sie begegnete den Bewohnern völlig normal, obwohl sich diese alles andere als normal verhielten. Aber doch nur, weil Linditas Wahrnehmung nicht dieselbe war wie die der Kranken. Immer dann, wenn sie aus Ungeduld oder Überforderung von ihrer Maxime abweichen wollte, rief sie sich jenen Grundsatz in Erinnerung, den sie einst in einem Buch zu einem anderen Thema gelesen hatte: Jeder Mensch besitzt Geheimnisse, die er für sich behält, jeder andere, der versucht, diese Geheimnisse zu lüften, bewegt sich auf verbotenem Terrain. Demenzkranke waren für Lindita Menschen mit Geheimnissen, die sie nicht mehr verwalten konnten, umso größer war die Gefahr, ihre Würde zu verletzen. Natürlich gab es auch anders gelagerte Fälle. Manchmal versuchte sie mit Angehörigen absichtlich, einige der Geheimnisse zu lüften, meist spielerisch, und nur dann, wenn sie sich sicher war, den Zustand der Bewohner und der Angehörigen damit zu verbessern. Keinesfalls wollte sie an Dinge rühren, die nicht ans Licht gehörten.

Je mehr Lindita sich weiterbildete, umso mehr Respekt flößte ihr diese Arbeit ein, die sie einst nur mangels Alternativen erlernt hatte. Im Weiterbildungskurs, den sie seit einigen Wochen und gegen den Willen des Pflegedienstleiters besuchte, lernte sie, wie wenig sie wusste. Vor drei Tagen hatte sie beispielsweise staunend erfahren, wie viele Krankheitssymptome, die sie bis dahin immer der Demenz zugeordnet hatte, in Wirklichkeit andere Ursachen hatten. Vergleiche zwischen den Fällen waren heikel, das machte die Sache nicht einfacher.

Viele der Heimbewohner redeten an diesem Tag mehr als üblich. Noch vor wenigen Wochen hatte sich Helen daran beteiligt, nun saß sie still am Tisch. Früher hatte Helen Lindita auch stets erkannt, sobald diese Kontakt mit ihr aufnahm. Das geschah weniger mit Worten, eher mit Gesten, mit Berührungen, Veränderungen im Gesichtsausdruck. Lindita erinnerte ihr täglicher Umgang mit Demenzkranken an eine Art von Tanz, der bei jedem Schichtanfang von neuem begann, der sich behutsam und immer anders entwickelte, weil sie Tag für Tag erst einen gemeinsamen Takt finden mussten.

Sei einigen Wochen tanzte Helen ganz alleine.

Mauro Nesta bedauerte, dass er das Leben seiner Eltern nie hinterfragt hatte. Ob es anderen in seinem Alter auch so ging?

Jeder würde irgendwann seine Eltern verlieren, jeder ahnte das Ausmaß dieses Verlustes, und doch schaffte es kaum einer, sein Verhalten zu ändern. Zu sehr nahmen sie ihre eigenen Angelegenheiten in Anspruch, obwohl sie doch erst jetzt begriffen, wie viel die Eltern ihren Kindern einst geopfert hatten. Wohl der Lauf der Dinge. Hätte Mauro Nesta Kinder gehabt, wäre das Verhältnis zu seiner Mutter vielleicht wieder enger geworden.

Jetzt war es zu spät, jetzt erfuhr er nichts mehr. Es sei denn, er fände diesen Kobi wirklich! Schon allein das war ein Grund, die Suche fortzusetzen. Mauro verließ das Zimmer, er würde das Foto heraustrennen und mitnehmen. Als er das Album aufschlug, glitt es ihm aus der Hand, er fasste schnell nach, mit einem leisen Ratschen riss etwas. Die Lederwattierung des Deckels war brüchig geworden. Er wollte weiterblättern, als er ein fahles, grünes Schimmern sah. Behutsam hob er das Leder an, tastete hinein und zog die Finger langsam wieder heraus, übervorsichtig, denn er ahnte bereits, was es war.

Kobis Eichenzweig.

Eines der Blätter zerfiel unter der Berührung. Er zerrieb es zwischen den Fingern.

Und er hatte abreisen wollen!

Vorsichtig legte er den Zweig ins Album, das er wieder ins Regal stellte. Er konnte es nicht an den alten Platz schieben, dahinter hatte sich ein kleines Büchlein verkeilt. Weshalb war es hier eingereiht gewesen, mitten unter den Fotoalben? Der schlichte, braune Einband mit Goldprägung kam ihm sofort bekannt vor, schon nach kurzem Blättern wusste er, was es war: Mutters Lieblingsgeschichte! Im selben Moment war ihm auch schon klar, was er als Nächstes tun würde. Er musste hinunter an den Fluss, genauso wie früher als Junge, wenn er nicht weiter wusste.

Pius Kobelt saß unten vor dem Haus. Der Zwischenfall mit Helen hatte ihn in der Absicht bestärkt, Mauro endlich anzusprechen. Doch als er sah, wie dieser aus dem Haus stürmte und zielstrebig losmarschierte, wurde Pius neugierig. Er folgte ihm. Zu seinem Erstaunen ließ Mauro das Festgelände und später auch die Schlangeninsel rechts liegen, er wanderte durch den hochstämmigen Wald weiter zum Fluss. Zwei Weidlinge dümpelten an Ketten an der halbrunden Anlegestelle. Das Militärgebiet hier unten war einer von Mauros liebsten Tummelplätzen gewesen. Wie eine zu groß geratene Nachttischlampe ragte die militärische Befehlskanzel über den Fluss hinaus. Von der Plattform aus, die nur einer Person Platz bot, überwachte der Kommandant militärische Übungen wie den Bau mobiler Brücken. Mauro hatte den Platz schon in frühester Jugend für sich beansprucht und hier jede Woche Dutzende von Büchern und Comics verschlungen. Er kletterte über die Absperrung und balancierte über den sanft geschwungenen Stahlarm auf die Kanzel hinaus, wie damals salutierte er hoch über der Strömung ironisch ins Leere.

Pius Kobelt hatte das Buch in Mauros Hand erkannt und beschlossen, Mauro noch diesen einen Moment zu lassen. Es konnte nicht schaden, wenn er die Geschichte wieder mal anschaute. In gewissem Sinne hatte sie all das vorweggenommen, was den Nestas im Lauf der Jahre zugestoßen war.

Das Buch war in dunkelbraunes Leinen gebunden. Paul Haller, der Name des Schriftstellers prangte in eleganter Goldprägung auf dem Deckel. Darunter: Werke. Innen einen Widmung, fein ziseliert: *Meiner Tochter Helen, zum Seminareinstieg 1955, Horta Bellard.* Ein Jahr vor dem verhängnisvollen Jugendfest hatte die Mutter es also geschenkt bekommen. Mauro betrachtete das Bildnis des Stadtdichters, 1918 gemalt, zwei Jahre vor seinem Freitod. Er blätterte behutsam die dünnen Seiten um. Mutters Lieblingsgeschichte war die dritte, zwischen dem

»Juramareili« und »Marie und Robert«. Sie hieß »Unter der Treppe«. Schon beim Lesen der ersten Zeilen verschwamm die Schrift vor Mauros Augen, die Gefühle übermannten ihn. Satz um Satz kam die Geschichte zurück. Die Jugendfestgeschichte des Mädchens Emma. Weshalb eigentlich gerade dieses Buch?, fragte Mauro sich. Die Mutter hatte es damals sicher nicht grundlos gewählt, es war ja keine Kindergeschichte. Und weshalb hatte sie ausgerechnet dieses Buch zum Fotoalbum mit Kobis Bild gestellt? Er klappte es wieder zu. Vielleicht ging ihm Mutters Absicht auf, wenn er die Geschichte nicht las, sondern sie sich so in Erinnerung rief, wie die Mutter sie erzählt hatte. Wie war das gewesen? Richtig: Das Buch begann mit Emmas grenzenloser Empörung, die sich immer auf jede Faser von Mauros Körpers übertragen hatte. Verbat die Lehrerin der Emma doch, am Jugendfest teilzunehmen. Schloss sie aus, am wichtigsten Tag des Jahres! Und nur wegen eines kleinen Schabernacks. Was hatte sie angestellt? Mauro erinnerte sich wieder: Emma hatte jenem anderen Mädchen, Elisabeth, schwarze Flecken aufs Kleid gemalt und den einen Haarzopf abgeschnitten. Das war nicht zu entschuldigen, aber irgendwie verständlich, hatte die Mutter hier stets eingeflochten. Was plagte diese Elisabeth die Emma auch ständig, wer gab ihr das Recht, auf sie hinabzuschauen, nur weil Emma keinen Vater hat und wenig Schürzen und nur ein Kleid?

Keinen Vater? Mauro stutzte. Entsprach das wirklich dem Originaltext oder hatte die Mutter die Erzählung ihrer beider Leben angepasst, wie man es tat, wenn man die Aufmerksamkeit der Kinder gewinnen wollte?

Er blätterte zur Kontrolle im Buch. Es stimmte tatsächlich, Emma war vaterlos aufgewachsen.

Das Lausemädchen habe durchaus eine Strafe verdient, hatte Mutter Nesta ihrem Sohn jedes Mal erklärt, aber doch nicht diese! Man dürfe einem Kind im Städtchen vieles verbieten, nur nicht das Jugendfest! Die Kanzel unter Mauro bewegte sich sachte, der Stahlarm, der die Konstruktion trug, ächzte leise unter seinem Gewicht. Mauro liebte das Geräusch, das viele seiner jugendlichen Leseabenteuer untermalt hatte. Damals hatte er sich mit jedem weiteren von Mutters Sätzen mehr mit Emma solidarisiert. Gemeinsam hatten er und Emma dem Blick der Lehrerin Fink standgehalten, im trotzigen Gleichschritt marschierte er nachher mit ihr nach Hause, wo Emmas Mutter das Kleid bereits gewaschen und zum Trocknen aufgehängt hatte.

Gelt Mutter, alle Kinder dürfen am Rutenzug mitmachen?

Natürlich. Jedes, das ein anständiges Kleid hat.

Alle, wirklich alle, außer dem Straßentoni?

Ja, warum fragst du, Emma? Sitz still und iss.

Sag es ihr, Emma, flüsterte Mauro jedes Mal an dieser Stelle der Geschichte. Sag ihr, was die Finkin dir angetan hat, deine Mutter wird dir helfen!

Warum sagt sie es ihr nicht?

Emma habe sie nicht noch mehr bekümmern wollen, war Mutters Antwort gewesen. Das hatte Mauro verstanden, er war an Emmas Seite eingeschlafen und am großen Tag mit den Böllerschüssen neben ihr erwacht. Zu zweit schlichen sie den anderen im Rutenzug hinterher, bis das Städtchen im Sonnenglanz zur Ruhe kam, weil alle, alle außer Emma und Mauro, bei der Morgenfeier in der Kirche die Choräle sangen. »Großer Gott wir loben dich«. Und er draußen bei ihr, und sie, die weint, und er, der mit ihr leidet, und sie, die es nicht mehr aushält, über die Brücke flüchtet, durch die Vorstadt, den Steig hinauf in den Wald, hinein in ihre eigene, lichtgrüne Kathedrale der hundert Säulen. Ein heiliger Zorn über das Unrecht treibt Mauro hinterher. Ein Zorn, der ihn selbst Emmas nächsten Fehltritt verstehen lässt, als sie im Wald alsbald zwei kleinere Kinder aus dem Nachbardorf anhält, ihnen den übers Jahr gesparten Jugendfestbatzen entwindet. Wie soll sie sonst heimkehren, Emmas Mutter wird das Geld sehen wollen, das sie diesmal nicht erhalten hat!

Später betrachtet Emmas Mutter nichtsahnend einen fremden Batzen.

Das Jugendfestbrot habe sie bereits auf dem Heimweg gegessen, sagt Emma mit schlechtem Gewissen.

Jugendfestbrot und Jugendfestbatzen – unfassbar, wie wenig sich das Fest verändert hat, dachte Mauro. Auch der Nachmittag in dieser hundert Jahre alten Geschichte ist genauso abgelaufen wie zu Mutters Zeit vor fünfzig Jahren, und fast genauso wie heute. Die sündige Emma schleicht sich auf den Festplatz unter den Platanen, sucht nach einem Ort, wo sie dem Reigen zuschauen kann, den Tänzen ihrer Freundinnen, die sie selber doch so lange geübt hat. Sie findet ein Versteck unter der Treppe der Zuschauerbänke. Und dort trifft sie den anderen Einsamen. Mauro erinnerte sich gut: den Straßentoni! Einer wie er. Vor hundert Jahren habe es keine Italiener in der Schweiz geben, hatte Mauros Mutter an dieser Stelle stets erklärt. Aber irgendeiner habe in diesem Land immer als Italiener herhalten müssen. Schon lange vor dem Vater und vor Mauro.

Dieser Satz war Mauro geblieben.

Tonis Vater ist der Straßenwärter gewesen, er hat sein Geld lieber versoffen, als damit anständige Kleider für den Buben zu kaufen. Und wer keine schönen Kleider hatte, durfte damals nicht zum Jugendfest. Mauro erschien die Geschichte in einem neuen Licht. Er sah sich wieder unter der Dachschräge in seinem Zimmer sitzen, die Mutter neben ihm.

Fast gerührt betrachtete er das braune Büchlein. Das einzige Stück Heimat, das ihm geblieben war, so schien es ihm plötzlich. Er blätterte einige Seiten um, dann erzählte er sich das Ende der Geschichte aus der Erinnerung. Emma und der Straßentoni, die beiden Außenseiter, haben sofort zueinandergefunden. Und Mauro hätte alles genauso gemacht wie der

Straßentoni, in jenem Moment, in dem die beiden entdeckt wurden. Emmas Feindin Elisabeth ist es, wieder sie, die in ihr Versteck unter der Treppe schielt und lauthals hinausplärren will, wen sie dort sieht. Eben da ist der Toni schneller und schießt hervor. Er schlägt Elisabeth auf den Mund, worauf sie in die Bänke stürzt und Emma entwischen kann. Von da an bleibt sie verschwunden, ein bisschen so, wie Mauro selbst in diesen beiden Tagen der Welt abhandengekommen war. Emma bleibt sogar sechs Tage lang im Wald. Und die Mutter erkrankt vor Kummer. Ihre Kleine hat sich auf dem Berg ein Versteck eingerichtet. Ihr grünes Paradies, wo Emma nicht mehr isst, weil sie sterben will.

Mauro hielt inne. Diese Geschichte hatte ihn auch nach jenem Abend der Schmach im Wäldchen heimgesucht. In den Armbeugen und Kniekehlen noch immer braune Farbreste, hatte er geträumt, wie das wäre: Er selbst so schön tot, genau wie Emma in der Geschichte. In seiner Fantasie hatten sie ihn durchs Städtchen getragen, auf dem Weg des Rutenzuges, durch alle Gassen, alle hatten um ihn geweint, diejenigen, die ihn vorgeführt hatten, mussten den Sarg tragen. Nackt, nur mit brauner Farbe beschmiert. Mauro hatte stillgelegen auf der Bahre, so wie Emma, die Augen zu, die Hände fest verschränkt und in der einen Faust, für alle sichtbar, die Granatblüte. Er hatte sie festgehalten und er durfte nicht lächeln über ihr Weinen, keinen Finger rühren, denn er war ja tot.

Mauro blickte auf den Fluss hinaus. Wieder eine Erinnerungslücke gefüllt. Er schüttelte unmerklich den Kopf. Wie sehr er sich damals in seine Fantasien hineingesteigert hatte.

Bei Emma hat es nicht geklappt mit dem Verhungern im Wald. Der Bauch hat ihr zu sehr geschmerzt. Auch sie hat es mit dem Sterben nicht ganz so ernst gemeint. Sie kehrt in die Stadt zurück, die Schulbehörde muss über sie richten. Sie maßregeln stattdessen die Lehrerin, die Finkin. Die hätte Emma nicht vom Fest ausschließen dürfen. Doch dann erreicht ein Bericht das Städtchen – von jenen ausgeraubten Kindern im Wald, und es gibt keine Milde mehr für Emma. Ab zur Besserung, ab ins Erziehungsheim!

Die Geschichten, die dieses Fest über die Jahrhunderte geschrieben hatte, glichen sich auf wunderliche Weise. Die wahren und die erfundenen.

Mauro lehnte sich zurück.

Die Hitze war jetzt gegen Abend drückender geworden, Gewitterwolken ballten sich über dem Berg zusammen, wurden fortgetrieben, neue bauten sich auf. Hoffentlich würde es nicht regnen, dachte er plötzlich. Lindita Bardhecaj hatte ihm vom abendlichen Festessen im Park erzählt, das den Bewohnern des Heims so wichtig sei.

Ob sich die Mutter gut erholt hatte?

Er musste etwas essen. Im Heim anrufen. Und dann diesen Pius Kobelt finden.

Zehn Minuten später überquerte Mauro die Straße zur Schützenmatte, aufgewühlt von der Geschichte über Emma und ihren Straßentoni. Er tauchte in die Menschenmenge, die von der Stadt herüberströmte. Es war bald sechs Uhr und das Fest nahm wie immer um diese Zeit nochmals Fahrt auf. Die Schützenmatte wurde zum einzigen Zentrum. Wer sich bis jetzt den alljährlichen Ritualen entzogen hatte, widerstand nicht länger und tanzte für den Rest des Abends wieder in der alten Ordnung des Reigens.

Auf der Treppe zum Festplatz hinauf wurde Mauro schwindlig. Seit Tagen hatte er nicht mehr richtig geschlafen, seine innere Uhr kreiselte in der Gegenrichtung. Zusätzlich schnürte ihm eine unvermutete Beklommenheit die Luft ab. Er schloss die Augen.

Pius Kobelt, sein heimlicher Begleiter, war ebenfalls stehen geblieben und beobachtete ihn.

Die Festmusik schien im ersten Moment alles zu beherrschen, dann übertrumpfte der jubilierende Schrei eines Kindes das Akkordeon, woraufhin eine Schülerschar über den hölzernen Tanzboden jagte. Unter den Brettern der Bühne vervielfachte sich der Hall ihrer Schritte, bevor das Klopfen der Absätze in einen erkennbaren Rhythmus mündete; die Kinder hatten ihren Platz in der Tanzformation gefunden. Nun verwandelte sich auch die Musik von einer Zumutung in Klang, aufgehoben im Summen der Stimmen.

Wie früher, dachte Mauro. Wie bei Emma und Straßentoni. Wie bei ihm als Kind.

Was war seit gestern Abend nur mit ihm geschehen? Er hatte sich nicht hineinziehen lassen wollen, er hatte gedacht, er stünde darüber, und jetzt teilte er schon das Gefühl von Verheißung, das alle durchflutete, wenn sie diese Stufen hinaufstiegen. Die Kleinkinder auf dem Weg zum Tanzboden, die größeren zur Wiese, zu ersten Machtproben in den Wettspielen, während die Teenies nur darauf warteten, dass die Dunkelheit sie den Kontrollblicken der Erwachsenen entzog. Die wiederum hofften selber, dass an diesem Tag etwas Besonderes geschehen würde. Obwohl das Fest ihnen Jahr für Jahr das Gegenteil bewies, verlor keiner den Glauben daran.

Mauro öffnete die Augen wieder. Es war Jugendfest, tatsächlich, und einen Moment lang hatte er das Gefühl, sie warte oben auf ihn, alleine an einem Tisch sitzend, mit gleißendem Haar.

Er suchte sich einen freien Platz. Am Tisch überflog er noch einmal seine Liste mit den Jakobs im Städtchen und rekapitulierte das Wenige, was er herausgefunden hatte.

Pius Kobelt stand dicht hinter ihm. Er schob sich eine Kapsel in den Mund und gab sich einen Ruck. In der Hoffnung, Mauro Nesta tappe wirklich noch im Dunkeln, setzte er sich zu diesem an den Tisch und stellte sich vor.

11

Im Schatten der Platanen
wird jeder Tanz zum Gedicht
Doch seid auf der Hut
einer scheut das Licht

Mauro glaubte, er höre nicht richtig. Die ganze Zeit hatte er an diesem Mann herumgerätselt, jetzt saß er an seinem Tisch, als wäre es das Normalste der Welt.

»Pius? Pius Kobelt?«

»Du erkennst mich tatsächlich nicht mehr!«

Pius wollte Mauro von Anfang an das Gefühl geben, er stünde Helen näher, als dieser vermutete. Es war Pius Kobelts einzige Strategie für dieses Gespräch, dem er jahrzehntelang ausgewichen war. Wenigstens wusste er jetzt, was er damit erreichen wollte. Egal, ob er etwas eingestand oder die Geschichte auf die alte Weise erzählte. Er musterte Mauro, in dessen Zügen, Augen und Mimik er Helen wiederfand. Das machte es schwieriger.

»Ich überlege gerade, ob wir uns jemals persönlich getroffen haben.«

»Immer wieder, Mauro, aber das war in deiner Kindheit. Ich stand euch ja sehr nahe, bevor du weggezogen bist.«

»Tatsächlich? Ich vergesse nie ein Gesicht.«

Sie sahen sich an, beide Blicke argwöhnisch.

»Ich bin auf der Suche nach Ihnen«, sagte Mauro dann.

Die Vorlage, auf die Pius Kobelt gewartet hatte. Er tat überrascht: »Weshalb denn?«

»Ihr Name ist mir in den Unterlagen meiner Mutter begegnet. Sie wissen, dass sie krank ist?«

»Natürlich, ich sehe sie regelmäßig.«

»Ach ja?«

»Hat man dir das im Heim nicht gesagt?«

»Nein.« Mauro hätte nicht sagen können, weshalb er log, aber Pius Kobelts ausweichender Blick machte ihn misstrauisch. »Weshalb tun Sie das?«

»Tu ich was?«

»Meine Mutter besuchen.«

»Eine seltsame Frage, findest du nicht?«

»Erklären Sie es mir trotzdem.« Mauro drehte nun den Spieß um und versuchte Kobelt auszuhorchen.

»Wir sind schon das ganze Leben lang befreundet, warum sollte sich das geändert haben?«, sagte Pius Kobelt, den Ball zurückspielend.

»Weil meine Mutter Sie nicht mehr erkennt?«

»Weiß man es? Und … Himmel: Wäre das wirklich ein Grund?« Pius Kobelt spürte, dass er einen wunden Punkt getroffen hatte. Er behielt das Heft gleich in der Hand: »Weshalb suchst du mich?«

»Ich brauche jemanden, der mir das Verhalten meiner Mutter erklären kann. Und das Boot in unserer Wohnung.«

»Wenn einer dir helfen kann, dann wohl tatsächlich ich«, erklärte Pius Kobelt und verarbeitete gleichzeitig die neue Information mit dem Boot. »Dafür müsste ich aber schon mehr wissen. Was ist mit der Wohnung?«

Mauro ließ sich Zeit, doch er musste endlich loswerden, was ihn unaufhörlich beschäftigte. Es brach nun fast aus ihm heraus. Er vergaß sein Misstrauen und erzählte mehr, als er eigentlich wollte. Von der Szene auf dem Tanzboden über den Altar im Zimmer, dessen Beschreibung Pius neugierig aufnahm, bis hin zu dem Verweis auf einen »Kobi« und auf Helens Sprung ins Wasser. Um ein Haar wäre er abgeschweift, wollte von seinen eigenen Befindlichkeiten erzählen, von den Jugenderinnerungen, zu seiner Überraschung gar von der Frau mit den weißen Haaren, doch er hielt sich noch rechtzeitig zurück.

Während Mauros Schilderung bemühte sich Pius, seinem Gesicht den jeweils passenden Ausdruck zu geben. Rührung bei Helens Tanz; Überraschung beim Boot aus Rindenstücken und bei dem Satz vom Regen; Verwunderung über die blauen Schildkröten, nicht mal gespieltes Unverständnis bei den Zahlen; ein wissendes und zugleich scheues Lächeln beim Namen »Kobi«; Mitleid dann beim Sprung ins Wasser.

»Wie hat man Sie in Ihrer Jugend genannt?«, fragte Mauro, kaum war er mit seiner Schilderung zu Ende.

Pius Kobelt wusste, worauf Mauro hinauswollte.

Nun war es soweit.

Nach fünfzig Jahren die letzte Möglichkeit, die Wahrheit zu sagen.

Der Moment, den er während all der Jahre herbeigesehnt und zugleich gefürchtet hatte. Der Grund dafür, dass er Mauro die ganze Zeit im Auge behalten hatte. Um ihn einschätzen zu können und wohl auch aus Angst, Mauro stoße auf Jakob Matter.

Und jetzt?

Pius zögerte.

Mit jeder Sekunde, die er schwieg, wurde ihm klarer, weshalb er hier saß. Nicht um zu beichten, wie er manchmal gedacht hatte, oh nein! Wer nichts zu bereuen hatte, hatte nichts zu bekennen. Er konnte sich erklären, das ja, aber er würde keine Schuld auf sich nehmen. Schweißperlen traten ihm auf die Stirn. Am liebsten wäre er aufgesprungen und geflüchtet. Er verfluchte die Lage, in die er sich manövriert hatte, im nächsten Augenblick verbat er sich alle Ausflüchte, im übernächsten beschloss er zu lügen. Er wolle nur Zeit gewinnen, redete er sich ein, gleichzeitig war ihm bewusst, dass seine Zeit bereits ablief. Es gab nur eine Geschichte zu erzählen. Sein ganzes Leben beruhte darauf. Und jedes Mal, wenn er sich diese Geschichte selbst erzählte, hatte sie eine andere Moral. Fünfzig Jahre lang hatte er sich immer weiter darin verstrickt, bis sie ihn und sein ganzes Leben definiert hatte. Nun lähmte Pius Kobelt die Vorstellung, wie wenig jetzt, am Ende seines Lebens, übrigbleiben würde, wenn er die Geschichte in Frage stellte.

Zum Schluss war die erinnerte Wahrheit die einzige, die zählte. Hatte er nicht ebenso sehr gelitten wie Jakob? Wie Helen?

»Sagt Ihnen der Name ›Kobi‹ etwas?«, fragte Mauro, durch das lange Schweigen plötzlich unsicher, ob der alte Mann auf der anderen Seite des Tisches seinen Ausführungen überhaupt gefolgt war. Sein Blick wurde manchmal wässrig und stumpf, als stünde er unter Drogen.

»Du weißt ja wie das ist unter den Jungen«, begann dieser endlich, selber gespannt, wo seine Ausführungen enden würden. »Den Namen Pius mochte ich gar nicht, und Freunde nannten mich ohnehin beim Nachnamen: Kobelt. Das war mir lieber. Dieser Name hielt sich. Mit der Zeit setzte sich die Abkürzung davon durch: Kobi.«

Dass es auch eine Doppelung des Namens gegeben hatte, behielt Pius für sich.

»Dann könnte es tatsächlich sein, dass meine Mutter sie gemeint hat«, sagte Mauro. Zugleich fragte er sich, weshalb ihn diese Erkenntnis enttäuschte.

Pius Kobelt schaute Mauro lange an, während er sich auf das besann, was er eigentlich von Helens Sohn wollte. Es half niemandem, wenn er mehr Geschirr zerschlug, als in der Auslage stand. Der entscheidende Antrieb dafür, dass er hier saß und all das auf sich nahm, war sein Entschluss zu gehen. Gestern hatte er zum letzten Mal den Park des Pflegeheims betreten und sich wie sooft für Stunden neben Helen gesetzt. Ab morgen musste das jemand anderer für ihn tun. Mauro. Das zu erreichen war wichtiger als alles andere. Es bedingte, dass Mauro im Städtchen blieb. Wenn er das aber tat, würde es nur eine Frage der Zeit sein, bis er Jakob Matter über den Weg lief.

Dann würde Mauro Jakobs Wahrheit ohnehin erfahren.

Pius Kobelt konnte diese erste und letzte Gelegenheit genauso gut dafür nutzen, sein Tun von damals ins richtige Licht zu setzen, auch wenn er dafür lügen musste.

»Jetzt versteh ich deine Frage erst richtig«, knüpfte er an Mauros letzten Gedanken an und gab sich ein wenig beleidigt.

»Helen hat einen Kobi erwähnt, aber du hast daran gezweifelt, dass sie mich damit gemeint hat?«

»Ein Name wie Jakob wäre eigentlich naheliegender für die Abkürzung.«

»Sie hat dir gar nie von mir erzählt?«

»Was hätte sie mir erzählen sollen?«

Wieder maßen sie sich mit Blicken. Mauro ist nicht dumm, dachte Pius Kobelt. Oder weiß er doch mehr? Seine Überzeugung, Helen hätte ihrem Sohn nie Genaueres erzählt, kam ins Wanken.

»Du erinnerst mich übrigens an deinen Vater«, lenkte er ab. Er wollte Zeit gewinnen und war sich sicher, dass er Mauro mit diesem Thema einfacher auf seine Seite brachte. »Die Haare, die Erscheinung, alles.«

»Sie kannten ihn?«

»Natürlich. Dein Vater war ein wunderbarer Mensch. Und tapfer. Unglücklich, aber letztendlich sehr tapfer.«

Tapfer? Das war nun das letzte Attribut, das Mauro für seinen Vater gewählt hätte.

»Was ist daran tapfer, wenn einer flüchtet und sein Kind zurücklässt?«, fragte er.

»Das war doch nicht Feigheit, das war seine Krankheit, solche Dinge weiß man heute doch!«

Mauro überlegte lange, was Pius damit meinen konnte. Die beiden Männer gaben mitten im Festtrubel ohnehin ein seltsames Paar ab. Die meisten um sie herum dachten wohl, sie wären Vater und Sohn, die seit langem erstmals gemeinsam beim Jugendfest waren.

Pius Kobelt irritierte noch immer Mauros Wortwahl. Weshalb glaubte er, Oreste Nesta sei »geflüchtet«? Und wovor? Hatte Mauro zu sehr auf seine Großeltern gehört?

»Ich verstehe nicht ganz«, sagte er. »Wer hat dir erzählt, dein Vater sei geflüchtet?«

»Die Mutter war doch …« Mauro unterbrach sich, sein Gesicht verriet, was er dachte. Er fragte sich gerade zum ersten Mal, ob er das Verschwinden des Vaters als Kind nicht völlig falsch interpretiert hatte.

Pius Kobelt seinerseits wurde einiges klarer. Vielleicht war das gar nicht so erstaunlich, wenn man Mauros damalige Situation bedachte: Ein Zwölfjähriger, der ohne Vater zurückblieb, mit einer blühenden Fantasie ausgestattet, aufgestachelt noch von den Großeltern, die gelinde gesagt wenig Interesse hatten, das Bild ihres Schwiegersohnes zu schönen. Pius Kobelt wusste, wie der alte Bellard immer über den ihm so verhassten Stiefsohn gesprochen hatte. Während der Kleine im Grunde wohl nur auf jenen einen erlösenden Brief vom Vater gewartet hatte: Komm zu mir, ich brauche Hilfe auf dem Boot.

Ein Brief, der natürlich nie geschrieben worden war. Im letzten Stadium seiner Sucht hätte Oreste Nestas zitternde Hand keine Zeile mehr hingekriegt.

Pius Kobelts Vermutungen kamen dem, was in Mauro vorging, sehr nahe. Nach dem Tod des Vaters hatte Mauro all das, was er glauben wollte, zu Tatsachen erklärt, sie nie überprüft, alle Zweifel verdrängt und vergessen. Und tatsächlich hatten erst der Fund in der Wohnung und das Fest dreißig Jahre später den Verdacht geweckt, dass alles auch anders sein konnte. Ein gemurmelter Satz seiner Mutter am Nachmittag passte dazu: Sie sei es gewesen, die ihn fortgeschickt habe. Mauro hatte ihre Worte auf den unsichtbaren Tänzer bezogen.

»Ist er gegangen, um gesund zu werden?«

Pius schaute Mauro erschöpft an. Um trocken zu werden, müsstest du fragen und auch damit kämst du Jahrzehnte zu spät, dachte er. Er wies sich selber zurecht. Verpassten nicht alle den richtigen Moment, die existenziellen Fragen zu stellen? Er zuerst. Die Luft wurde ihm schon wieder knapp, er tastete nach der Schachtel mit den Medikamenten. Offensichtlich hatte Mauro nie von der Sucht seines Vaters erfahren, auch wenn er an der damals offiziellen Version vom fatalen Husten gezweifelt haben mochte. Pius Kobelt beschloss erneut zu lügen, um näher an der Wahrheit zu bleiben. Es gab keinen Grund, Mauros Vaterbild noch mehr in Zweifel zu ziehen. Und eine gute Tat konnte nicht schaden, unten am dunklen Wasser würde sie ihm vielleicht ein kleiner Trost sein.

»Dein Vater hatte schwere gesundheitliche Probleme«, sagte er deshalb. »Eine feuchte Lunge nannten wir das damals. Krebs wohl. Die Krankheit hat sich durch die Dämpfe der Lösungsmittel bei der Malerarbeit stetig verschlimmert. Einen weniger schädlichen Beruf konnte ein Gastarbeiter zu der Zeit aber schlicht nicht finden. Deine Mutter war zu stolz, sich von der Familie helfen zu lassen, auf der anderen Seite konnte sie aber nicht länger mit ansehen, wie er litt. Deshalb schickte sie Oreste zurück nach Italien. Sie und alle anderen, oder sagen wir besser: einige andere, hofften auf eine Wunderheilung in der Meeresluft. Dein Vater jedoch wollte um keinen Preis abreisen.«

»Mutter hat ihn geschickt?«, hakte Mauro nach.

»Sie musste ihn natürlich dazu zwingen, was denkst du denn?« So wie jedes Mal bei einem neuen Entzug, fügte er in Gedanken hinzu. Aber er blieb standhaft und eröffnete Mauro einen neuen Blick auf seinen Vater.

»Oreste war Italiener, du warst sein einziger Sohn. Sein Augapfel!« Pius Kobelt hielt Mauros misstrauischem Blick stand und zuckte mit keiner Wimper. »Er weigerte sich so lange wegzugehen, bis er nicht mehr anders konnte. Zu spät, mag sein. Die Krankheit war schon fortgeschritten, das Meeresklima brachte nur vorübergehend Linderung, und er starb knapp ein Jahr nach der Rückkehr nach Italien.«

In Wahrheit war Oreste Nesta eines Tages einfach im Meer verschwunden, mit Boot und Flasche, spurlos, genauso wie es ihm viele prophezeit hatten. Vorsätzlich oder einfach nur sinnlos betrunken – das hatte keiner jemals herausfinden können.

Mauro kam ins Grübeln. Die Mutter hatte ihm die Geschichte nie so erzählt. Oder hatte er in seiner kindlichen Verletztheit etwas anderes glauben wollen und ihr nie richtig zugehört? Später war es zweifellos so gewesen. Jedes Mal, wenn sie das Thema angeschnitten hatte, war er ausgewichen, das war ihm sehr wohl bewusst. Nicht sie hatte diese Geschichte so zusammengeschustert, gestand er sich endlich ein, er selbst war das gewesen. Er hatte alles vergessen, erkannte er nun, weil er hatte vergessen wollen.

»Und hat meine Mutter … Hat sie ihn geliebt?«

Eine lange Pause war Mauros Frage vorausgegangen. In Pius Kobelts Gesicht spiegelte sich erstmals ein wenig Erleichterung. Der Umweg über den Vater war richtig gewesen. Endlich hatte er Mauro soweit. Seine Neugier war nun größer als die Skepsis ihm gegenüber.

»Das will ich doch hoffen!« Er sagte es so, dass ein kleiner Zweifel möglich war.

»Und welche Rolle haben Sie gespielt?«

»Ich? Ich war … für Helen ein Freund.«

»Nur ein Freund?«

Pius Kobelt tat, als überhörte er die Nachfrage. »In der Zeit, in der deine Mutter sooft weilt, war ich ihr sehr nahe. Jenes Fest hätte unser Fest werden sollen. Dieses Boot in ihrer Wohnung hat es natürlich gegeben. Ich war dabei, als es sie am Fischerskopf abholte. Es war eine Art Übergabezeremonie. Wir waren *Tschässer*, wir waren ein bisschen verrückt. Im Tausch gegen ihre Granatblüte erhielt sie so das Eichenblatt.«

Er hatte nicht von seinem Eichenblatt gesprochen. Es war nicht mal gelogen, er war dort gewesen, versteckt hinter der alten Ulme am Fischerskopf.

»Dann sind Sie der Kadett, der es nie ernst gemeint hat?«,

wiederholte Mauro bewusst naiv die Worte seiner Mutter nach ihrem Tanz.

Pius Kobelt verkniff sich sein bitteres Lachen. Keiner hatte es jemals so ernst gemeint wie er, das war ja das Tragische an der Geschichte. Trotzdem nickte er.

Mauro war zerrissen. Alles sprach dafür, dass Pius Kobelt der gesuchte Kobi war. Er wusste zu gut über alles Bescheid. Doch Mauro erinnerte sich beim besten Willen nicht daran, den Mann je mit seiner Mutter zusammen gesehen zu haben. Das, was er ihm vom Tauschen erzählte, gab dem Rindenboot im Zimmer allerdings einen Sinn. Auf der anderen Seite war Mauro nicht entgangen, wie Kobelt immer kurz nachdachte, bevor er etwas sagte. Nur eine Folge seines Alters? Seines Zustandes? Pius Kobelt wirkte krank, sein Atem ging röchelnd.

Pius seinerseits tat so, als suche er ein Taschentuch, während er sich zurechtlegte, was er Mauro noch erzählen wollte. Es gab nichts zu bekennen, nun war er sich noch sicherer. Mauro ohnehin nicht. Jakob Matter war der Einzige, dem er an diesem letzten Tag noch etwas schuldig gewesen wäre.

Deshalb erzählte er Mauro die Geschichte nicht so, wie sie passiert war, sondern so, wie er sie gefühlt hatte.

»Ich möchte, dass du das weißt, Mauro: Ich habe deine Mutter geliebt, wie niemanden zuvor und niemanden danach.«

Wenigstens ein Satz, der unzweifelhaft der Wahrheit entspricht, dachte Pius Kobelt. Jeder weitere entfernte sich davon: Er habe sich für jenes Fest alles genau ausgedacht. Wie er mit Helen den Eichenzweig tauschen und sie ihm ihre Tänze versprechen würde. Wie sie gemeinsam durch den Tag schweben wollten, die Zukunft, ein Leben zu zweit vor sich. Doch dann, am Abend, sei alles anders gekommen. »Auf das Feuerwerk hat keiner von uns mehr geachtet«, erzählte Pius. »Weil der Regen kam, wie deine Mutter an die Wand geschrieben hat. Ein Gewittersturm, der uns alle erfasst hat, und ich gebe es zu: Ich habe mich von meiner Anspannung und meiner Enttäuschung in jenem Moment hinreißen lassen. Ich wollte zu viel von ihr, ich wollte ihr alles geben, sie war dafür nicht bereit. Ich bin im falschen Moment ungestüm geworden. Sie hat mich danach aus ihren Gefühlen ausgeschlossen, ich habe aus verletztem Stolz das Falsche gesagt … Wie das so geht. Doch die Folgen haben unser Leben geprägt. Meines und das deiner Mutter und …«

Pius Kobelt verstummte, seine Stimme versagte. Er musste sich nicht mal anstrengen, die Gefühle waren ja nicht gespielt.

Mauro starrte an Pius vorbei in die Menge. Die Musik des Kettenfliegers schwoll eben wieder an, die schnelleren Rhythmen der Autoscooterbahn auf dem angrenzenden Rummelplatz mischten sich hinein, die Tanzmusik ging in der Kakophonie unter. Die Geräuschkulisse machte das Gespräch für Mauro noch surrealer. Der Mann vor ihm sprach über seine Mutter, aber es war für ihn, als hörte er die Geschichte einer Fremden. Vielleicht war es das, was ihn störte.

»Wenn ich Sie richtig verstehe, ist Ihre Beziehung an jenem Abend zerbrochen«, sagte er skeptisch.

»Vielleicht wurde uns in dem Moment klar, dass wir nicht dasselbe wollten. Und sie war ja fünf Jahre jünger als ich.« Pius Kobelt sah Mauro an, dass er sich etwas Besseres einfallen lassen musste. »Und kurz darauf saß ich ohnehin in der Falle!«

»Ich weiß.«

»Meine spätere Ehefrau wurde schwanger. In jener Zeit, in der mir Helen noch unseren Streit vom Fest vorhielt. Als sie von diesem Ausrutscher erfuhr, war alles zu Ende. Sie hat sich später ja auch revanchiert.«

»Revanchiert?«, fuhr Mauro auf. »Und dann noch mit einem Italiener, meinen Sie wohl!«

Pius Kobelt näherte sich vorsichtshalber wieder den Tatsachen. »Damit hat sie sich wohl eher am alten Bellard gerächt. Der fand schon nach unserem Tändeln am Fest, Helen sei noch viel zu jung, selbst für einen Wohlgelittenen wie mich, und sperrte sie danach wochenlang ein. Das war später sicher einer der Gründe, weshalb sie sich auf deinen Vater einließ. Sie wählte einen Außenseiter, einen Ausländer. Das Schlimmste, das sie ihrem Vater antun konnte. Und ich stand bis zu Bellards Tod zwischen den beiden.«

»Ach ja?«

»Ich war der Vermögensberater der Familie, das weißt du doch sicher.«

»Nein, das wusste ich nicht«, widersprach Mauro.

»Mir fiel die Aufgabe zu, die drei Sparkonten deiner Mutter aufzulösen, als sie heiratete.«

»Sie wurde enterbt.«

»Stimmt. Ich musste ihr die Unterstützung des Königs streichen. Zu diesem Zeitpunkt war ich in jenen Kreisen bereits der letzte Freund, der Helen geblieben war. Ich hielt mich nicht ganz an die Anweisungen deines Großvaters. Die freiwerdenden Gelder ließ ich mit seinem Einverständnis in eine Stiftung für bedürftige Studenten einfließen. Das brachte ihm ganz nebenbei gute Presse ein. Was er nicht wusste: Nur einer erhielt danach während vieler Jahre Unterstützungsgelder. Du.«

Jetzt wurde Mauro einiges klarer. »Ich habe bis heute Nachmittag stets gedacht, das wären kantonale Stipendien gewesen.«

»Wie naiv warst du denn? Meinst du, du hättest zu der Zeit Stipendien erhalten können, ohne dass es Bellard und seine Freunde verhindert hätten?«

»Und warum haben Sie uns geholfen? Schuldgefühle?« Mauros Blick war noch immer forschend, aber er war nun schon eher gewillt, Pius zu glauben.

»Aus Liebe zu Helen, das hab ich dir doch gesagt. Wir sind ganz allmählich wieder Freunde geworden. Nur noch Freunde. Was in der Stiftung übrigblieb, half deiner Mutter, die Miete zu zahlen.«

Daher also die Zusatzsumme für die Miete!

Pius Kobelt sah ihm an, dass er Mauros Zweifel zumindest ausgedünnt hatte und stellte endlich die Frage, die ihm am wichtigsten war.

»Wirst du hierher zurückzukehren?«

»Weshalb fragen Sie?«

»Nun, ich bin der Einzige, der sich um deine Mutter kümmert. Und … ich werde das vielleicht nicht mehr so lange tun können.«

»Ich überlege mir tatsächlich, hier eine Wohnung zu mieten«, sagte Mauro.

Pius atmete zum ersten Mal an diesem Tag etwas freier. Er konnte tun, was unvermeidlich war, und Helen beruhigt zurücklassen.

Im selben Moment erwischte Mauro ihn auf dem falschen Fuß.

»Und was ist mit den Schildkröten?«, fragte er plötzlich.

»Schildkröten?«, erwiderte Pius Kobelt überrascht.

»Die blauen Schildkröten im Zimmer, von denen ich erzählt habe. Die müssen doch etwas mit Ihnen zu tun haben!«

Pius Kobelt merkte, dass er gerade seine ganze Glaubwürdigkeit verspielte.

»Ach so, die Schildkröten.« Er lachte etwas forciert. »Sag das doch gleich, Mauro. Für mich ist das zu selbstverständlich, deshalb bin ich gar nicht drauf gekommen: Unser Jazztrio hieß *The Blue Turtles.*«

Mauro konnte seinen Blick nicht von diesen vielfarbigen Flecken nehmen. Gleich hinter Pius Kobelt stand eine der vielen Platanen des Festplatzes. Er stand auf und trat dicht an den Stamm heran. Er ähnelte dem Bein eines Elefanten. Dicke Runzeln zogen sich durch die graugrüne Hauptrinde. Er tastete darüber. Die Schichten überlagerten sich, jede hatte eine andere Farbschattierung, die Töne lagen zwischen Grau, Olivgrün und Braun. Die oberen Stücke ließen sich leicht von den unteren lösen. Mauro klaubte lächelnd eines ab. Dass er nicht früher darauf gekommen war, wo Mutter die Rinde für ihr Boot geholt hatte.

Pius Kobelt wusste, woran Mauro dachte. Er sah die Szene unter den Platanen vor sich, und die alte, unheilbare Eifersucht loderte auf.

12

Einer scheut das Licht
das Fest wird zum Gleichnis
Der Regen kommt
enthüllt das letzte Geheimnis

Der ungewohnte nächtliche Ausflug in den Park versetzte die Bewohner des Heimes in eine fast überschwängliche Stimmung. Lindita Bardhecaj stand neben Helen an der Steinbrüstung. Hier würden sie später das Feuerwerk und den Heimzug der Kinder beobachten.

»Kommen Sie, Frau Nesta, das Dessert ist bereit.« Behutsam zog sie Helen mit sich. Diese fügte sich nur widerwillig.

Ich sehe dich, Oreste, draußen auf deinem Meer, wirst mehr Fische fangen, weniger husten und weniger trinken. Haben wir uns geliebt, erinnerst du dich? Du mich mehr als Kobi, und den gab es doppelt. Hab dir dafür den Buben geschenkt, mein Alles, und das letzte Geld für das Boot, damit.   Ein grundguter Vater bist du, eines Tages wirst ihm alles erklären, dort in deinem weißen Boot. Wenn Kobi wüsste, dass wir mit seinem Geld Fische fangen! Das Boot schlingert, ich bitte dich, lass die Finger von der Flasche, die Wellen erstarren, die Kämme zerstäuben. Wirst du genügend Fische aus der Asche graben? Der Kleine wartet beim Zylindervater, Mutter liebt ihn mehr als mich, ihr Essen will er trotzdem nicht, denn.

Lindita stellte Helen das Wasserglas wieder hin, das diese weggeschoben hatte. Sie würde nachher zur Köchin gehen und sich für die gelungene Idee bedanken: Jede Portion Orangencreme war mit einer stilisierten Granatblüte verziert, und auf jedem Tellerrand lag zur Dekoration ein Eichenblatt. Am Tisch nebenan ging ein Krug in die Brüche. Lindita drückte Helen den Löffel in die Hand und kümmerte sich um das Malheur.

Ich habe den Zweig tausendmal fortgeworfen und doch gepresst und doch getrocknet und doch.   Kobis Blatt liegt unter Kobis Schildkröte, Schildkröten vergessen nie, und kaum ist Kobi weg, steht Kobi da. Er ist der falsche, Vater, du kannst vieles verlangen, aber das kannst du dir nicht kaufen! Die ganze Stadt passt in deine Tasche, Vater, sie tanzen nach deiner Pfeife, aber ich habe andere Töne gehört!

Der Fluss ist kein Meer, er bleibt immer grün, die Fee mischt Kristalle hinein. Flussgrün dieses Kinderbuch, ich schenk es dir, weil du ungebärdig Streiche spielst, auf Mühlrädern reitest, kleiner Wassermann im Wasserbuch. Schießt hinab ins Dunkel, aus Versehen zuerst, wir ja auch. Hinein in die Mühle und wieder hinaus auf die Schaufel vom Rad. Der erste Ton führt zum zweiten, wie der klingt, weißt du erst, wenn du ihn spielst, und die zweite Schaufel wirft dich auf die dritte, so ist es doch, Jakob Wassermann, so geht das mit deiner Musik. Nur auf dein goldenes Kind hörst du.

Lindita Bardhecaj schaute auf die Uhr. So wie im Morgengrauen warteten wieder alle auf die Böllerschüsse. Die Kleinen in der Sorge um ihr Feuerwerk, um das krönende Festende, das immer gleich sein musste, so wie das Leben ihnen stets dasselbe, das Vertraute, zu bieten hatte.

Die Alten nicht weniger. Alle waren an diesem Tag wieder Kinder.

Das Essen hier draußen im Park war fünf Jahre zuvor auf Linditas Initiative entstanden. Sie hatte nicht mehr mit ansehen können, wie die Alten noch vor dem Höhepunkt des Festes bereits wieder einsam in ihren Zimmern gesessen hatten. In ihrem Dorf wäre so etwas unvorstellbar gewesen. Zum Glück zogen mittlerweile alle außer dem Pflegedienstleiter mit, die Küche ließ sich jedes Mal zu einem passenden Dessert inspirieren. Der Park endete auf einer Terrasse, die einen prächtigen Blick über die Altstadt und auf das Feuerwerk bot. Auch der nächtliche Heimzug der Kinder war von hier aus zu sehen. Lindita wusste, wie viel ihren Bewohnern daran lag. Sie hielt immer die Papiertaschentücher bereit, wenn sich die goldenen, roten und orangefarbenen Punkte wie eine Bernsteinkette durch die winkligen Altstadtgassen zogen. Dann nahm Lindita jedes Jahr mindestens zwei faltige Hände in ihre und fragte sich, was in den Köpfen und Herzen um sie herum vorging.

Ereignisse vergaßen die Kranken, die Erinnerungen daran verblassten, wurden trügerisch. Die Geschichten der Leute schienen verloren, doch die damit verbundenen Gefühle blieben. Manchmal, vor allem während der Nachtwache, hielt Lindita diesen Gedanken fast nicht aus. Was half es, jemanden zu fragen, weshalb er weinte? Was konnte man tun, außer Hände halten und Taschentücher reichen? Oder mitlachen, wenn mal ein Lachen kam. Doch heute würden sie wieder weinen. Als würden sie unter jenen Lampions nur sich selbst sehen, in ihrem letzten Heimzug vielleicht.

Lindita beobachtete Helen Nesta aus der Distanz. Sie kratzte manisch ihr Schienbein.

Wie weich die Rinde ist! Hast du kein Messer dabei, Jakob? Natürlich hast du das, lass uns etwas in den Baum ritzen, der Regen tropft schon durch die Blätter.

Helen Nesta nahm das Wasserglas in die Hand. Wenigstens das!, dachte Lindita. Doch Helen führte es nicht an den Mund, sie drehte es in der Luft und leerte es selbstvergessen über ihr Bein, als müsste sie Reste von dem, was sie eben abgeklaubt hatte, wegspülen.

Entgeistert schaute Lindita ihr zu. Himmel, wie dumm von ihr! Ihre Gläser waren leer und Lindita füllte sie regelmäßig auf. Wenn Helen sich das Wasser immer über die Beine geschüttet hätte wie eben, wäre man ihr längst auf die Schliche gekommen. Aber offenbar stellte sie sich sonst schlauer an, so wie andere Bewohnerinnen auch. Es gab hier überall Blumentöpfe, und Blumenvasen auf jedem Tisch. Im Park war es ohnehin ein Leichtes, das Wasser loszuwerden. Lindita hatte plötzlich keinen Blick mehr für den düsteren Himmel. Die Verwirrung, die Apathie, ihr Trinkverhalten – Helen Nesta trocknete unmerklich aus! Ein Harnwegsinfekt, ein falsches Medikament … Und die Austrocknung wiederum provozierte ihr Delir. Ein Folsäuremangel könnte genauso gut der Grund dafür sein. Oder

Vitamin-B12-Mangel. Und weshalb, Herrgott noch mal, hatte der Arzt nichts gemerkt? Lindita schaute sich suchend um. Sie musste sofort mit dem Pflegedienstleiter sprechen. Helen Nestas Krankheit konnte niemand heilen, aber wenn ihre Vermutung richtig war, ließe sich ihr gegenwärtiger Zustand mit Leichtigkeit verbessern.

Pius Kobelt blickte Mauro hinterher, als er davonging, um eine Runde um den Festplatz zu machen. Mauro musste erst verdauen, was er eben erfahren hatte. Er nahm an, dass er Pius wiedersehen würde und der ließ ihn in diesem Glauben. Überzeugt war Mauro von der Geschichte nicht, doch Pius war das nach ihrem Gespräch seltsamerweise nicht mehr wichtig. Mauros Verhalten hatte seine Hoffnung bestätigt, dass der verloren geglaubte Sohn zurückkommen wollte und seinen Platz einnehmen würde. Dann blieb Helen nicht allein zurück. Das war alles, was zählte. Die letzten ärztlichen Diagnosen gaben Pius nur noch wenige erträgliche Wochen vor der Palliativ-Behandlung. Nach dem Gespräch waren die letzten Zweifel an seinem Plan verschwunden. Einen besseren Tag für seinen Abschied gab es nicht. Er zog seine Medikamente aus der Tasche und schluckte die Tagesration in einem Mal hinunter.

Eines blieb ihm zu tun. Er ging langsam Richtung Tanzboden, wo er Jakob vermutete.

Dieser schaute gerade dabei zu, wie Alina ihren Eltern die Tänze des Nachmittages vorführte. In einer freieren, aber umso lustigeren Form. Wenn sie übermüdet war, wurde Alina zum Clown. Doch Jakob Matter zog es weiter. Er nahm die Treppe zum unteren Tanzboden. Hier war alles leer, das Tanzen offensichtlich ein bisschen aus der Mode gekommen. Zu seiner Zeit hatten alle hierher ins Dunkle gedrängt. Jakob gab acht, dass Alina ihm nicht gänzlich aus dem Blickfeld verschwand. Sie war seine Versicherung, sein Anker in der Gegenwart.

Unter diesen Platanen war das Fest für ihn und Helen so geworden, wie jedes verliebte Paar sich den hitzigen Abend erträumte. Endlich kann er sie sehen, mit ihr sprechen, sie berühren, der Tanz erlaubt es ja! Helen weist ihn lächelnd auf Elfi hin, die eifersüchtige Freundin, die nicht ahnt, dass gerade sie tags zuvor Helens Alibi gewesen ist. Seine Helen ist die Schönste. Ihr weißes Kleid unterscheidet sich wenig von denen um sie herum, doch all die andern Mädchen wirken ein wenig verkleidet, zu gewollt erwachsen, während Helens Kleid ihren Körper umschmeichelt, als sei die Seide beim ersten Tanzschritt zum Leben erwacht. Die Glühlampen in den Kronen der Platanen zaubern vielfarbige Reflexe darauf. All seine Sinne bündeln sich in seiner Hand. Überdeutlich spürt er, wie leicht der Stoff auf ihrer Hüfte liegt und bei jeder Bewegung sanft über ihre Haut streicht, er erahnt die Ränder ihrer Wäsche, es ist, als streichle er sie vor aller Augen. Rektor Mühlemann hat Tanzaufsicht und schreitet in regelmäßigen Abständen ein, wenn sich wieder zwei Körper zu unschicklich nähern. Das geschieht jetzt häufiger, Mühlemann verliert bald den Überblick, und zieht sich etwas zurück. Es wird dunkler, fiebriger die Atmosphäre, beschwingter der Tanz, mutiger die Hände. Sie sind erregt, angestachelt durch die ungewohnte Nähe des andern, befeuert von der Musik, geblendet von all den Lichtern, provoziert von fremden Blicken, erst recht von den neidischen, die Jakob bei Seminarfreundinnen von Helen und auch bei seinen eigenen Kollegen sieht.

Die Hitze ist nach Sonnenuntergang noch größer geworden, die Luftfeuchtigkeit steigt. Noch bringt kein Windhauch Linderung, im Gegenteil, die Platanenblätter über den Tänzern wirken wie eine Glocke, unter der es immer schwüler wird. Die Luft lädt sich elektrisch auf. Jakobs dicke, kratzige Kadettenuniform wird ihm zum Gefängnis, Schweiß läuft ihm in Rinnsalen bis in die Schuhe hinab. Als er es nicht mehr aushält, reißt er sich mit einer heftigen Bewegung das Hemd unter dem Kittel auf. Helen sieht es, ihre mutwilligen Blicke treffen sich. Mach nur!, feuert sie ihn mit einem frechen Lächeln an, das er ihr niemals zugetraut hätte. Wie sie beide warten auch alle anderen auf den unausweichlichen ersten Blitz des Gewitters, auf die Entladung, auf kühlende Tropfen. Ihre Körper berühren sich ständig, es ist, als streiften gezuckerte Brennnesseln ihre Haut. Sie vergessen jede Vorsicht, jede Scheu. Das Ende eines Tanzes erinnert bereits an den drohenden Abschied, während die nächste Melodie ihr Verlangen ins Unerträgliche steigert. Vielleicht wird der Rhythmus der Musik nochmals langsamer? Erlaubt längere Berührungen, ein gegenseitiges Aneinanderschmiegen, von dem sie nun beide ahnen, wie weit es gehen könnte, so schnell dreht sich die Spirale, in der sie sich verfangen haben, und die von den aufkommenden Windstößen noch angetrieben wird.

Mit aller Macht zwang Jakob seinen Blick weg vom fleckigen Stamm der Platanen. Alina hatte ihren Eltern alle Tänze gezeigt und war schon auf dem Weg zu ihm. Genau im richtigen Moment, dachte Jakob, wie sich das für einen Schutzengel gehört. Alina sprang in seine Arme, zusammen drehten sich die beiden im Takt der Musik.

»Weinst du, Großvater?«

»Ich doch nicht! Lass uns tanzen, Prinzessin.«

Mauro suchte einen ruhigen Ort zum Nachdenken. Auf der Treppe zum Fluss hinunter sah er aus dem Augenwinkel das seltsame Paar. Ein alter Mann mit einem kleinen Mädchen auf dem Arm. Sie tanzten.

Er blieb stehen.

Das war kein Zufall!

Das war er. Das war der Mann, den er gesucht hatte! Der unsichtbare Tänzer. Der Geliebte seiner Mutter. Die Ähnlichkeit zur Szene mit seiner Mutter erschien Mauro schon fast absurd. Der alte Mann drehte Walzerpirouetten, die Hand des Mädchens lag so kokett in seiner, wie die Hand seiner Mutter am Abend zuvor nach jener des Unsichtbaren gegriffen hatte.

Pius hatte gelogen. Nicht er, sondern dieser Mann hier war der richtige Kobi, kein Zweifel.

Der Alte ließ das Mädchen in diesem Moment wieder auf den Boden hinunter und deutete zur oberen Tanzfläche. Das Mädchen rannte los, der Mann ging zu der Tribünenbank, auf der Mauro gestern gesessen hatte, setzte sich und lehnte sich mit dem Rücken gegen die fleckige Rinde einer Platane.

Er war es.

Das Mädchen kam zu der Treppe, auf der Mauro stand und wollte sich an ihm vorbeidrücken. Mauro hielt sie auf.

»Hilf mir doch schnell. Dein Großvater da drüben, ich glaube, ich kenne ihn. Wie heißt er doch gleich?«

»Großvater Matter ist gar nicht mein Großvater.«

»Aber er tanzt gerne, scheint mir.«

»Ich weiß nicht. Er hat schon lange nicht mehr getanzt, hat er gerade gesagt. Das letzte Mal mit der schönsten Frau der Welt!«

»Mit meiner Mutter vielleicht. Sie ist sehr schön.«

Alina schaute ihn skeptisch und neugierig zugleich an. Sie wollte etwas fragen, dann fiel ihr ein, dass sie niemals mit Fremden sprechen sollte. »Tschüss!«, sagte sie schnell.

»Meine Mutter heißt Helen«, sagte Mauro, bevor sie fort war. »Und dein Großvater heißt natürlich Hans?«

»Denkst du! Jakob.«

»Und wo wohnt er?«

»Das sage ich dir nicht. Warum fragst du soviel?«

»Du hast recht. Ich frag ihn selber. Danke!«

Alina rannte weiter. Ihre Eltern schauten bereits argwöhnisch herüber. Mauro winkte ihnen abwiegelnd zu und deutete auf Jakob. Der hatte vom Wortwechsel zwischen Mauro und Alina nichts mitbekommen. Mauro zögerte einen Moment, es sah aus, als wolle er hinübergehen, doch dann besann er sich und setzte sich auf eine halb versteckte Bank. Er ließ sich das Gespräch mit Kobelt nochmals durch den Kopf gehen. Das Gefühl, dieser habe ihm die falsche Geschichte verkauft, war doch richtig gewesen. Die Schildkröten hatten es verraten. Die Mutter hätte doch nicht wegen eines Bandnamens Hunderte von Steinen blau bemalt! Seine Überlegungen führten Mauro immer wieder zum selben Schluss: Offensichtlich waren beide in die Geschichte verwickelt, und Pius Kobelt auf eine wenig schmeichelhafte Weise, sonst würde er nicht fünfzig Jahre später noch die Wahrheit vertuschen.

Jakob Matters Hand tastete derweil über die Rinde der Platane. Wenn es wirklich noch derselbe Baum war, mussten irgendwo hoch oben am Stamm ihre Namen eingeritzt sein. Im selben Moment tauchte Pius Kobelt an der Treppe auf. Er schaute auf Jakob hinab, doch der sah ihn nicht, zu sehr war er schon wieder in Erinnerungen verhangen. Sein Fuß wippte sanft im Takt der Musik von damals, als erste Sturmböen in das Platanendach gefahren sind. Seine Hand kümmert das nicht, sie hat Helens Hüfte längst ganz umgriffen, ertastet frech ihren Rücken und drückt ihren schmalen Körper gegen seinen. Ihre Schritte folgen den fliegenden Blättern in die hinterste Baumreihe, die den Tanzboden am entfernten Ende säumen.

Hierher, wo Jakob jetzt saß. Wo die Lichter nicht hingereicht hatten und die Dunkelheit verheißungsvoll lockte.

Plötzlich ein greller Blitz, ein krachender Donner, schlagartig das Prasseln des Regens, das im ersten Augenblick keiner akzeptieren will. Alle schreien, alle suchen Schutz, nur Jakob bleibt stehen und küsst Helen atemlos und ängstlich und gierig auf den Mund. Er spürt für Sekundenbruchteile ihre Zunge, es kommt ihm vor wie eine Ewigkeit. Zu spät, um noch etwas aufzuhalten. Durch den Regenschleier sieht er seinen Lehrerkollegen. Jakob rennt hinüber: er müsse für ihn seine Klasse heimführen, ihm sei schlecht, er könne nicht. Ein nächster splitternder Donner übertönt den Protest des Kollegen, eine Wand aus Wasser fällt nun vom Himmel. Eine Böe, heftiger als jede zuvor, reißt an der untersten Lichterkette, die Lämpchen erlöschen, und Jakob … Jakob weiß, was gleich geschehen wird, dort, im Regen, im Dunkeln. Ihre Körper drängen sich aneinander. Er verliert die Kontrolle über seine Hände, ihr Kleid klebt an ihr, wird durchsichtiger, selbst hier im Halbdunkeln sieht er ihre Brustwarzen, er muss den Stoff, der auf ihrer Haut klebt, nur beiseiteschieben … Seine Lippen erkunden ihren Hals, wandern tiefer, seine Hände finden einen Weg unter ihr Kleid. Beide wollen dasselbe und nehmen es sich, ängstlich und gierig zugleich.

Worte für Jakobs Gefühle waren nie erfunden worden, Melodien vielleicht, Klänge, die einen Hauch jener verzehrenden Glut vermittelten. Aber keine einzige je gespielte Note, nicht von Miles, nicht von Chet, konnte Jakob später noch weismachen, die Musik sei das Wichtigste in seinem Leben.

Mitten in der Ekstase der Schock: Blutrot färben sich ihre Gesichter, sie können nicht fassen, was sie im Licht der Blitze sehen, bis sie erkennen, dass nur die durchweichten Lampions abfärben und es keine Gottesstrafe ist.

Die war erst am nächsten Tag über sie gekommen, und Gott hatte einer gespielt, dessen Grausamkeit Jakob Matter unterschätzte.

Sie waren beobachtet worden. Jeder konnte der Verräter gewesen sein.

Einer der vielen, die es störte, dass ein *Tschässer*, ein Halbstarker, sein Glück bei Helen Bellard fand.

Jemand musste sie gesehen haben.

Jakob Matter hatte nur einmal zum Tribünenaufgang hinaufgeschaut, damals schwach erleuchtet von den wenigen heil gebliebenen Glühbirnen, und er wusste bis heute nicht, ob er sich die Silhouette dort oben nur eingebildet hatte.

So wie … heute!

Jakobs Gesicht wurde schneeweiß.

Diesmal sah er, wer es war.

Diesmal begriff er.

Hast lange gebraucht, Jakob! Pius Kobelt stand noch immer regungslos auf der Treppe. Er bekam kaum Luft.

Langsam, wie in Trance, stand Jakob auf.

Von seinem Platz aus sah auch Mauro, wie Jakob Matter mit seltsamen, fast roboterartigen Schritten zum Aufgang ging. Mauro beugte sich vor, jetzt entdeckte auch er Pius oben auf der Treppe und sah das Entsetzen in Matters Gesicht.

Was um alles in der Welt spielte sich dort zwischen den beiden ab?

Jakob wurde mit jedem Schritt klarer, was er all die Jahrzehnte hindurch nicht verstanden hatte. Nicht hatte verstehen wollen. Wie unsäglich dumm er gewesen war, diesem Mann zu vertrauen!

Fünf Meter vor Pius blieb er stehen, seine Schultern hingen herab, zum ersten Mal wirkten die beiden gleich alt. In Jakobs Augen lag eine Enttäuschung, wie sie Pius noch nie zuvor gesehen hatte.

»Wir waren doch Freunde, Kobi«, sagte er kaum hörbar.

Pius Kobelt erwiderte nichts.

»Den doppelten Kobi haben sie uns genannt!«

Mauro hinter den Bäumen horchte auf. Kobi für Jakob und Kobi für Kobelt – die beiden hatten schon immer zusammengehört. Auf welche Art auch immer. Ihn fröstelte. Die Frau, um die es dabei ging, war seine Mutter.

»Waren wir wirklich Freunde, Jakob?«, fragte Pius fast lauernd, wie es Mauro schien.

»Natürlich.«

»Als Kinder vielleicht. Nachher gehörte ich nie mehr ganz zu euch, das weißt du genau. Später habt ihr mich ausgeschlossen.«

»Wir waren Jazzer, wir haben nie zu irgendwas gehört, und du hast es nicht ertragen können. Aber das ist kein Grund. Wie konntest du uns nur verraten?«

»Ich habe sie geliebt, Jakob.«

Mauro näherte sich nochmals einige Schritte.

»Du hast es nicht mal bemerkt, Jakob!« Jetzt schrie Pius es fast heraus. »Und sie hat es nicht merken wollen.«

»Wenn du Helen wirklich geliebt hättest, Pius, dann hättest du uns niemals an Bellard verraten. Du hast gewusst, wie er war.« Jakob verstummte kurz, dann breitete er fast hilflos die Arme aus. »Der Hinterhalt, Pius? Die Schläger? Bellards Rutenzug? Alles wegen dir? Und meine Briefe? Sag nicht, du hast sie zurückbehalten? Helen hat nie die Wahrheit erfahren?«

Jakob hat denselben Blick wie damals in der Gerechtigkeitsgasse, dachte Pius. Als ihm hinter den Butzenscheiben des Gerichtsgebäudes klar wurde, welche Folgen sein Tun wirklich hatte.

Jakob sank plötzlich auf die Bank neben dem Treppenaufgang.

Pius wollte einen Schritt auf ihn zumachen, Jakob hob abwehrend die Hand.

Als er endlich wieder sprach, klang seine Stimme gebrochen, doch niemals zuvor hatte Mauro ein endgültigeres Urteil gehört.

»Du bist kein Mensch, Pius!«

13

Enthüllt das letzte Geheimnis
es bleibt nicht viel Zeit
Das Fest verführt jeden
einer geht zu weit

Nach Jakobs Verdikt machte Pius auf dem Absatz kehrt und hastete davon. In einem ersten Impuls wollte Mauro Jakob zu Hilfe kommen. Doch der alte Mann wirkte so mitgenommen, dass er ihm eine weitere Aufregung ersparte. Stattdessen eilte Mauro nach oben. Das kleine Mädchen von eben verließ mit seinen Eltern gerade den Tanzboden.

»Entschuldigen Sie«, hielt Mauro die drei auf. »Ich glaube, Jakob Matter sucht nach ihnen. Dort unten auf dem Bänkchen.«

»Ich hole ihn!«, rief Alina sofort.

»Wolltest du ihm nicht mal einen Moment Ruhe gönnen?«, fragte ihre Mutter.

Glücklicherweise ließ sich Alina nicht beirren. »Sonst verpasst er doch seine Party noch!«, gab sie zurück, bereits unterwegs zu Jakob.

»Und weg ist sie«, kommentierte die Mutter. Sie warf Mauro einen fast entschuldigenden Blick zu. »Sehen wir Sie nachher beim Apéro?«, fragte sie ihn und eher der Form halber.

»Natürlich, ja – er hat etwas erwähnt. Jakob mein ich.«

»Kommen Sie einfach vorbei, es ist schon alles vorbereitet.«

Mauro bedankte sich höflich und ließ sich von der Menge verschlucken. Aus der Distanz sah er, wie Jakob Matter mit Alina heraufkam, sie ließ sich von ihm tragen und hatte ihre Arme um seinen Hals geschlungen. Mauro war beruhigt. Im ersten Moment hatte er befürchtet, Jakob Matter käme gar nicht mehr auf die Beine. Doch offensichtlich war der alte Mann zäher, als er wirkte. Mauro rief sich in Erinnerung, was er alles gehört hatte. Ein Hinterhalt, irgendwelche Schläger, verschollene Briefe und Jakobs Frage, ob Helen nie die Wahrheit erfahren habe. Alles, was gesagt worden war, verriet ihm, dass er höchstens den Beginn der Liebesgeschichte seiner Mutter kannte. Die glücklichen Momente in jenem Boot, aber nicht, was sich später abgespielt haben musste. Als der Regen kam.

Wäre er vorher auf dem Tanzboden seinem ersten Impuls gefolgt, würde er jetzt vielleicht schon zusammen mit Jakob zur Mutter eilen.

Und dann?

Die Wahrscheinlichkeit war groß, dass sie nicht mal ihren ewigen Geliebten erkannte.

Glücklicherweise hatte Mauro Nestas Verstand noch rechtzeitig eingesetzt. Er und Jakob würden die Zusammenführung behutsamer vorbereiten müssen.

Jakob verließ mit Alina und ihren Eltern das Festgelände Richtung Berg. Mauro folgte ihnen mit etwas Abstand, den Kopf voller Fragen. Dieser Mann lebte also tatsächlich in derselben Stadt, offensichtlich gleich hier oben am Steig. Und trotzdem gab es keinen Kontakt zur Mutter. War Helens Liebe so einseitig gewesen? Würde es überhaupt noch möglich sein, die beiden zusammenzubringen? War es sinnvoll? Hatte sie wirklich das Schicksal entzweit oder war es ihre bewusste Entscheidung gewesen? Die Geschichte wurde immer komplizierter. Er würde Jakob in dieser Nacht weiter beobachten, doch für ein Gespräch brauchten sie Ruhe.

Es war, als hielte das Städtchen vor dem großen Finale noch einmal die Luft an. Die Geräusche ebbten ab und erste Lichter erloschen.

Tränenblind hatte Pius den Fluss erreicht, keuchend stolperte er ans dunkle Wasser, minutenlang unfähig, einen einzelnen, klaren Gedanken zu fassen.

Keine Absolution!

Er hatte auch keine erwartet.

Oder doch?

Wäre Jakob in Pius Kobelts Situation gewesen, hätte dieser eines seiner japanischen Sprichwörter über die menschlichen Irrwege aus dem Ärmel geschüttelt. Pius konnte das nicht, dafür dachte er zu kompliziert. Seit den Medikamenten ohnehin. Diese waren wohl daran schuld, wie fahrig und widersprüchlich er sich seit Wochen verhielt. Mit Mauros Rückkehr hatte seine Orientierungslosigkeit den Höhepunkt erreicht. Fünf Jahrzehnte lang hatte er alles darangesetzt, dass sein Geheimnis nicht aufgedeckt wurde. Nicht mal vor Grabschändung hatte er zurückgeschreckt, aus Angst, Helen am Schluss wieder zu verlieren.

Dabei hatte sie nie ihm gehört.

Doch jeder Tag in ihrer Gesellschaft hatte ihm genau das vorgegaukelt.

Jetzt war alles ausgesprochen. Mauro würde sich kümmern.

Er konnte gehen.

Zwei Weidlinge lagen vor ihm am Ufer, beide waren an einem kleinen Steg festgezurrt. Pius stieg in den äußeren und setze sich auf das Bänkchen.

Auf den Platz, der ihm nie zugestanden worden war.

Sollten Mauro und Jakob ihn doch in die Hölle wünschen! Er war es gewesen, der Helen während all der Jahre beigestanden hatte. Er hatte ihr durch die Untiefen des Lebens geholfen. Er hatte ihr in der Verzweiflung Trost und eine Schulter geboten, oder Geld, was immer nötig war. Letztlich war er der Einzige, der ihre Einsamkeit geteilt hatte. Dem sie noch so manches Mal die Geschichte von Emma und dem Straßentoni vorgelesen hatte, als sie sich schon zurückbewegte.

Pius lehnte sich über die Seitenwand und hielt die Hand ins Wasser, als wolle er sich an die Temperatur gewöhnen.

Im Pflegeheim war alles für das Feuerwerk bereit. Lindita insistierte mit ihrem Wasserglas so lange, bis Helen es nahm. Die Pflegerin brachte sie zur Brüstung. Zwei Reihen von Stühlen waren dort für das bevorstehende Spektakel aufgestellt. Lindita wählte für Helen einen Stuhl ganz am Rand und verschob ihn noch ein kleines Stück. Nun waren ihr die Äste der Bäume nicht mehr im Weg. Sie streichelte Helen Nesta die Schulter, während sie besorgt die Gewitterwolken betrachtete. Achte nicht drauf, Lindita, dachte sie, das Wetter hält. Dann machte sie sich auf die Suche nach dem Pflegeleiter.

Kaum hatte sie sich ein Stück entfernt, stand Helen Nesta auf und ging zu dem Baum hinüber, der immer das Ziel ihrer Spaziergänge im Park war. Sie umrundete ihn und setzte sich auf der von den Stühlen abgewandten Seite zu Boden, den Rücken an den fleckigen Stamm gelehnt. Mit zurückgelegtem Kopf ließ sie das Wasser aus dem Glas auf ihr Haar tropfen.

Das Stellmesser zur Verteidigung, sie machen wieder Jagd auf Langhaarige und Flötenbuben. Flötenbuben? Schwule, was sie denn glaube. Er spricht Wörter aus, die sie nicht mal zu denken wagt. Was schneidet er bloß an der Baumrinde herum? Ich spür jeden Tropfen, diese Blätter sind kein Dach, der Lampion nur eine Haube. H+J und ein englisches Herz, aber für immer ist nichts.

Helen brach ein Stück Rinde heraus, ihr Zeigefinger fuhr sachte die Rundungen entlang. Jedes Mal, wenn der Finger eine vorstehende Spitze am Rand ertastete, bohrte sich die harte Rinde tief in ihr Fleisch.

Süß ist er, dieser Schmerz, auch wenn.   Zu zweit zu weit gegangen, es ist Jugendfest. Verboten die Berührung, verboten der Ort, verboten jede Bewegung, die wir uns trauen, herrgottsverboten sind wir! Jeden Zentimeter bereue ich ein Leben lang, das Wasser tropft durch Blatt und Haar. Die Frau im Zimmer hat das Kleid herausgesucht, eine nette Frau, wundersam, ihr Gesicht verschwindet nur halb, ein Lächeln bleibt. Bei Mutter nicht, kein einziger Lampion macht solche Flecken, Kind, schau doch hier und hier und da!

Helen verteilte die Wassertropfen, die aus ihren Haaren rannen, mit langsamen, kreisenden Bewegungen über ihr Dekolleté.

Alles feucht, nass, schon ein bisschen schön, aber trotzdem. Laut wird er dann, sie zerspringt in sich, Regentropfen überall, und Tränentropfen auch, nass ist gut, was nass ist, kann ihr der Wind nicht forttragen, so wie alles andere, Tag für Tag.

Helen Nesta leerte sich den letzten Rest Wasser aus dem Glas über den Kopf, sekundengenau zum Widerhall des ersten rollenden Donners.

Lindita Bardhecaj beschloss, das Gewitter würde vorbeiziehen. Sie hatte endlich Pflegedienstleiter Zehnder entdeckt, der gerade seine Kaffeetasse absetzte. Sie musste sich immer überwinden, ihn anzusprechen. Zehnder war im Grunde kein schlechter Chef, aber fast so hierarchieverliebt wie sein Bruder im Stadthaus. Die beiden gehörten zu Bellards letzten, aussterbenden Jüngern, sie hatten nichts anderes gelernt und waren zu ihren Ämtern verdammt.

»Hält das Wetter, Frau Bardhecaj?«, fragte Zehnder mit der Leutseligkeit, die er für solche Anlässe eingeübt hatte, während er die Arme leicht anwinkelte.

»Es muss, alle freuen sich so auf das Feuerwerk und den Heimzug, es wäre zu schade, wenn jetzt noch etwas schiefginge.«

»Hoffen wir weiterhin das Beste.«

»Herr Zehnder, ich ... Sie wissen ja von meinem Fortbildungskurs am Kantonsspital.«

»Natürlich, ja, sehr lobenswert. Auch wenn Sie sich jetzt allmählich mehr in Führungsfragen weiterbilden lassen sollten.«

Er spielte auf den alten Streitpunkt zwischen ihnen an. Sie hatte die Kosten des Fachkurses selber übernehmen müssen, weil dieser nicht in Zehnders Ausbildungsschema passte. Lag das eigentlich in der Natur eines jeden Vorgesetzten?, fragte sich Lindita: nur an die Hierarchie und nie an Inhalte zu denken? Sie hielt sich zurück. Es war nicht der richtige Zeitpunkt für Kritik am Chef.

»Kürzlich war die Leiterin der Memory-Klinik als Gastreferentin bei uns. Sie hat uns erzählt, wie oft Heimbewohner bei ihr landeten, bei denen man Delirsymptome falsch interpretierte und sie für Demenzsymptome hielt.«

»Das kommt vor.«

»Die Referentin sagte, sie habe bei über der Hälfte all ihrer Zuweisungen eine zuvor nicht diagnostizierte Harnwegsinfektion festgestellt. Eine häufige Ursache für ein Delir.«

»Das ist mir bekannt, Frau Bardhecaj«, sagte Zehnder etwas ungeduldig.

»Ich glaube, wir haben einen solchen Fall.«

Zehnder richtete sich etwas auf. »Sie wissen, Frau Bardhecaj, ich schätze Sie sehr als Stationsleiterin. Aber vielleicht sind Sie durch die Ausbildung im Moment auch ein bisschen übersensibilisiert. Immerhin gibt es da noch unsere Belegärzte.«

… deren Diagnosen auf keinen Fall angezweifelt werden dürfen, schon gar nicht von einer wie mir, ergänzte Lindita in Gedanken. Wie brachte sie ihn dazu, sich der Sache anzunehmen? Oder sollte sie Helen Nesta selbst untersuchen lassen? Ihre Kompetenzen würden das erlauben. Für die folgenden Maßnahmen war es aber ratsam, den Chef auf ihrer Seite haben. Sie musste ihm den Fall nur geschickt genug erklären.

»Gerade deshalb dachte ich ja, ich frage zuerst mal Sie, Sie haben doch selbst am meisten Erfahrung in diesem Bereich. Der Zustand von Frau Nesta hat sich rasant verschlechtert. Sie würden die möglichen Ursachen schnell erkennen, wenn Sie nur einen Blick auf die Frau werfen. Sie ist akut verwirrt, sie hat Bewusstseinsstörungen, Aufmerksamkeitsstörungen, Schreckreaktionen, Schlafstörungen, sie reagiert plötzlich nicht mehr auf uns – alles Symptome für ein Delir.«

»Na, ich weiß nicht«, zierte sich Zehnder ein bisschen. Aber die Schmeichelei hatte bereits gewirkt.

Das überzeugendste Argument hatte Lindita noch in der Hinterhand: »Helen Nestas Sohn hat sich auch schon über den raschen Verlauf gewundert«, log sie ungerührt. »Und ob man das auch wirklich genau genug abkläre.«

»Ach ja?«

»Ich habe ihn beruhigt und gesagt, das Heim und dessen Leitung würde alles für das Wohl der Bewohner tun.«

Vor allem bei den privat versicherten Bewohnern in den teuren Komfortzimmern. Diese Bemerkung hielt sie gerade noch zurück.

»Gut so. Und das nächste Mal schicken Sie Herrn Nesta bitte zu mir. Vielleicht haben Sie gar nicht so unrecht, Frau Bardhecaj, vielleicht sollte ich meine Erfahrung manchmal wirklich noch direkter in die Pflege einfließen lassen, auch wenn mich die anderen, administrativen Aufgaben auffressen.«

»Das verstehe ich sehr gut. Ich könnte Sie ja einfach dazu bitten, wenn mir das nächste Mal etwas Besonderes auffällt. Oder ich lasse Frau Nesta sofort untersuchen. Ich kann das für Sie veranlassen, wenn Sie gerade überlastet sind.«

Zehnder stemmte sich hoch. »Klingt vernünftig, Frau Bardhecaj, klingt sehr vernünftig. Wir gehen das gleich nach dem Fest an.« Sein Blick zum Horizont war sorgenvoll. Er verabschiedete sich von Lindita, er schaue sich das Feuerwerk vom Büro aus an, der Schreibkram nehme kein Ende, sie wisse ja.

Lindita blickte ihm kopfschüttelnd nach, dann eilte sie zu den anderen zurück. Doch Helen war verschwunden.

Pius sah trotz schwerer Lider, wie immer mehr Wolken die Sterne verbargen. Auch in dieser Nacht drohte ein Gewitter, genau wie damals.

Er nestelte die Pillen hervor und schluckte zwei weitere.

Für Helen war gesorgt. Für seine eigene Familie auch. Er hatte schon Wochen zuvor das Jugendfest als Tag des Abschieds gewählt und die entsprechenden Maßnahmen getroffen. Nicht alles war in den letzten beiden Tagen so gelaufen wie geplant, doch ein Ziel hatte er erreicht: Seine Situation war nun so ausweglos, dass es kein Zurück mehr gab.

Auch die Krankheit ließ ihm keine Wahl. Sie war schneller als die von Helen, sie würde ihn bald ersticken.

Wie es Jakob ergehen mochte, da oben, in seinem vollen Haus? Er würde wohl seine Gäste bewirten und den Schein wahren, während sich seine Gedanken nur um den Verrat des Freundes drehten. Und um alles, was dieser am Tag nach jenem Fest ausgelöst hatte … Ob Jakob ihm schon ganz auf die Schliche gekommen war? Das falsche Grab im alten Friedhofsteil hatte ihn viel Überzeugungsarbeit bei Bellards übriggebliebenen Freunden gekostet, doch Pius hatte keine andere Möglichkeit gesehen. Hätte er Jakob nicht von Helens Tod überzeugt, wäre alles in kürzester Zeit aufgeflogen und er hätte Helen verloren. Selbst so war es Glück gewesen, dass Helen und Jakob sich nicht zufällig getroffen hatten. Jakob mied praktischerweise alle alten Schauplätze in der Altstadt, wer mochte es ihm verdenken. Daher war er nie in die Nähe von Helens Wohnung gekommen. Pius hatte Helen mit dem Handy vertraut gemacht und ihren Telefonanschluss bald darauf annullieren lassen, so war sie auch aus dem Telefonbuch verschwunden. Jakobs Internet-Tick hatte ihm zudem in die Hände gespielt. Aus den Staaten daran gewöhnt bestellte er von Anfang an alle Einkäufe im Web und ließ sie sich nach Hause bringen, seine Bank- und Postgeschäfte regelte er ebenfalls am Computer. Jakob mied auch alle alten Bekannten, in den Musikerkreisen verkehrte er meist nur mit Jüngeren. So waren sich die beiden in der ganzen Zeit nie begegnet. Oder die beiden hatten sich nicht erkannt, auch das war möglich.

Sie alle waren nicht mehr dieselben wie damals.

Die Medikamente wirkten. Eine bleierne Müdigkeit betäubte seine Glieder, Pius konnte sich kaum mehr bewegen. Es ist Zeit, dachte er, und die Erkenntnis schreckte ihn nun nicht mehr. Der Nauen schwankte sanft unter ihm. Als wollten sie seine Medikamente unterstützen, setzten sich in seinem Kopf die Verse von Paul Haller zusammen, Wort für Wort. Pius Kobelts liebstes Gedicht, in dem Haller sein eigenes Ende vorweggenommen hatte. Es war kein Zufall, dass es ihm mehr bedeutete als Hallers Geschichte von Emma, die Helen stets begleitet hatte. Selbst in dieser Beziehung lag Pius die dunkle Seite näher.

Er wusste nun, dass er das Feuerwerk nicht mehr abwarten konnte. Was änderte das schon. Pius sammelte seine letzten Kräfte und stemmte sich auf den Bootsrand. Schau her, Jakob Matter, ich mach dir den Weg frei, bald wirst du deine Helen wiedersehen. Aber freu dich nicht zu früh, sie wird dich nicht mehr erkennen. Oder doch? Fast hoffte er es jetzt. Kaum noch bei sich, die Lider schwer von den Medikamenten und die Angst betäubt, ließ er sich fallen, auf den Lippen die letzte Zeile des Gedichtes über die Nacht und ihre dunkelschwarzen Augen.

In Jakobs Garten ahnte niemand, was in diesem Moment am Fluss geschah. Mauro ließ sich durch die Leute treiben und behielt dabei Jakob Matter im Auge.

Dieser war bemüht, die Wünsche seiner Gäste zu erfüllen. Wenn Alina nicht gewesen wäre, hätte er sich ins Haus zurückgezogen und Alinas Eltern und den beiden Frauen vom Catering die Arbeit überlassen. Doch Alina hatte sich so sehr auf diese Krönung des Festes gefreut, Jakob konnte ihr diesen Abschluss mit dem nächtlichen Bad nicht vorenthalten, egal, wie er selber sich fühlte. Alina planschte noch immer im Pool herum. Darf ich wirklich, Großvater, mitten in der Nacht?! Ganz ungläubig hatte sie ihn vorhin angeschaut. Jakob lächelte traurig. Irgendwie musste das Mädchen ja wach bleiben, ohne alle mit ihrer Überdrehtheit auf Trab zu halten. Und vielleicht hatte es ja auch sein Gutes, wenn er selbst sich ein bisschen ablenkte.

Helen hatte all die Jahre gedacht, er habe sie im Stich gelassen!

Alles würde fortan von dieser schrecklichen Vorstellung überschattet.

Jakob verdrängte jeden weiteren Gedanken. Wut und Erschöpfung hielten ihn nun gleichermaßen auf den Beinen. Die Stimmung in seinem verwinkelten Garten war feuchtfröhlich, der Platz rund um den kleinen Swimmingpool, der zwischen Hang und Terrasse eingezwängt war, reichte für diese Menge an Leuten eigentlich nicht aus. Jakob umrundete ein weiteres Mal mit einem Tablett in der Hand die Ecke des Hauses.

»Schau, Großvater!«

Alina hatte schon die ganze Zeit überlegt, wie sie das Fest würdig beschließen konnte. Jetzt baute sie aus zwei Stühlen einen Sprungturm und setzte gerade zu einer ihrer »Arschbomben« an, wie sie es so schön deutsch nannte. Der Schweizer Begriff dafür, *s'Päckli,* war ihr viel zu harmlos.

»Tu es nicht!«, wollte Jakob noch rufen. Zu spät.

Alina setzte ihren Hintern im perfekten Winkel auf die Wasseroberfläche, eine Fontäne schoss hoch und traf die Frau, die dem Pool am nächsten stand. Auch Jakob bekam einen Schwall ab.

»Oh, oh!« Alina war wieder aufgetaucht und betrachtete halb belustigt und halb beschämt die Folgen ihrer Aktion. »Tut mir leid, Großvater!«

»Entschuldige dich bei ihr, nicht bei mir, ich kann mich umziehen.«

Die Frau drehte sich lachend um. Wieder war Jakob von ihrer Schönheit irritiert. Vor allem aber freute er sich, dass sie seiner Einladung beim Rutenzug tatsächlich gefolgt war.

»Welch eine Überraschung!«

»Und wie!«, antwortete sie lachend.

Mauro, durch das Gelächter am kleinen Pool angelockt, schaute verwundert um die Hausecke.

Als er die Frau mit den weißen Haaren bei Jakob sah, blieb ihm das Herz stehen.

»Kommen Sie!«, sagte Jakob. »Mit Handtüchern können wir den schlimmsten Schaden reparieren. Und du Alina: Raus aus dem Pool, du hilfst uns gefälligst!«

Er wandte sich wieder zu ihr. »Rahel war der Name, nicht?«

»Ja.« Sie schaute ihn erstaunt an.

»Ich bin Jakob.«

Er nahm ihren Arm und dirigierte sie durch die Terrassentür ins Hausinnere. Alina rannte ihnen voran die alte Holztreppe hoch.

Oben nahm sie Frottiertücher aus dem Badezimmerkasten.

»Hilft Ihnen das weiter?«, fragte Jakob.

»Natürlich.«

»Ich bin gleich nebenan, ich wechsle schnell mein Hemd. Für Sie habe ich leider keine Ersatzkleider.«

»Brauchen Sie einen Föhn?«, fragte Alina, um gut Wetter bemüht.

»Ach was, schau dir doch meine Korkenzieherlocken an! Die sehen immer gleich aus.« Sie beobachtete im Spiegel, wie Alina das Haarband wieder in die Haare flocht. »Woher hast du denn das?« Sie betrachtete die Stickereien genauer. »Das scheint ja richtig alt!«

»Ja. Von Großvater Matter. Es ist ein Geheimnis, aber ich verrat es dir, weil ich dich angespritzt habe: Es gehörte der schönsten Frau der Welt.«

»Seiner Frau?«, fragte Rahel leise, weil die Tür zum Nebenzimmer halb offen stand.

»Er war nie verheiratet, aber er wird immer traurig wegen ihr. Dabei ist das gar nicht nötig!« Alina schaute Rahel vielsagend an. Diese richtete sich wieder auf, wollte etwas fragen, erschrak aber, denn im Badezimmerspiegel sah sie einen Moment lang die Narben, die Jakobs Rücken verunstalteten, bevor sie unter einem neuen, trockenen Hemd verschwanden.

Alina hatte ihren Blick und ihre Reaktion mitbekommen.

»Ist nicht so schlimm«, sagte sie beruhigend.

»Nicht so schlimm, du bist gut«, flüsterte Rahel zurück.

»Sagt er doch selber immer! Es ist lange her, in Japan hat ihn mal eine Bande überfallen und ausgeraubt.«

Jakob kam herüber. Offenbar hatte er Alinas letzten Satz gehört.

»Ich hätte mich damals wohl nicht wehren sollen«, sagte er nur.

Rahel und Jakob schauten sich an und beide wussten, dass sie die Geschichte nicht glaubte.

Eine Explosion ließ alle drei gleichzeitig zusammenzucken.

»Es geht los!«, schrie Alina aufgeregt.

»Renn zu deinen Eltern, sie warten schon auf dich«, sagte Jakob. Rahel fragte er: »Ist Ihre Freundin auch hier?«

»Selina? Ja, unten im Garten.«

»Wunderbar. Dann sehen wir uns sicher nach dem Feuerwerk noch.«

Alina und Rahel eilten die Treppe hinab und unten an Mauro vorbei, der vor der Haustür Posten bezogen hatte, aber sich nicht traute, etwas zu unternehmen.

Jakob, dankbar für die Atempause, die ihm das Feuerwerk bescherte, ging auf den kleinen Balkon hinaus. Der Ausblick war ungewöhnlich. In der ganzen erweiterten Altstadt waren die Lichter ausgegangen. Ein schwarzer Halbkreis durchschnitt das übliche, endlose Lichtermeer und legte sich zu einem Drittel über den Fluss.

Drei Raketen stiegen in die Höhe. Ihre donnernde Detonation erinnerte Jakob an den Moment, als sich die Schleusen über ihnen geöffnet hatten, und er und Helen nichts mehr gehört, nichts mehr gesehen, einander nur noch gespürt hatten.

Die Seligkeit eines Augenblicks verlängert das Leben um tausend Jahre.

Sie hatte also nie seine Briefe erhalten, die jene Magie hundertfach beschworen hatten.

Den nächsten Gedanken ließ Jakob Matter erst jetzt zu: Alles, was er über Helens Tod wusste, hatte Pius ihm erzählt. War auch das gelogen? Unmöglich, soweit würde niemand gehen! Er besuchte doch an jedem Jugendfest ihr Grab, legte Jahr für Jahr seinen Eichenzweig darauf, so wie gestern auch, im stillsten und schönsten Teil des Friedhofes. Sie habe es so gewünscht, hatte Pius ihm erklärt, möglichst weit entfernt vom Familiengrab der Bellards.

Jakob war, als verlöre er jeden Halt. Alle Gewissheiten, die er sich in den langen Jahrzehnten aufgemauert hatte, bröckelten. Helen hatte seine Briefe nicht bekommen, sie hatte vielleicht nie erfahren, was passiert war. Was ihm angetan worden war, weil er sie zu sehr geliebt hatte.

Ihn hatten sie aus der Stadt gejagt, die ehrenwerten Bürger, aber ihr … Was hatten sie ihr erzählt? Er sei bloß ein Halbstarker, ein Hallodri ohne Ehre, ohne Pflichtgefühl, der nur das eine gewollt hatte, und schließlich abgehauen war?

All die Jahre hatte er auf ein Zeichen von Helen gewartet. Irgendwann würde sie über ihren Groll hinwegkommen, hatte er sich eingeredet, dann würde sie seine Briefe beantworten.

Endlich alleine, zollte Jakob Matter dem unerbittlichen Fest Tribut. Während das Feuerwerk erste Bilder in den Himmel glühte, liefen die Tränen über seine Wangen. Die Frau, der sie galten, achtete ebenso wenig auf die Funken über ihr. Helen tat das, was sie seit Monaten so häufig tat: Sie klaubte ein Rindenstück von der Platane, legte es auf ihr Schienbein, nahm ein zweites vom Stamm und fügte es neben das erste.

Asche in die Ritzen, eines fügt sich ins andere, die Haut wieder makellos, unberührt. Weg mit dem Messer, Jakob! Ein Stück passt, ein Stück nehm ich, noch eines, alle geben ein Boot, das Boot trägt mich über jedes Wasser, weil schwimmen, Jakob, werde ich nie mehr.

14

Einer geht zu weit
jetzt ist es an euch: betet, singt
bis unter den Lampions
das letzte Lied verklingt

Die Funken der Raketen glühten im Wasser ein zweites Mal auf. Den Explosionen zum Trotz war das der stillste Moment des Tages, die Sekunden der Besinnung, in der die Jahrzehnte sich vermählten. Alle Gespräche waren für einen Moment verstummt, jeder fiel auf sich selbst zurück.

Mauro wusste nicht, was er tun sollte. Endlich hatte er die Frau aus seinen Träumen vor sich, zugleich zog es ihn mit aller Macht zu Jakob Matter. Zumindest sollte er sich vorstellen und mit ihm ein Treffen ausmachen. Er beschloss, das Ende des Feuerwerks abzuwarten und stellte sich bis dahin hinter die Frau mit den weißen Haaren.

Jakob selbst hatte schon keinen Blick mehr für das Feuerwerk. Seit er auf seinem Balkon alleine war, kreisten seine Gedanken beständig um jenen einen fatalen Tag nach dem Fest. Nun, da er wusste, wer der Verräter war, sah er alles aus einer neuen Perspektive, auch wenn sich an den Fakten nichts änderte. Der Himmel auf Erden hatte sich als Fata Morgana und diese als Alptraum entpuppt. Jakob erinnerte sich so klar daran, als liege er noch immer in dem klapprigen Bett, eben erst erwacht, seine Stimmung seltsam gedämpft, dabei hätte er durch das Zimmer tanzen müssen vor Glück. Nach einem Blick auf die Uhr nahm er die Trompete an die Lippen, die Berührung tröstete ihn. Eine seltsame Wehmut hatte ihn ergriffen. Kaum spielte er, klopfte es an der Tür. Er ging öffnen. König Bellard stand vor ihm, daneben der Rektor der Schule. Den hatte er fast erwartet, doch zusammen mit Helens Vater? Ein schlechtes Zeichen, daran änderte nichts, dass sie ihn freundlich fragten, ob es ihm besser ginge, wo er das Fest so plötzlich habe verlassen müssen.

»Ich habe wohl etwas Schlechtes gegessen«, erklärte er.

»Wohl schon!« sagte der Rektor. »Dumm ist nur, dass drei Ausreißer Ihre Abwesenheit ausgenutzt haben. Einer von ihnen wurde heute Morgen in einem Zimmer gefunden, wo er nichts zu suchen hatte, ich denke, Sie wissen, was das für Sie heißt, Herr Matter.«

»Wo? Ich meine … wer?«, fragte er konfus.

Bellard fuhr dazwischen. »Das ist nicht mehr dein Problem, Matter. Der Junge hat nur seinem sauberen Vorbild nachgeeifert. Schluss mit dem Geplänkel jetzt! Jede Schuldfrage ist bereits geklärt. Man hat dich gesehen. Du bist nicht nach Hause gegangen, Jakob Matter. Du warst auf dem Festplatz, unter den Platanen, und es ist uns hier drin wohl allen recht, wenn wir nicht genauer beschreiben, in welcher Situation!«

Bellards Gesicht hochrot vor Wut, die Lippen schmal wie eine Messerkante, die Augen verkniffen.

Damals hatte Jakob ihm gelähmt gegenübergesessen, heute war ihm klar, weshalb Bellard bereits an jenem Morgen bis ins letzte Detail über sein Leben, ja selbst über seine Träume Bescheid gewusst hatte. Dank Pius' Hinweisen natürlich, und die hatten dann zu weiteren Auskünften von Bellards Zuträgern im Stadthaus, beim Militär oder in seiner allmächtigen Partei geführt. Bellard hatte in der kurzen Zeit alles erfahren: Jakobs Pläne mit den *Blue Turtles*, die Pariser Träume, das beantragte Stipendium für das geplante Musikstudium, seine Mietschulden für das Zimmer.

Mit diesem Wissen hatte Bellard Jakob erpresst.

In den Jahren seither hatte sich Jakob oft gefragt, ob der König ihn nicht schon länger im Visier gehabt hatte. In seiner Kindheit hatte Jakobs Familie in dem kleinen Haus gleich neben Bellards Park gewohnt. Die Pflege des Anwesens war Vater Matters lukrativster Auftrag gewesen. Und er, der Gärtnerjunge, hatte sich schon als Kind ein wenig in Helen verliebt, er hatte ihr einst sogar eine Rose im Gewächshaus gezüchtet und sie auf ihren Namen getauft. Dann waren sie weggezogen. Erst im Sommer sechsundfünfzig hatten sich ihre Wege als fast Erwachsene wieder gekreuzt. Beim ersten Konzert der *Blue Turtles* im Städtchen. Im verbliebenen Rest des Publikums, der nicht gepöbelt hatte, war auch Helen gewesen. Jenen Anlass hatte Pius Kobelt organisiert. Ob er sein Doppelspiel schon dort begonnen hat?, fragte sich Jakob nun. Hat er Bellard von Beginn an über die wachsende Jazzbegeisterung seiner Tochter informiert?

Die Jugendfestwoche hatte sie beide dann in jenen Strudel der Gefühle gestürzt, aus dem sie nicht mehr herausfanden. Jakob lächelte traurig. Diese Tage im Sommer, an denen alles möglich ist! In einer normalen Woche wäre er doch niemals mit einem Weidling zum Rendezvous vorgefahren, kein Eichenblatt, keine Schildkröte, kein Feuerwerk im Gewittersturm.

Sie hätten sich in kleineren, überlegten Schritten angenähert.

Oder nicht?

»Mein lieber Matter, ich bin eine Seele von Mensch, das weißt du!«

Bellards gönnerhafte Art hatte ihn trotz seiner verzwickten Lage zur Weißglut getrieben.

»Ich bin der fehlgeleiteten Jugend gegenüber immer nachsichtig«, hatte der König verkündigt. »Deshalb lasse ich dir die Wahl. Du reist morgen nach Paris ab, da willst du doch hin. Ich statte dich mit einem mehr als großzügigen Anfangskapital aus. Und stell dir mal vor, es ist exakt so hoch, wie die Summe des Stipendiums, die du beim Kanton beantragt hast. Lustiger Einfall, nicht? Ich habe extra bei meinen Freunden nachgefragt. Deine Stelle bei der Schule kündigst du per sofort, und Helen wirst du vor deiner Abreise natürlich nicht mehr sehen, nicht mehr sprechen und ihr auch nicht schreiben.«

»Und wenn nicht?«, hatte er mutig gefragt.

Bellards Lächeln verschwand, mit eisiger Stimme zählte er auf: »Fristlose Entlassung auf Grund der Vernachlässigung der Aufsichtspflicht und mehrerer weiterer Vergehen. Resultierend daraus auf Lebzeiten keine Aussicht mehr auf eine Lehrerstelle in diesem Kanton. Auch nicht im musikalischen Bereich, Matter! Fürderhin Ablehnung des beantragten kantonalen Stipendiums, sofortige Auflösung des Mietvertrages der Wohnung und … meines Jahresauftrages an die Gärtnerei deines Vaters.«

Nach einer effekthascherischen Pause fügte Bellard mit breitem Grinsen hinzu:

»Eine kleine Überraschung würde ich dann noch dazugeben, doch die möchte ich noch nicht erwähnen. Manchmal haben Wände ja Ohren!«

Vielleicht hatte die Häme seinen Trotz provoziert. Zum Schein würde er auf den Handel eingehen, beschloss er. Er würde Bellards Geld einsacken und ab nach Paris, dort als Erstes ein Ferngespräch in die Heimat, und Helen würde zu ihm flüchten. Ihre Reise bezahlt vom Geld des Vaters, welch süße Rache! Er war sich sicher, es würde klappen, keine Sekunde zweifelte er an Helens Bereitschaft.

In Verkennung der wahren Situation natürlich, eine knapp Zwanzigjährige hätte 1956 niemals eine solche Entscheidung getroffen. Aber er hatte den Kopf noch immer in den Wolken getragen, Paris schien ihm in romantischer Verklärung der einzige Ort, an dem sie ihre Liebe leben konnten.

Wenn er sich widersetzt hätte und hiergeblieben wäre, hätte er Helen erst recht verloren.

Doch dann war alles anders gekommen. König Bellard hatte ihm jede Entscheidung abgenommen. Mit einer Brutalität, die nur diejenigen überraschte, die Bellard nicht näher gekannt hatten.

Jakob lehnte sich in seinem Stuhl zurück. Heute war wieder einer der Tage, an denen die Narben auf seinem Rücken schmerzten. Wann hatte er Pius damals zum letzten Mal gesehen? Wie genau hatte der Verräter seine letzten Tage in der Schweiz beeinflusst? Trotz der seelischen und körperlichen Verletzungen, die Bellard ihm zugefügt hatte, wollte Jakob das letzte Konzert nach dem Fest um jeden Preis noch spielen, es war der bis dahin wichtigste Auftritt der *Blue Turtles* gewesen, im größten Jazzkeller der nahegelegenen Stadt. Die Abreise hatte er von dort aus für denselben Abend geplant, er wusste, dass Bellards Handlanger bereits wieder nach ihm suchten. Sein Koffer mit dem Ticket für den Nachtzug nach Paris stand hinter der Bühne, seinen Rücken hatten sie notdürftig selbst verarztet. Jakob wollte nicht ins Spital, wie hätte er die Fragen dort beantworten sollen?

Pius hatte auch an jenem Abend die Kasse gemacht. Verflucht, wenn er Helen wirklich geliebt hatte, wie Pius unten auf dem Tanzboden behauptet hatte, war seine Abreise ja das größte Geschenk gewesen, dass Jakob ihm hatte machen können!

Es war ein Konzert gewesen wie keines davor und keines danach. Nur die Wut hat ihn auf den Beinen gehalten. Fast so wie Miles in späteren Jahren ging Jakob kaum an den Rand der Bühne, aber bei ihm war es kein Statement, sondern die anhaltende Scham nach der Demütigung. Beim zweiten Stück fühlte er, wie eine der Wunden aufbrach. Er hoffte, man sah das Blut nicht, er drückte sich noch weiter nach hinten, stand immer schräg zum Publikum. Einmal blickte er auf, bei »'Round Midnight« natürlich, ein scheuer Blick ohne Hoffnung. Unmöglich, dass sie im Saal war, der König hatte ihnen gezeigt, wer das Sagen hatte. Jemand erzählte, er hätte Helen eingesperrt, einer wusste, dass sie ins Bellard-Chalet in die Berge verfrachtet worden war.

Das war Pius Kobelt gewesen.

Die Wahrheit hat viele Masken, aber nur ein Gesicht.

Pius, der Verräter. Er hatte Jakob nach dem Konzert eiligst aus der Garderobe gedrängt. Der Zug warte nicht, er solle sich beeilen, es seien Leute von Bellard im Saal.

Einer mit Sicherheit, wusste Jakob nun. Pius selbst.

Ist Helen an jenem Tag doch dagewesen?, fragte er sich wieder. Unmöglich, sie wäre zu ihm in die Garderobe gekommen, er hätte ihr erklärt, was geschehen war, und sie hätte mit ihm den Zug genommen, ohne eine Sekunde zu überlegen.

Sein letztes Konzert in der Schweiz wurde sein bestes. Er hatte sich vorgestellt, er spiele nur für Helen, und jeder Ton war aus dem Schmerz geboren, jeder Atemzug eine Qual. Der Schweiß war in die Wunden gelaufen und hatte sich mit den Resten des Salzes darin vermischt. Diese Erniedrigung! Und keiner im Publikum, der wusste, woher die Intensität seines Klanges kam.

Oder doch?

Helens Finger kneteten ihre langen Haare, Tropfen perlten heraus und wurden von ihrem Kleid aufgesogen.

Bis zum Horizont kein Meer, nur Asche, in den grauen Dünen ein Zylinderhut, denn.   Wer hat es ihm gesagt? Den wilden Wein hinunter, und mit dem Zug in die Stadt. Der Billettmann schaut streng unter der Stirnkerbe. Nach dem Konzert, sagt der doppelte Kobi, und du hast nie mehr mit mir gesprochen. Warum wendest du dich ab, das ist doch unser Lied, Jakob, Note für Note! Spiel leiser, ein bisschen langsamer, es fühlt sich wieder an wie bei unserem Tanz. Die Blicke der anderen, so viele neidisch, und wir uns so nahe, bis wir ineinander verschwinden, uns keiner mehr sehen kann im Regen. Doch. Einer hat es gesehen, Jakob! Jakob?! Das ist doch der falsche Zug, ich muss nach Hause, aber Paris aus Blech fällt vom Dach. Bist du es wirklich, in diesem Abteil? Bitte zurücktreten, der Zug fährt ab. Zweihunderteins, zweihundertzwei. Zweihundertdrei, aber deine Jalousie bleibt zu.

Du hast es gar nie ernst gemeint, Jakob.

Endlich! Mit einem Seufzer der Erleichterung kauerte sich Lindita Bardhecaj neben Helen Nesta nieder. Als sie Helens Zustand sah, zog sie die alte Frau behutsam an sich, wischte ihr die klatschnassen Haare aus der Stirn, nahm ihr das Wasserglas aus der Hand. Alles werde gut, das sei der Infekt, dagegen würden sie Medikamente finden. Aber weshalb sie denn so verzweifelt weine? Lindita versuchte zu verstehen, was Helen Nesta unablässig wiederholte. Doch es waren nur Zahlen, dieselben drei Zahlen immer wieder, sie gaben Lindita keinen Anhaltspunkt für Trost.

Jakob hatte seine Geschichte immer für sich behalten. Er hatte sie aufgespart, bis er sie eines Tages Helen erzählen könnte, von Angesicht zu Angesicht, nicht nur in Briefen, die sie nie gelesen hatte, wie er nun ahnte. Er musste ihr begreiflich machen, was wirklich geschehen war. Wie er sich entschieden hatte in jenen Stunden, ungeachtet des Ultimatums von König Bellard. Er hatte zum Schein auf das Angebot eingehen wollen, damit er am zweiten Tag nach dem Fest noch das Konzert spielen konnte. Doch plötzlich hatte ein Laufbursche des Königs an seine Zimmertür geklopft und Jakob zu einem neuen Treffen beordert. Abends um sieben, beim Gerechtigkeitsbrunnen in der unteren Altstadt, der Alte habe es sich überlegt und eine neue Lösung gefunden.

Gerechtigkeitsbrunnen. Der Ort hätte Jakob stutzig machen sollen.

Ihm war noch genügend Zeit geblieben, er war zur Villa der Bellards gehetzt. Auf alten Kinderpfaden hatte er sich in den Garten geschlichen, er benutzte den Durchschlupf, durch den er Helen einst seine Rose gebracht hatte. Die Fensterläden waren wie überall an diesem Tag zum Schutz vor der Sommerhitze geschlossen. Niemand da. Jakob zog enttäuscht weiter. Er irrte durch die Stadt, er suchte an ihren wenigen gemeinsamen Orten, am Waldteich, beim Fischerskopf, hinter dem Salzhaus. Keine Spur von ihr. Endlich traf er zwei ihrer Freundinnen in den sommerleeren Straßen. Sie wussten nicht, wo Helen steckte, aber sie waren überdreht, kicherten hinter vorgehaltener Hand, eine machte ihm so deutliche Avancen, dass er flüchtete. Wussten schon alle, was geschehen war?

Schließlich hatte er aufgegeben, war in sein Zimmer zurückgekehrt, hatte seine wichtigsten Habseligkeiten gepackt. Dem Hauswart traute er durchaus zu, dass er ihn am nächsten Morgen aus der Wohnung werfen würde. Auch der stand im Soll des Königs.

Jakob schaute auf. Alle hier streifte jedes Jahr derselbe Anflug wehmütiger Leere, wenn die Lampions sich nach dem Schlussböller des Feuerwerkes in Bewegung setzten. Für die Kinder ging das Fest dem Ende entgegen, die Älteren gönnten sich einen Moment der Ruhe, bevor sie sich noch einmal einen Ruck gaben. Um wie viel länger dieser Heimzug mittlerweile geworden ist, dachte Jakob etwas zusammenhangslos. Zu seiner Zeit waren es ein paar Grüppchen Kinder gewesen, doch es hatte sich gemausert, das Städtchen am Fluss.

An dem Tag seiner Schande hatte Jakob noch versucht, Pius zu finden. Er hatte ihn als Vermittler mitnehmen wollen.

Pius! Ausgerechnet bei dem hatte er Hilfe gesucht.

Das Fahrrad hatte vor dem Haus gestanden, seine Mutter hatte gesagt, Pius sei nicht zu Hause.

Die Wahrheit hat viele Masken …

Hatte sich auch Pius' Gesicht unter einer der Kapuzen versteckt?

Gegen sieben war Jakob Richtung Altstadt marschiert. Alleine, aller Bedenken zum Trotz. Wie am Abend zuvor waren Gewitterwolken aufgezogen, das Licht fahl und gelb. Jakob hatte sich in seinem Leben nie einsamer gefühlt. Obwohl es noch früh war, begegnete ihm in der Altstadt kein Mensch. Als hätte der König das ganze Quartier kurzerhand räumen lassen. Beim Gerechtigkeitsbrunnen vor dem Gerichtsgebäude sah er ihn dann. Bellard saß scheinbar gemütlich auf dem Rand, im Wasser trieben noch einige Blütenblätter vom festlichen Blumenschmuck. Jakob blieb vor ihm stehen.

»Da bist du ja.«

»Um was geht es noch?«, fragte Jakob trotzig, obwohl er kaum Luft bekam.

»Ich habe mir die Angelegenheit nochmals reiflich überlegt«, sagte Bellard. »Und weißt du was? Mir scheint es plötzlich ein bisschen ungerecht, dich vor eine solche Wahl zu stellen. Wie du dich auch entscheidest, du wirst leiden, meine Tochter wird leiden, es wird noch mehr geredet werden, und niemandem ist gedient. Wir brauchen eine einfachere Lösung. Das siehst du doch auch so, mein Junge?«

Jakob nickte fast ein wenig beruhigt.

»Schau sie dir mal etwas genauer an!« Der Alte deutete über seine Schulter auf die Statue der Justizia, die hoch auf der Brunnensäule stand.

Jakob schielte hinauf und hatte nicht die leiseste Ahnung, worauf der Alte hinauswollte.

»Justizia. Die Göttin der Gerechtigkeit«, hob Bellard wichtig an und schob sein Kinn nach vorn. »Sie ist mir heute Nachmittag rechtzeitig noch in den Sinn gekommen, und ich habe Zwiesprache mit ihr gehalten, wie ich das oft tue. Weißt du, mir sind in meinem Leben schon viele wie du untergekommen. Sogenannte Rebellen. Ihr habt es immer auf Männer wie mich abgesehen. Ich stehe für die liberalen Tugenden dieser Stadt. Augenmaß braucht es dazu, Umsicht, Weitsicht. Aber eines nicht, Jakob Matter: Nachsicht. Damit kommen wir nicht weiter. Als du noch zur Schule gegangen bist, sind Leute wie ich an der Grenze gestanden, zur Verteidigung des Landes, zur Erhaltung unseres Wohlstandes, an dem ihr euch jetzt schadlos haltet. Elf Jahre ist das erst her. Solche wie du wollten damals, dass wir uns auf die Seite der Alliierten schlagen, Leute wie ich mussten Gegensteuer geben, damit wir neutral blieben. In der Summe. Umsicht, wie gesagt, Umsicht und Weitsicht! Und was tut ihr jetzt? Als hättet ihr nichts, aber auch gar nichts gelernt! Ihr wollt unsere Gesellschaft umkrempeln. Ja, ja, ich weiß: Ihr versteckt euch hinter der Musik, hinter der Kunst. Geschenkt! Worauf ihr es abgesehen habt, ist die alte Ordnung. Das ganze System wollt ihr kippen, am liebsten so wie in der Sowjetunion, und verblendet von euren Ideologien seht ihr nicht mal, was dort vonstattengeht.«

Er redete sich immer mehr in Rage, doch auch Jakob wurde wütend. So wütend, dass er Bellard unterbrach, bevor dieser ihn für sämtliche politischen Bewegungen verantwortlich machte, die seiner nationalkonservativen Gesinnung zuwiderliefen.

»Ich dachte, hier geht es um Helen!«, schrie er ihn an. »Und sicher nicht um Ihre … Ihre Fröntlervergangenheit!«

Es war die Wahrheit, aber der falsche Satz zum falschen Zeitpunkt. Jakob sah es in Bellards Gesicht.

»Hör dir einer diesen kleinen Halbstarken an! Fröntler? Du wagst es, ein Wort auszusprechen, von dem du nicht mal ahnst, was es bedeutet? Du warst noch im Kindergarten, Matter! Hüte also deine Zunge. Du behauptest, es gehe dir um Helen? Was weißt du schon von Helen? Was weißt du von meiner Tochter, du Lump! Du willst nur eine politische Trophäe erobern, mich willst du treffen, wenn du sie berührst, nur mich.«

Was Bellard sagte, war so absurd, dass Jakob kaum mehr Worte fand.

»Sie sind ja wahnsinnig. Ich liebe Helen. Ihre politischen Überlegungen interessieren mich einen Dreck!«

»Einen Dreck? Natürlich. Klar!« Bellard verschluckte sich an seinem hämischen Lachen. Als sein Hustenanfall vorbei war, fixierte er Jakob mit eisigem Blick.

»Bist du Kommunist, Matter, oder bist du es nicht? Bist du Mitglied der Partei oder nicht? Überleg dir gut, was du sagst. Wir wissen über dich Bescheid.«

»Ich bin *Tschässer*. Und vielleicht bin ich eine Art Kommunist, und wenn, dann wohl nur deshalb, damit es überhaupt ein Gegengewicht gibt. Es sind weder die Jazzer noch die Kommunisten, die den Krieg und all die Verbrechen zu verantworten hatten, Herr Bellard. Aber Sie und ich wissen genau, wer. Deshalb nochmals: Das alles hat nichts mit Ihrer Tochter zu tun.«

Bellards Gesichtsausdruck hatte sich verändert. Der König wirkte plötzlich ruhiger. Verdächtig ruhig. »Jeder Satz ist bei dir vergeudet. Du weißt nicht, wovon du sprichst, Matter. Und du hast nicht die leiseste Ahnung, mit wem du dich einlässt.« Wieder deutete er zur Justizia über ihnen. »Schau sie dir gut an. Justizia hat eine horizontale Waage, nichts spricht hier also für den Angeklagten. Und du weißt sicher auch, weshalb die Augen der Justizia verbunden sind?«

Er sprang vom Brunnenrand und stellte sich so nahe vor ihn hin, dass Jakob direkt auf die tiefe Kerbe blickte, die der Hut auf Bellards Stirne hinterlassen hatte.

»Sie verschließt immer dann die Augen, junger Mann, wenn sie die Gerechtigkeit in unsere Hände legt. Und genau das tut sie jetzt, deshalb bist du hier.«

Im selben Moment wurde Jakob von hinten an den Armen gepackt, sie rissen ihm die Kleider vom Leib, bis er nackt vor Bellard stand. Zwei Männer hielten ihn fest, ein gutes Dutzend weitere stand dahinter. Alle trugen seltsame, mittelalterlich anmutende Gewänder, ihre Gesichter waren unter Kapuzen versteckt, als wären sie vom Ku-Klux-Klan rekrutiert worden. Um ein Haar hätte Jakob gelacht, so absurd war die Situation, zugleich erkannte er, wie ernst es Bellards Handlangern war. Sie zerrten ihn in die Gasse, die vom Brunnen zum Fluss hinabführte. Bellard ging zu einem großen Haufen Haselnussruten, ihre welken Blätter verrieten, dass es die vom Festumzug waren. Bellard drückte einem nach dem anderen eine Rute in die Hand.

»Hat jemand eine Trompete für unseren Künstler?«, rief er plötzlich laut. »Haltet sie bereit und blast ihm den Marsch, sobald ich mit ihm fertig bin.«

Gleich darauf banden sie ihm ein Tuch um die Augen. Jakob sah nur ihre Silhouetten. Er glaubte immer noch, der ganze Spuk sei bald vorbei, und sie wollten ihn nur einschüchtern, doch dann formierten sie sich neu, bildeten nun keinen Kreis mehr, sondern eine Gasse. Bellard stellte sich dicht vor ihn hin, diesmal sprach er ganz leise.

»Es ist mir egal, ob du diese Sache überlebst oder nicht, Matter, jedenfalls wirst du nie wieder in die Stadt zurückkommen! Und du wirst nie mehr Worte im Mund führen, die dir nicht zustehen. Das hier ist ein historischer Ort. Und historische Orte verlangen nach historischen Taten. Viele bezweifeln, dass die Geschichte mit dem Rutenzug in der Brandnacht von 1444 wirklich geschehen ist. Damals haben die Fremden uns aus der Stadt gepeitscht, um sie zu zerstören. Heute peitschen wir die Störenfriede aus der Stadt, um sie zu bewahren. Was wären wir ohne solche guten, alten Bräuche? Wir verlören jeden Halt in der Gesellschaft. So aber haben wir selbst unsere hartnäckigsten Gegner in den letzten Jahren zur Einsicht gebracht. Die Wenigsten wissen, dass es hier noch immer zwei Arten von Rutenzug gibt. Du gehörst jetzt zu ihnen. Also genieße die Ehre. Und vergiss, dass du meine Tochter jemals kennengelernt hast.«

Er musste irgend ein Zeichen gegeben haben, denn im selben Moment erklang eine Trompetenfanfare, ein Johlen und Krakeelen brach los, ein erster Hieb traf Jakob zwischen die Schulterblätter. Der Schmerz war so heftig, dass Jakob in die Knie ging. Er wollte sich aufrappeln, doch die nächsten Schläge ließen ihn zusammensacken.

»Kriech vorwärts, Matter, kriech vorwärts!«, schrie einer, der es vielleicht sogar gut mit ihm meinte.« Wir hören erst auf, wenn du zur Stadt raus bist.«

»Das Salz, bringt das Salz!«, rief ein Zweiter. Jakob wusste nicht weshalb. Dann spürte er, wie es zwischen zwei Schlägen über seinen Rücken gestreut wurde. Da, wo die Haut schon aufgeplatzt war, brannte es wie Feuer.

»Wir sind das Salz in deinen Wunden, spürst du es? Spürst du jetzt deine Existenz, Trompeter?«

»Genau. Das ist sie, die süße Freiheit der Existenzialisten.«

»Treibt ihn weiter, her mit ihm!«

»Raus aus der Stadt, Kommunistenschwein.«

»Wo sind die großen Töne geblieben, Trompeter?«

»Und die spitzen Schuhe?«

»Gebt sie mir, ich trete ihm damit in den Arsch.«

»Und her mit der Trompete, jetzt weiß ich, wohin damit.«

»Gute Idee, sind alles Flötenbuben, diese Jazzer.«

Neues Gejohle.

Der Schmerz so unerträglich wie die Scham.

Woher kam nur dieser Hass? Weshalb hassten sie ihn so sehr?, hatte Jakob sich wieder und wieder gefragt. Es waren junge Stimmen, Stimmen wie seine. Weil er anders war als sie? Weil Helen ihn gewählt hatte, nicht einen von ihnen? Einige glaubte er zu erkennen, doch das Blut rauschte in seinen Ohren, und er ersehnte die Ohnmacht. Vielleicht hatte er das Bewusstsein wirklich verloren, jedes Zeitgefühl ohnehin. Nach einer Ewigkeit hörte er ein anderes Rauschen, dann ließen die Schläge nach, und einer riss ihm das Tuch weg.

Er kniete am Ende der Gasse unter dem Schlangentor, die Strudel und Wirbel im Wasser direkt vor ihm.

»Gute Reise!«, rief einer. Es war Bellards Stimme. »Wir haben schon zu viel Zeit mit ihm verschwendet, aus der Stadt mit ihm!«

»Aus der Stadt mit ihm!«, grölten sie ihrem Anführer im Chor nach.

Dann hieben sie alle zur gleichen Zeit auf ihn ein, die Wucht warf ihn nach vorn, er stürzte ins Wasser, fast dankbar, ihnen entronnen zu sein. Angenehm kühl empfing ihn der Fluss, er tauchte in eine komplette Finsternis und dachte noch, wie gnädig schnell es mit dem Sterben ginge. Ein Wirbel zog ihn hinab, immer tiefer, bis zum Grund der Schlucht, und als ihm der Sauerstoff ausging und sich sein Mund ein letztes Mal öffnete, war ihm, als spürte er Helens Lippen, und alles um ihn wurde blendend weiß.

Ein Fischer hatte Jakob Matter an jenem Abend gefunden. Halb bewusstlos auf den Ufersteinen, weit unterhalb der Schlucht, sein Arm in einem Gestrüpp verfangen.

»Woran denkst du, Großvater Matter?«

Jakob schreckte auf.

Alina hatte schon ein Weile neben ihm auf dem Stuhl gesessen. Großvater Matters Gesicht hatte so seltsam verkniffen ausgesehen, dass sie sich erst nicht getraut hatte, ihn zu stören.

Wieder sie, die mich rettet, dachte Jakob. Er brauchte einige Sekunden, bis er sich gefangen hatte.

»Woran ich denke? An die Flussjungfrau.«

Alina lachte. »Ach, du mit deinen Märchen, du bist doch eingeschlafen, gib es zu!«

Sie kletterte auf seinen Schoß und schmiegte ihre Wange an seine.

»Vielleicht hast du recht, Alina, vielleicht bin ich wirklich eingeschlafen. Und du? Du gehörst doch längst ins Bett!«

»Deshalb bin ich ja hier. Ich wollte dir nur für den schönen Tag danken.«

»Es war mir einen Ehre, Prinzessin.«

Sie drückte ihre Arme so heftig um seinen Hals, dass ihm die Luft ausging. »Du bist der beste Großvater der Welt!«

»Vorsicht, Alina. Was ist mit deinen richtigen Großvätern?«

Sie lächelte verschmitzt. »Die? Die sind dann ein anderes Mal die besten.«

Sie sprang von ihm herunter.

»Darf ich morgen zu dir baden kommen?«

»Natürlich.«

»Gut. Hier das Haarband«

»Ich habe dir doch gesagt, du kannst es behalten.«

»Vielleicht brauchst du es aber noch!«

Etwas an Alinas Gesichtsausdruck irritierte Jakob.

»Was? Was geht jetzt wieder in deinem Kopf vor, Prinzessin?«

»Ich hab ihren Sohn getroffen«, sagte sie listig.

»Wessen Sohn?«

»Helens Sohn. Er hat mich nach deinem Namen gefragt, unten auf dem Tanzboden.«

»Was fantasierst du da?«

»Wirklich! Und seine Mutter heißt Helen. Sie ist eine sehr schöne Frau. Also?«

»Also was?«

»Hallo! Er hat gesagt: Sie ist eine schöne Frau. Also gibt es sie noch. Er ist sogar hier im Garten, er wird dir alles selber erzählen können. Schau!«

Alina drückte dem verdutzten Jakob das Haarband in die Hand und zog ihn ans Geländer. Sie zeigte auf Mauro hinab. Selbst in diesem Licht sah Jakob die Ähnlichkeit mit Helen.

Der Tanz der Mutter hatte das Fest dieses Jahr eröffnet, vielleicht lag es jetzt an ihm, es zu beschließen. Der Gedanke überraschte Mauro nicht, das, was er gleich darauf tat, dagegen sehr. Er berührte die Frau mit den weißen Haaren sanft an der Schulter, und als sie sich zu ihm umdrehte, war es ihm, als hätte er ihr die Frage schon oft gestellt:

»Möchten Sie tanzen?«

Sie schaute ihn erst verwundert an, dann weiteten sich ihre Augen ein wenig, fast so, als erkenne sie ihn wieder. Ein Lächeln trat auf ihre Lippen, und ihre Antwort war so zauberhaft und geheimnisvoll wie ihr Gesicht:

»Jetzt fragst du, Mauro, jetzt erst? Wir tanzen doch schon so lange miteinander.«

Ihre gleißenden Haare bündelten den Abglanz aller verpassten Augenblicke.

Wie selbstverständlich fanden sich ihre Hände, sein Gesicht spiegelte sich in ihren Augen.

Now your eyes shine with beauty
That I missed long ago
Guess the truth is I love you …

Mauro hörte ein ganz anderes Lied als alle anderen im Garten. Es war die Melodie aus den Partykellern von einst, und ihr Gesicht wirkte jetzt noch jünger als in seinem Traum. Ihre weißen Haare fielen tief in ihren Rücken, seidig berührten sie seine Hand. Er traute sich nicht, etwas zu sagen, er hatte noch immer Angst, sie würde beim ersten Wort wie ein Trugbild entschwinden. Ihre Schritte fanden zueinander, sie tanzten auf dem Holzrost, der Jakob Matters Swimmingpool einfasste, und das Tocken ihrer Absätze klang wie das Echo ihrer verpassten Jugendfesttänze.

Andere Paare folgten ihrem Beispiel. Auch Rahels Freundin Selina hatte sich von ihrer Überraschung erholt und suchte fieberhaft nach einem Partner.

»Wie heißt du?«, fragte Mauro endlich.

»Rahel.«

»Kennen wir uns?«

Sie lächelte nur.

»Ich habe immer auf dich gewartet«, sagte er.

»Ich war immer schon da.«

Er zog sie an sich und schloss die Augen. Es war diese Stadt und dieses Fest, das sie alle gemeinsam hatten. Sie wusste, wer er war, und er kannte jedes der Gesichter, die sich in ihrem vereinten. Er hatte einst ihre Zettelchen eingesammelt, die sie in der Schule den Freundinnen hat zukommen lassen. Dutzende von Zetteln, geadelt durch ihre Schrift, von ihrem Füller berührt. Schulabfall für sie, ihm waren sie kostbare Fundstücke, die er zu kunstvollen Collagen fügte. Eine hatte er ihr geschenkt und sie damit so erschreckt, dass sie ihr Gesicht verlor. Doch schon bald hat sich ein nächstes über ihn gebeugt, umrahmt von den Korkenzieherlocken. Unten am alten Kanal, nach seinem Sturz ins Brackwasser. Sie hatte ihn bei der Hand genommen, vor allen anderen Kindern, den stinkenden Kleidern zum Trotz. Kaum wieder in der Schule, hatte sie ihr Gesicht eingetauscht, war immer schöner und noch schöner und jedes Mal eine andere geworden, wie hätte er mithalten können? In der Primarschule erst, dann in der Bezirksschule. Neun Jahre hatten sie im selben Schulzimmer verbracht. Neun Jahre, 1800 Tage, 10800 Schulstunden, sie hatten dasselbe gesehen und gehört und gefühlt, ein Leben im Gleichtakt. Pures Glück und schlimmste Folter: Sie hatte sich weiterhin in die Falschen verliebt, Mal um Mal, war älter geworden, und mit jedem neuen Gesicht noch schöner. Sie hatten sich jedes Jahr demselben Fest entgegengesehnt, bis ihr Gesicht ein letztes Mal zerfallen war, unten am Felsteich. Sie war erwachsen geworden, er hatte weiter geträumt, von den Lieben seiner Jugend, seines halben Lebens, geträumt nur und deshalb so vieles verpasst in all den Jahren. Bis heute, da er alle Gesichter in ihrem fand. Und ihre Haare weiß wie Schnee.

Für diesen einen Tanz, der ihm längst versprochen war.

15

Das letzte Lied verklingt
keine Sehnsucht gestillt
während im Schatten der Platanen
schon der nächste Reigen beginnt

Die Sonne hatte den Zenit überschritten, als Mauro den steilen Steig in Angriff nahm. Seine Schuhe klebten an den aufgeweichten Teerflicken zwischen den Pflastersteinen, dennoch blieben seine Schritte beschwingt. Beim Fest gestern hatte keiner das Gewitter gewollt, nun wäre mancher froh gewesen, es hätte etwas Kühlung gebracht. Wie am Tag zuvor strebte Mauro dem Waldrand entgegen, doch diesmal war nicht der Hexenplatz sein Ziel, er suchte Jakobs Garten, in dem er sie gestern wiedergefunden hatte. Die Hitze trieb ihm den Schweiß auf die Stirn, dennoch fühlte er sich so leicht wie seit Wochen nicht mehr. Als hätte ihm Rahel jede Melancholie ausgetrieben.

Sie hatten nichts vereinbart, aber beide wussten, dass sie sich wiedersehen würden. Nie zuvor hatte Mauro so empfunden. Doch kein Eintagesgefühl, dachte er lächelnd.

Nach ihrem Tanz hatten Jakob und Alina vor ihnen gestanden, und Alina hatte ihn dem alten Mann vorgestellt.

»Ich sehe dir an, wer du bist«, hatte Jakob gesagt. Dann hatten sie dieses Treffen vereinbart.

Als Mauro den vorletzten Autoabstellplatz erreicht hatte, sah er das Namensschild und aus dem Garten hoch oben hörte er eine laute Kinderstimme. Wohl das Mädchen von gestern, dachte er.

Es war tatsächlich Alina, die schon seit einer Weile neue Sprünge in den Pool übte. Sie war ebenso gespannt wie Jakob, immerhin war Mauro der Sohn der Weltschönsten. Jakob schaute Alina halb amüsiert, halb besorgt bei ihren Flugübungen zu. Er war zu nervös, um sich mit etwas Ernsthaftem zu beschäftigen. Seit dem frühen Morgen wanderte er unablässig zwischen Pool und Küche hin und her, schaute, dass Alina in ihrem Spiel nicht überbordete, und setzte sich zusammen, was Pius Kobelts halbes Geständnis und das Wissen, das Helen anscheinend noch lebte, für ihn bedeutete.

Vier Jahre vertan. Und fünfzig davor!

Euphorische Gefühle ließ Jakob seit seiner Jugend nicht mehr zu. Er wusste, dass er auch jetzt gut daran tat. Er hatte Helens Sohn gestern Abend angemerkt, dass etwas mit ihr nicht stimmte. Als wollte dieser ihn vor falschen Hoffnungen warnen, ohne es direkt auszusprechen. Natürlich hatte er sofort alles wissen wollen, doch beide waren sie nicht mehr in der Lage gewesen, mitten im Festtrubel vernünftig miteinander zu reden.

Er hatte die Nacht damit verbracht, sich an den Gedanken zu gewöhnen, dass sie noch lebte.

Nachts spiegelt sich der Mond im See, doch im Wasser bleibt keine Spur.

Die Entspannungstechniken, die Jakob Matter schon sooft geholfen hatten, wirkten auch jetzt. Er atmete durch die Stirn und wurde ruhiger.

In welchem Zustand würde er Helen wiederfinden?

»Großvater Matter, der Besuch ist da!«

Alina beobachtete die beiden, als sie sich gegenüberstanden. Sie wollte einen Scherz machen, dann verkniff sie es sich lieber.

Mauro dachte dasselbe wie auf dem Tanzboden: Jakob sah genauso aus wie der Unsichtbare in Mutters Arm, so absurd das klang.

Sie umarmten sich herzlich.

Alina machte daneben einen kleinen Luftsprung, doch sie verbat sich noch immer jedes Mucksen.

»Die Ähnlichkeit ist wirklich verblüffend«, sagte Jakob. »Du siehst aus wie Helen in ihrer Jugend.«

Nachdem die beiden einen Moment mit Alina am Poolrand geplaudert hatten, um die erste Befangenheit zu lösen, setzten sie sich an den großen Gartentisch unter dem Sonnenschirm. Alina schleppte die Platte mit Trockenfleisch und Käse herbei, die sie mit Jakob vorbereitet hatte, und füllte ihnen die Gläser mit Holunderblütensirup. Einen Moment lang war Jakob versucht, Alina nach Hause zu schicken, doch sie hatte ihren Anteil daran, dass es überhaupt zu diesem Treffen gekommen war. Und sie verlieh ihm durch ihre bloße Anwesenheit jenes zusätzliche Quentchen Kraft, das unverzichtbar sein würde.

»Du hattest wenigstens den Mut, mich zu suchen«, sagte Jakob endlich. »Ich habe mich nicht getraut.«

»Das ist das, was ich am wenigsten begreife. Wann bist du hierher zurückgekehrt?«

»Vor vier Jahren.«

»Vor vier Jahren?« Mauro wollte weitersprechen, Jakob hob ruhig die Hand.

»Ich ahne schon, was du denkst. Als Erstes habe ich mich damals nach Helen erkundigt. Ein gemeinsamer Freund hat mich auf den Friedhof geführt.«

»Auf den Friedhof?«

Mauro begriff den Zusammenhang sofort. Bestürzung spiegelte sich in seinem Blick.

»Seither besuche ich einmal im Jahr ihr Grab. Immer am Jugendfest. Ich werde es dir zeigen. Es liegt im alten Teil des Friedhofs. Jetzt weiß ich, weshalb. Wir müssen wohl etwas dagegen unternehmen.«

»Gegen diesen Kobelt? War er das?«, fragte Mauro.

»Ja.«

»Das versteh ich nicht, Großvater!«, meldete sich Alina.

»Es ist ein falsches Grab, Prinzessin. Ein leeres. Aber du hast recht, ich verstehe auch nicht, wie jemand so etwas tun kann.«

»Ohne dass es auffliegt«, fügte Mauro hinzu.

»Du vergisst, wer ihr Vater gewesen ist. So etwas ist in diesem Städtchen noch immer möglich. Nachdem ich von Helens Tod erfahren habe, war ich versucht, alles über das spätere Leben deiner Mutter herauszufinden. Doch ich besann mich eines anderen. Aus Selbstschutz. Und nur wenn meine Neugier überhandnahm, erzählte Pius mir das eine oder andere, sonst bemühte ich mich stets, nicht zu viel aus ihrem Leben zu erfahren. Es bekam mir nicht. Und ich muss vielleicht noch erwähnen, dass ich aus guten Gründen keinerlei Kontakt zu Stadtbewohnern aus meiner Generation aufgenommen habe. Ich weiß bis heute nicht, wer von ihnen eine Maske trägt und wer nicht.«

Mauro wusste nicht, was Jakob damit meinte, doch die tiefe Bitterkeit in Jakobs Zügen verbot jede Nachfrage. Lange und schweigend schaute er den Mann an, der einst sein Vater hätte werden können. Was musste er alles durchgemacht haben! In all den Jahren, oder nur schon in den letzten Tagen! Wie um alles in der Welt sollte er ihm beibringen, wie es um seine Mutter stand?

»Raus damit, Mauro!«, kam Jakob ihm zuvor, als hätte er seine Gedanken gelesen. »Wir haben es schon lange genug hinausgezögert. Ich weiß, das etwas nicht stimmt.«

»Es tut mir leid. Vor vier Jahren hätte sie dich noch erkannt. Aber heute …«

Jakob schloss die Augen. Der Schmerz drückte ihm die Luft ab, zugleich wusste er aber, dass er lernen würde, damit umzugehen.

Im Augenblick des Zusammenkommens beginnt die Trennung.

Die Hälfte aller japanischen Sprichwörter waren für ihn und Helen erfunden worden.

Er hatte sich lange genug auf jede Möglichkeit vorbereitet, das half ihm nun. Und schlimmer als damals, bei seiner Rückkehr, konnte es nicht werden.

»Was hat Helen denn?«, fragte Alina neugierig.

Mauro bedeutete ihr, nicht nachzufragen, aber Jakob hatte die Augen bereits wieder geöffnet.

»Lass sie nur, Kinder stellen immer die richtigen Fragen«, sagte er.

»Ihr Kopf funktioniert nicht mehr ganz richtig.«

»Alzheimer also!«, diagnostizierte Alina sofort.

»Ein Stadium von Demenz, das sie die Welt anders wahrnehmen lässt, als wir sie erleben.«

»Weit fortgeschritten?«, fragte Jakob bang.

»Heute Morgen habe ich länger mit dem Pflegedienstleiter, gesprochen. Auf sein Insistieren hin, sagte er, wird sie nochmals genauer untersucht. Es scheint, als sei sie im Grunde viel apathischer und verwirrter, als es sein müsste. Da werden wir bald mehr wissen, womöglich spielt eine ganz banale Infektion eine Rolle. Etwas, was man therapieren könnte. Das wird aber nichts ändern an der Grunderkrankung, Jakob, mich erkennt sie nicht mehr. Bei dir hingegen …«

»Was?«

»Wenn sie jemanden erkennt, dann dich. Du bist bis heute der wichtigste Mensch in ihrem Leben, aber das weißt du ja.«

»Ich soll … *Heimatland!* Ich habe seit vierundfünfzig Jahren nicht mehr mit ihr gesprochen, Mauro! Kein Brief ist zurückgekommen, kein Versuch einer Kontaktaufnahme von ihrer Seite, nachdem sie mich aus der Stadt gejagt haben, kein Wort, nichts!«

»Wer hat dich aus der Stadt gejagt?«, fragte Mauro verblüfft.

»Ja, Großvater, erzähl!«

»Das ist keine Kindergeschichte, Alina, ich erzähl sie dir mal, wenn du größer bist. Kannst du uns die Weißweinflasche aus dem Kühlschrank holen?«

Alina rannte davon. Als sie außer Sichtweite war, stand Jakob auf, zog sein Hemd hoch und drehte Mauro kurz den Rücken hin. Er richtete seine Kleider wieder, bevor Alina zurückkam.

»Sie hatten schlagende Argumente«, sagte er sarkastisch.

»Kobelt?«, fragte Mauro wieder.

»Nein, er war nur der Verräter, der es möglich machte. Dein Großvater!«

»Der alte Bellard?«

»Seine Leute haben mich aus der Stadt geprügelt, bestraft hat er damit aber deine Mutter«, sagte Jakob. »Das macht die Sache noch schlimmer. Ich werde dir die ganze Geschichte erzählen. Wir haben ja Zeit. Heute, morgen, irgendwann. Aber sag du mir jetzt, weshalb du auf mich gekommen bist, wenn du vor drei Tagen noch nichts von mir gewusst hast. Zumindest habe ich das gestern so verstanden.«

Mauro zögerte. Dann stand er auf und legte seinen iPad vor Jakob auf den Tisch.

»Ich hoffe, du kannst ertragen, was du jetzt siehst.«

Er tippte auf das Fotoalbum, das er am Morgen erst zusammengestellt hatte. Alina kam zurück und schob sich sofort auf Jakobs Schoß. Er umfasste sie, um wenigstens einen Halt zu haben. »Darf Alina es sehen?«, erkundigte er sich zur Sicherheit.

»Ja. Die Fotos an sich sind harmlos, ihr Sinn erschließt sich wohl nur dir.«

Das erste Bild zeigte das Foto vom Jugendfestmorgen.

»Der Kadett bin ich, ja. Das hat der König selbst gemacht.«

»Der König?«, fragt Mauro.

»Bellard. Dein Großvater.«

»Darf ich weiter?«, fragte Alina etwas ungeduldig.

»Ja.«

Sie wischte zum nächsten. Es war eine Aufnahme des Zimmers mit dem Rindenboot in der Mitte. Danach folgten alle anderen Details.

»Schau doch, Großvater, die niedlichen Schildkröten.«

Jakob starrte verstört auf den Bildschirm, Tränen in den Augen. Das Boot. Ihr Boot! Nachgebaut aus … aus der Rinde ihrer Platane. In die er ihre Initialen geritzt hatte. Dann die blauen Schildkröten, nach dem Vorbild seiner Schildkröte für Helen, die er als Bewacherin seines Eichenblattes auf die Bank am Fischerskopf gesetzt hatte.

Sie wird die Zeugin unserer ewigen Liebe werden, hatte er ihr zugeflüstert.

Ihre Schrift an der Wand.

Ihr einziger, kurzer, unvergesslicher Moment am Jugendfest, damals, als der Regen kam.

Die Zahlenfolge. 201, 202, 203. Was meinte sie damit?

Doch, er wusste es! Er hatte jenen Fahrschein immer aufbewahrt, natürlich: 202, sein Zugabteil! Aber weshalb hat sie das gewusst? Ist sie doch da gewesen? Am letzten Konzert, am Bahnhof? Pius Kobelt, wieder er?

»Wann hat sie all das … aufgebaut?«, fragte er endlich mit halb erstickter Stimme.

»Vor drei, vier Monaten wahrscheinlich. In ihren letzten klaren Momenten.«

Also hatte sie die Wahrheit nie erfahren! Jakob klammerte sich nun fast an die kleine Alina. Helen hatte ein Leben lang gewartet. Und nie erfahren, weshalb er geflüchtet war.

»Und Briefe, Mauro? Hast du meine Briefe gefunden?«

Er sah die Antwort in Mauros Augen.

»Pius Kobelt hat sie also zurückbehalten.«

»Mutter hätte sie mit Sicherheit aufbewahrt, wenn sie die Briefe bekommen hätte. Weshalb hat Pius das alles getan?«

»Aus … aus Liebe vielleicht. Am Anfang.« Jakob verstummte wieder.

Mauro öffnete seine Tasche. Behutsam legte er das Fotoalbum auf den Tisch und klappte es dort auf, wo er den trockenen Eichenzweig hineingelegt hatte.

Jakob merkte, dass er nun doch noch die Fassung verlor.

»Bleib bei Mauro, Prinzessin. Ich komme gleich wieder.«

Alina setzte sich neben Mauro.

»Und warum weinst jetzt eigentlich du?«, fragte Alina ihn neugierig.

»Ich weine doch nicht!«, sagte Mauro.

Fünf Minuten später kam Jakob wieder in den Garten heraus. Mauro bewunderte ihn für die Kraft, mit der er alles durchstand. Zugleich kam ihm ein elektrisierender Gedanke. »Ich habe eine Idee, wie wir euer erstes Treffen organisieren sollten!«

Jakob erwiderte seinen Blick. »Ich weiß«, sagte er nur.

Er setzte sich neben die beiden und stellte ein Kästchen aus Kirschholz vor sie auf den Tisch. Es war jenes, das er unter Helens Haarband aufbewahrt hatte.

»Noch ein Geheimnis, Großvater?«, fragte Alina gespannt.

»Ja, Prinzessin. Ein letztes. Und diesmal teilen wir drei es uns.«

Unter dem gespannten Blick der beiden anderen öffnete er das Kästchen, fasste mit größter Vorsicht hinein und legt die getrocknete Granatblüte von Helen neben seinen Eichenzweig.

Drei Wochen später schlängelte Lindita Bardhecaj sich durch die Stühle, die im Schatten der alten Bäume standen. In der Hand balancierte sie ein Tablett mit Medikamenten. Sie verteilte die Becherchen nach ihrer Beschriftung an die Bewohner und ging am Schluss zu Helen Nesta. Ruhig saß sie bei den anderen und schien ihren Gesprächen zu folgen.

»Ihre Medikamente, Frau Nesta.«

Helen blickte auf. Wieder dieses freundliche Gesicht!

Sie hielt ihr die offene Hand hin, Lindita legte die Pille darauf. Helen schluckte sie und trank den Wasserbecher leer, den die Pflegerin ihr hingestellt hatte.

»Wie geht es Ihnen, Frau Nesta?«

Helen lächelte Lindita an. Diese setzte sich für einen Moment zu ihr. Eigentlich hätte sie Helen während der letzten zwei Wochen mit einer Filmkamera verfolgen sollen, um die Aufnahmen in ihrem Weiterbildungskurs zu zeigen. Neben dem vermuteten Harnwegsinfekt hatte der Arzt bei Helen auch einen Vitamin-B12-Mangel festgestellt und sich nicht mal festlegen wollen, welches von beiden während Wochen die Ursache für ihr Delir gewesen war. Auf jeden Fall hatte sich ihr Zustand schon zu Beginn der Behandlung verbessert, ihre akuten Verwirrungszustände waren seltener geworden, die Apathie wich Schritt für Schritt. Sie reagierte wieder auf die Leute um sie herum, auch wenn sie diese natürlich nicht erkannte. Nur bei mir, dachte Lindita lächelnd, ist sie manchmal nahe daran, den Namen zu nennen. Durchaus möglich, weil sie ja immer um ihre Bewohner herum war. Gleichwohl würde Helen weder sie noch ihren Sohn jemals richtig einordnen können. Mauro Nesta hatte sie beim letzten Besuch vor seiner Abreise erkannt, das verriet ihre Mimik, die Erinnerung hatte allerdings wohl nur einen Tag zurückgereicht, zum vorletzten Besuch. Lindita hatte es Mauro zu erklären versucht: Für seine Mutter sei er einfach einer, der regelmäßig vorbeikomme, und dem sie sich verbunden fühle, er dürfe aber nicht damit rechnen, dass sie sich wirklich an ihre gemeinsame Vergangenheit erinnere, unabhängig davon, wie gut sie sich von den Mangelerscheinungen und der damit verbundenen Verwirrung erhole.

Es war in solchen Fällen unerlässlich, die neu aufkeimenden Hoffnungen der Angehörigen ein wenig zu dämpfen, weil sie sonst glaubten, die Demenz wäre heilbar. Es war ja selbst für die Pflegerinnen verblüffend, wie ihre Lieblingsbewohnerin in einigen Dingen wieder selbständiger wurde. Früher hatte sie Helen Nesta am Morgen beim Wecken immer mit starrem Blick auf der Bettkante sitzend gefunden, heute war ihr Bett bereits ein bisschen gemacht gewesen, und Lindita hatte ihr nur noch helfen müssen, die Strümpfe neu zu richten, weil sie diese über die Schuhe angezogen hatte.

Lindita stand auf. Sie musste zu den bettlägerigen Bewohnern im oberen Stock.

»Ihr Sohn kommt heute aus Italien zurück, Frau Nesta. Bald wird er sie wieder besuchen!«

Lindita tätschelte Helen Nestas Schulter zum Abschied und ging ins Haus zurück.

Helen schaute ihr nach.

Die Frau ist eine nette Frau. Um das Lächeln immer ein Gesicht.

Die Sonne warf einen goldenen Glanz auf die bewaldeten Hügel am Horizont. Helen strich sich sanft über den Arm. Unter dem Ellbogen war ihre Haut ausgetrocknet, sie zog ein Hautstückchen weg, wischte noch einmal darüber und betrachtet gleich darauf etwas verwirrt den fleckigen Stamm der Platanen neben ihr. Er sah fast so aus wie ein anderer.

Das Herz hat sie nicht mehr gefunden, aber jedes Rindenstück eingepackt, nach Hause gebracht, zusammengefügt und. Ja. Wenn es nicht regnen würde!

Helen Nesta lächelte wieder.

Sonne am Himmel, keine Asche, die Luft klar.

Helen entdeckte in ihrem Schoß das kleine Fotoalbum, das ihr dieser Mann dagelassen hatte. Neugierig begann sie zu blättern.

Den Mann in der Uniform kenne ich vielleicht, die Frau daneben trägt ein weißes Kleid. Weil sie noch jung ist. Dann werden die Haare weiß und die Kleider wieder farbiger, wie bei der Traumfrau, von der er immer erzählt. Emma heißt sie. Heißt sie nicht? Das Kleid auf dem Foto ist fast ihr weißes Kleid, sie hat es versteckt, für die Reinigung. Mutter hat nichts anderes getan und Jakob hat den Zug genommen. Einfach.

Sie blätterte weiter.

Das Kind ist ein herziges Kind, schmeckt nach Algensalz. Wie sie beide den Vater vermissen, draußen geblieben ist er, in seinem Boot, mit seinen Flaschen, mitten in seinem Meer.

Die Sonne verschwand hinter den Wolken, Helen klappte das Buch zu, bevor Asche aufwirbelte.

Es ist schon gut.

Am selben Tag kehrte Mauro endgültig zurück. Seine riesigen Koffer füllten das Zugabteil. Während der Fahrt von Genua in die Schweiz wichen die letzten Zweifel an der Entscheidung. Die Wohnung auf einem der Hügel Genuas war nicht teuer, Mauro würde sie behalten oder zeitweise Bekannten vermieten, einer hatte sich bereits dafür interessiert. Im Städtchen am Fluss würde es fast schwieriger sein, etwas Passendes zu finden, die Preise waren in den letzten Jahren unglaublich angestiegen. Aus dieser Sicht hätte es durchaus Sinn gemacht, die alte, günstige Wohnung zu behalten, mit der Kirchgemeinde hätte er sicher eine Lösung gefunden. Aber die Einwände von Lindita Bardhecaj hatten Mauro schließlich davon abgebracht. Es wäre tatsächlich sinnlos gewesen, seine Mutter immer wieder kurzzeitig in die von früher vertraute Umgebung zu bringen, um sie dann am Abend jedes Mal wieder herauszureißen. Denn die eine Hoffnung hatte Lindita ihm sofort ausgeredet: Der Zustand der Mutter würde sich nicht soweit verbessern, dass sie alleine wohnen konnte. Das bliebe selbst mit der richtigen Therapie unmöglich. Es sei denn, er ließe sie rund um die Uhr betreuen.

Die Fahrt durch das schweizerische Mittelland erinnerte Mauro daran, wie sehr die Städte und Ortschaften sich der letzten grünen Flächen bemächtigten, wie sich das ganze Land in eine riesige Streusiedlung verwandelt hatte. Gesichtslos und anonym – das mochten all diejenigen denken, die nur durchreisten. Je länger der Zug aber die endlosen Vor- und Zwischenorte zerteilte, umso mehr sehnte Mauro sich danach anzukommen. Die Anonymität war ja immer nur behauptet, das Städtchen am Fluss bewies es. Mauro hatte lange mit Jakob darüber gesprochen, der sich trotz allem, was ihm angetan worden war, in der Kleinstadt wohlfühlte.

In den Großstädten habe er nur gelernt, an den anderen vorbeizuleben.

Jakob hatte Mauro in der Zeit seines Italienaufenthaltes alle Zeitungsartikel gemailt, die über das seltsame Ertrinken des ehemaligen Bankiers Pius Kobelt rätselten. Zu viel Alkohol? Oder gar Selbstmord? Für Letzteres sprach das Resultat der Obduktion, eine Überdosis Beruhigungsmittel und etliche andere Medikamente waren nachgewiesen worden.

Sollte er wirklich Mitleid haben? Mit einem wie ihm? Pius traf doch die Hauptschuld.

Oder Bellard?

Jakob würde sehnsüchtig auf seine Rückkehr warten. Und damit auf das erste Treffen zwischen Helen und ihm. Mauro und er waren sich sofort einig gewesen, dass sie nichts überstürzen durften, erst musste die Therapie richtig greifen.

Mauro freute sich auf das Wiedersehen. In den wenigen Begegnungen vor seiner Abreise und in ihren Mails war ihm der alte Mann näher gekommen als die meisten Menschen zuvor. Als hätte er in ihm den gefunden, den er solange vergeblich gesucht hatte. Mauros Blick verlor sich in den Landschaftsschlieren vor dem Fenster. Ähnlich wie Jakob war auch er einst in die Fremde geflüchtet, um im rastlosen Genua spurlos unterzugehen. Nun kehrte er der Hafenstadt den Rücken, und die Vorstellung, bald wieder im Städtchen am Fluss zu wohnen, lockte ihn tatsächlich stärker als die Stadt am Meer.

Wie Jakob es ihm prophezeit hatte. Vielleicht war genügend Zeit verstrichen.

Der Hauptgrund ist ohnehin ein anderer, dachte er mit einem Lächeln. Jede freie Sekunde hatte er in Genua im Chat oder mit Mails verbracht. Sie sei nicht weise, aber doch schon zu weiß, hatte Rahel gleich zu Beginn geschrieben, um noch an Liebe auf den ersten Blick zu glauben. Es sei ganz gut, dass er wieder weg sei. Und sie wieder bei Besinnung. Auch wenn es schwerfalle, schade es gar nichts, wenn sie beide es langsam angehen würden.

Im Gegenzug hatte er ihr die Geschichte von Jakob und Helen geschildert. Nicht immer sei Abwarten das richtige Mittel! Doch sie hatte mit ihrer eigenen, einst überstürzten Ehe gekontert. Mit Hannes, dem Wegläufer. Das einzig Gute, das daraus entstanden sei, hieße Hanna und verbringe ihr Auslandsjahr in Amerika. Und sie, Rahel, habe auf einen Schlag viel zu viel freie Zeit.

Mauro schaute ungeduldig auf die Uhr. Bis zur Ankunft im Städtchen blieb noch eine halbe Stunde Zeit. Er holte seine Kamera hervor. Ihre Speicherkarte war gefüllt mit Aufnahmen aus Oreste Nestas Dorf. Er begann, die schlechten herauszulöschen, damit er der Mutter eine gute Auswahl zeigen konnte. Eines der Bilder zeigte ein blau-weiß gestrichenes Fischerboot. Es war zur Überholung im Hafen aufgebockt gewesen. Vielleicht hatte das Schiff des Vaters so ausgesehen! Mauro hatte zwei Tage zuvor sein Grab besuchen wollen, doch auf dem dortigen Friedhof hatte er kein entsprechendes Kreuz gefunden. Normalerweise würden die Gräber frühestens nach fünfzig Jahren aufgehoben, in der Regel später, hatte ihm eine alte Frau versichert, die das Grab ihres Mannes neu bepflanzte. Die Suche war dennoch erfolglos geblieben. Mauro war schließlich ins Dorf zurückgegangen und die verwinkelten Treppen bis zum Hafen hinabgestiegen, mitten im Touristenstrom, der in dieser Zeit die Küste überschwemmte. Erst in der felsigen Badebucht hatte er die Massen hinter sich gelassen, war weit in die Felsblöcke hinausgeklettert und schließlich gar geschwommen, um den äußersten Felsen zu erreichen.

Dort hatte nichts mehr den Blick zum Horizont verstellt. Er war stundenlang draußen geblieben, hatte sich an die Zeit mit dem Vater zu erinnern versucht, und war endlich mit Taucherbrille und Schnorchel zwischen den Felsen herumgeschwommen, so wie er es von ihm gelernt hatte. An das gemeinsame Tauchen hatte er sich erst wieder erinnert, als er sich wie einst an einem muschelbesetzten Fels das Knie aufriss. Fische waren nicht viele zu sehen, doch als er aus dem Wasser stieg, war er mit dem Vater versöhnt gewesen.

Mauro hatte die Bilder auch für seine Mutter gemacht. Vielleicht würde sie auf das eine oder andere ja reagieren. Ob sich ihr Zustand nochmals verbessert hatte? Er war Lindita Bardhecaj allein schon dafür dankbar, dass Leben in Mutters Gesicht zurückgekehrt war. Sie lächelte wieder, wenn sie ihn sah. Nicht, weil sie ihn als ihren Sohn erkannte, er machte sich nichts vor. Aber sie freute sich tatsächlich über jede Begegnung. Welch ein Fortschritt! Manchmal fiel es Mauro schwer zu akzeptieren, wie lange die Ärzte gebraucht hatten, bis die zusätzlichen Probleme diagnostiziert worden waren. Aber wenn er Lindita Glauben schenken wollte, und das tat er, war die Leidensgeschichte seiner Mutter keine Ausnahme. Hadern brachte nichts, viel gescheiter war es, nach vorne zu schauen. Er brauchte nun schnellstmöglich eine ebenerdige Wohnung ohne Treppen. Mit einem Garten, der gesichert war. Mutter durfte nicht ungehindert auf die Straße kommen, wenn er sie mal für einen Augenblick aus den Augen ließ.

Jakob Matter saß am Gartentisch vor seinen Vogeleiern und winkte Mauro bereits von Weitem zu. Die Wochen seiner Abwesenheit waren Jakob unerwartet lange vorgekommen. Vor der Abreise hatten sie Helens wichtigste Sachen in Jakobs Garage eingestellt, seither sahen sie sich zum ersten Mal wieder. Sie begrüßten sich mit einer innigen Umarmung.

»Ich trinke Weißwein mit Holundersirup. Möchtest du?«

»Wenn es besser schmeckt, als ich mir vorstelle.«

Jakob mischte im richtigen Verhältnis, Mauro probierte und nickte anerkennend.

»Gut gereist?«, fragt Jakob Matter.

»Ja, danke.«

»Dann ist es die richtige Entscheidung?«

»Sieht so aus.«

»Du siehst so aus. Aber erzähl, wie geht es Helen? Du hast sie doch schon besucht?«

Mauro erzählte, wie er mit der Mutter zusammen die Fotos angeschaut hatte, die neuen aus Italien und die alten, die er ihr dagelassen hatte. »Sie reagiert auf dein Bild. Aber nur … mimisch, sie verbindet das Bild nicht mit dem Namen. Oder wenn sie auf den Namen kommt, nicht mit dem richtigen Bild.«

»Wie sollte sie auch. Forciere nicht zu stark, Mauro.«

»Keine Angst.«

»Vielleicht hilft unser Plan ja ein Stück weiter.«

»Und wenn nicht?«, fragte Mauro.

Das Fließen des Wassers und die Wege der Liebe haben sich seit den Zeiten der Götter nicht geändert, wollte Jakob ihm antworten, doch als habe er plötzlich genug von angelernten Weisheiten, sagte er nur:

»Unsere Liebe hat schon damals nur einen Tag gedauert.«

»Aber ein Leben lang gehalten.«

»Mag sein, dass sie auch in Zukunft immer nur einen Tag dauern wird«, sagte Jakob. »Ich werde keinen einzigen davon verpassen.«

Seit Jakob das klar geworden war, konnte er die Begegnung kaum mehr erwarten.

»Wie war es im Dorf deines Vaters?«

Mauro erzählte von seiner vergeblichen Grabsuche, Jakob fragte nach, Mauro erklärte, Jakob fragte nach seinen Gefühlen, Mauro sprach auch darüber ohne Scheu. Die beiden saßen so vertraut zusammen, als würden sie sich seit Jahren kennen.

»Und du, warst du an der Beerdigung von Pius Kobelt?«, fragte Mauro.

»Nein.«

Beide schwiegen.

»Es waren genügend andere da, nehme ich mal an«, sagte Jakob dann.

»All die Ehrenwerten.«

»Die Würden- und Maskenträger des Städtchens.«

»Und trotzdem bist du zurückgekehrt«, sagte Mauro.

»Du auch«, erwiderte Jakob. »Wer will denen schon dieses Städtchen und dieses Land überlassen.«

Sie schwiegen wieder.

Welche Stille, dachte Mauro. Kein Vergleich zu Genua. Und eine Stille zu zweit, vielleicht war auch das der Unterschied.

»Was macht das Training?«, fragte er dann.

»In diesem Punkt müssen wir unser Vorhaben wohl anpassen, ich komme mit der Stange einfach nicht mehr zurecht.«

»Ist auch lange her.«

»Und wir müssen noch den Tag festlegen.«

Mauro zog sein iPad hervor und rief die detaillierten Wetterprognosen für die Region ab.

»Erst übermorgen ist es sicher schön. Bringst du noch soviel Geduld auf?«

»Ja. Ich gebe meinen Freunden Bescheid.«

»Zeit und Ort sind vorgegeben. Ich schick dir ein SMS, wenn wir dort sind.«

»Nimmst du bitte Alina mit? Ich habe ihr alles erklärt und sie freut sich schon die ganze Zeit darauf.«

»Natürlich.«

Zwei Tage später verließen Helen, Alina und Mauro gemeinsam das Pflegeheim. Lindita rannte ihnen nach und rief Mauro nochmals zurück.

»Viel Glück wollte ich nur wünschen! Sie müssen mir dann unbedingt erzählen, was passiert ist.«

Mauro schüttelte ihr nervös die Hand. Er hatte ihr die Vorgeschichte in groben Zügen erzählt und sie in den Plan eingeweiht.

Helen nahm Alinas Hand und zu Mauros Freude auch seinen Arm. Sie spazierten zu dritt durchs Städtchen. Damit sie auf der Rutenzug-Strecke blieben, machte Mauro einen kleinen Umweg. Sie gingen die Hauptgasse hinunter bis zum Erdbeerbrunnen. Diesmal starrte Helen nicht in die Luft, sie tat es Alina nach und ließ wie sie die Finger durchs kühle Wasser gleiten. Durch die Altstadt gelangten sie gleich darauf zum Salzhaus. Die Luft flimmerte, der Fluss schillerte so grün wie der Teppich unter dem Rindenboot in der alten Wohnung. Langsam geleiteten sie Helen Nesta die Treppe ans Ufer hinab und spazierten zum vordersten Punkt am Fischerskopf. Mauro behielt seine Mutter im Auge. Sie schaute sich neugierig um, noch wacher als sonst schon in den letzten Tagen.

Er schickte Jakob die Nachricht, alles sei bereit, und bedeutete Alina mit einem Lächeln, weniger nervös herumzuhampeln.

Mauro geleitete seine Mutter Richtung Bank, als er spürte, wie sie seinen Arm plötzlich losließ. Sein Blick folgte ihrem gespannt. Auf der Bank lag ein Eichenblatt, halb darüber, als würde sie den Zweig bewachen, eine blaue Schildkröte aus Stein. Alina ging zur Mutter hin, nahm ihre Hand und schob ihr die Granatblüte hinein.

Dann traten sie und Mauro einige Schritte zurück.

Er blickte zum Salzhaus hinauf. Für einen Augenblick blitzten oben im Karrergärtchen ihre weißen Haare auf. Mauro lächelte und fühlte sich sogleich sicherer.

Helen setzte sich auf die Bank, ihre Finger strichen sanft über die Schildkröte. Ein seltsam scharrendes, klickendes Geräusch ertönte, gleich darauf ein erster Trompetenklang. Helen hob verwundert den Kopf.

Dasselbe Lied wie gestern im Wäldchen, die Nachtigall trägt es

den Fluss herauf, eine Schildkröte hat sie schon. Blue Turtle. Für jedes Vergessen eine, und das Boot ist ein richtiges Boot.
Gut ausbalanciert stand Jakob im Heck des Nauens. Seine beiden Pontoniere staksten energisch gegen die Strömung und legten an der Mole an, während Jakob etwas eingerostet, aber mit glühender Leidenschaft »'Round Midnight« spielte. Helen war aufgestanden und bis an den Rand der Mole gegangen. Mit leicht schräg gelegtem Kopf und geschlossenen Augen lauschte sie, summte dann mit, ihre Hand folgte hüpfend der Melodie. Ihr Gesicht strahlte in reinster Verzückung und sie rührte sich nicht, bis Jakob das Stück ganz zu Ende gespielt hatte. Er setzte die Trompete ab und streckte ihr die Hand hin.

»Komm Helen, wir gehen schwimmen!«

»Oh ja!« Sie ließ sich ins Boot helfen. Er küsste sie auf die Wange, sie reichte ihm zu Mauros Überraschung die Granatblüte. Bevor sie sich auf das Bänkchen setzte, fragte sie Jakob mit einem strahlenden Lächeln: »Und wer sind Sie?«

Jugendfestreigen

Der Reigen beginnt
und krönt alle Tänze
Die Zeit gerinnt
inmitten tanngrüner Kränze

Inmitten tanngrüner Kränze
werden wir zu Kindern
Singt ihr dieses Lied
sie wird sich erinnern

Sie wird sich erinnern
wird lächeln vielleicht
Das Fest wird zum Traum
und alles ganz leicht

Alles ganz leicht
was die Sehnsucht ersinnt
Alle Ängste verfliegen
wenn unser Lied erklingt

Wenn unser Lied erklingt
werden Träume geboren
Heute werden sie wahr
morgen sind wir verloren

Morgen sind wir verloren
also tauscht noch einmal
Granatblüte gegen Eichenblatt
in diesem lichtgrünen Saal

In diesem lichtgrünen Saal
wo alle Bilder sich gleichen
fällt eins aus dem Rahmen
einer muss weichen

Einer muss weichen
er hofft auf die Wende
findet im Fluss seinen Trost
jede Flucht hat ein Ende

Jede Flucht hat ein Ende
der Fluss zeigt Erbarmen
die gläserne Fee hält
ihr Glück in den Armen

Ihr Glück in den Armen
ohne dass sie es ahnen
dort, unter der Treppe
im Schatten der Platanen

Im Schatten der Platanen
wird jeder Tanz zum Gedicht
Doch seid auf der Hut
einer scheut das Licht

Einer scheut das Licht
das Fest wird zum Gleichnis
Der Regen kommt
enthüllt das Geheimnis

Enthüllt das Geheimnis
es bleibt nicht viel Zeit
Das Fest verführt jeden
einer geht zu weit

Einer geht zu weit
jetzt ist es an euch: betet, singt
bis unter den Lampions
das letzte Lied verklingt

Das letzte Lied verklingt
keine Sehnsucht gestillt
während im Schatten der Platanen
schon der nächste Reigen beginnt

Der Autor dankt:

Mara und Lina Augstburger und Judith Zimmermann für die Geduld, Samuel Vögeli für die Fachberatung in Demenzfragen und auf der Bühne für die stimmigen Klavierklänge, meiner Livetruppe mit Roberto Caruso, Hendrix Ackle, Hanspeter Stamm, Sven Furrer, Sebastiano Bucca. Und Monika Schärer, wie immer. Für zusätzliches Gegenlesen Gabriela Bloch Steinmann. Für stete Unterstützung Bruno Deckert, Peter Bloesch und Natal Müller.

Und für alles Bisherige und den langen gemeinsamen Weg Ricco Bilger.

Die Entstehung des Romans wurde gefördert
von schweizer kulturstiftung prohelvetia und AARGAUER KURATORIUM

Urs Augstburger, 1965 in Brugg geboren, hat sechs Romane publiziert und feierte mit »Schattwand« seinen literarischen Durchbruch. Der Autor arbeitet beim Schweizer Fernsehen und lebt mit seiner Frau und seinen beiden Kindern in Ennetbaden.